その日、朱音は空を飛んだ

武田綾乃

幻冬舎文庫

プロローグ

　肺が上下に掻き回される。空気が喉の隙間に詰まり、脳みそから酸素を奪う。頬の表面に熱が集まり、恐怖にも似た感覚がじわりじわりと足の裏を蝕(むしば)んでいく。手のひらに食い込んだ爪の跡。そこに残るジクジクとした感覚を反芻(はんすう)しながら、私はただひたすらに屋上へと向かう。人気(ひとけ)のない廊下に、上靴の底が擦れる音が響く。階段を上ると案の定、普段は閉鎖されているはずの扉が開いていた。外の空間へと広がる扉が、ぱっくりと口を開けてこちらを見ている。折れそうになる心を奮い立たせて、私はなんとかその先へと進んだ。

　空が赤い。

　夕焼けに照らされた空間に、私は僅かに目を細める。橙色(だいだいいろ)の太陽は今にも空から溶け出してしまいそうだった。頬を撫でる生暖かい風が、私の背筋をぞくりと震わせる。唾を呑み込み、私はゆっくりと屋上へ足を踏み入れた。手のひらの中でくしゃくしゃに丸まった紙切れが、私の鼓動を加速させた。

「朱音(あかね)、」

呼びかけた声に、返事はなかった。しかし探し求めていた人物はそこにいた。転落防止用の柵の先に、制服姿の少女が立っている。茶色味を帯びた彼女の髪が一瞬だけ風に流れた。黒い睫毛(まつげ)に縁取られたその瞳が、縋(すが)るようにこちらを見た。ゾッとした。何かが起きる、そんな気がした。無意識のうちに、私は叫ぶ。

「朱音っ」

その瞬間、彼女の身体は宙へと投げ出された。咄嗟(とっさ)に駆け出した足が、乾いたコンクリートの地面を蹴った。手を伸ばす。しかし、間に合わない。紺色のハイソックスが柵にぶつかる。わなわなと足が震えだして、私は思わずその場に蹲(うずくま)った。下からは現場に居合わせた生徒の声が聞こえていた。何が起こったか。そんなこと、見ずとも理解できていた。

紙を握り締めたまま、私は嗚咽(おえつ)を漏らした。

「……ごめん、朱音」

その日、朱音は空を飛んだ。

その日、朱音は空を飛んだ

1. 回答者：一ノ瀬 祐介

Q1. あなたは川崎さんについて何か知っていることはありますか。

なし

Q2. あなたは学校内で誰かがいじめられているところを
見たことはありますか。

なし

Q3. あなたはいじめに対してどう思いますか。

いけないことだと思う。

Q4. 今回の事件やいじめ問題について
学校側に要望がある場合は記入してください。

川崎が何で死んだか全然分からない。
この学校に通う生徒の一人として、何が起きたのか
ぐらいは公表してほしい。
俺たち学生には真実を知る権利があると思う。

一ノ瀬祐介(いちのせゆうすけ)にとって、川崎(かわさき)朱音は他人だった。クラスが同じだったことは一度もないし、顔だって見たことがない。同じ中学だったという噂を聞いたことはあるけれど、川崎は大勢いた生徒の中で特段目立つような存在ではなかった。

「なあ、祐介。あの動画、すげー拡散されてんの知ってる？」

学校に登校するなり真っ先に声を掛けてきたのは、クラスメイトの田島俊平(たじましゅんぺい)だった。祐介はスポーツバッグを机の上に置くと、凝り固まった筋肉をほぐすようにぐるりと首を回してみせた。入学時に買ってもらったスポーツバッグは、毎日の乱雑な扱いのせいでロゴの印字が薄れている。ファスナーの隙間から覗き見えている赤色は、無造作に突っ込まれたサッカー部用のジャージだった。

「あの動画って？」

席に座り、祐介はそこでようやく俊平の顔を見上げた。無造作に跳ねる髪を掻き上げ、俊平は祐介の隣の机へと腰かける。日に焼けた彼の手の中に納まっているのは、先日買い換えたばかりだというスマートホンだ。

「例の動画だよ。ほら、金曜に幸大（こうだい）からまわってきたやつ」

見せつけるように、俊平が画面をこちらに差し出す。その指が動画の再生ボタンを押した途端、スピーカー部分から細い悲鳴が流れ出した。興奮を悟られぬよう、祐介は無表情を装ったまま薄い液晶を覗き込む。画面いっぱいに広がる赤。その中央に映し出されていたのは、一人の女子生徒だった。

「……川崎朱音」

漏れた声は無意識だった。傍らにいた俊平がこくりと頷く。

屋上の柵を乗り越え、少女は未練がましく一度後ろを振り返った。紺色のスカートが風を受けてはためいている。不意に、その華奢（きゃしゃ）な体軀（たいく）が屋上から落ちてきた。夕日色に染まった校舎の壁面に、歪（いびつ）な影が映りこむ。

それは、一人の女子生徒が校舎から飛び降りる瞬間をとらえた映像だった。

「……見たけど、そんな騒ぐようなもんでもないだろ」

「いやいや、自殺の決定的瞬間とかやばいだろ。しかも同じ学校の奴なんだぜ？」

「そうは言っても、俺、川崎のことはほとんど知らねーし」

「俺だって知らねーよ。でもさ、なんというか……同じ学校の奴が死んだって思うと、なんかリアルな感じしね？　そのうえこんな動画まで見たら、気になっちゃうのが人間のサガってヤツだよな」

「気になるって？」

首を傾げる祐介に、俊平は妙に真面目ぶった表情を浮かべた。その瞳が探るようにこちらを見る。何でもない口ぶりで、彼は言った。

「そりゃもちろん、なんで川崎朱音が死んだかだよ」

無意識のうちに、祐介は唾を呑み込んだ。スラックスを摑む自身の手には、いつのまにかびっしょりと汗を掻いている。

「俊平はどう思う？」

そう祐介が問いを口にしようとしたその時、スピーカーからチャイムの音が鳴り響いた。

やっべ、と俊平がスマホを鞄に隠している間に、担任が教室へとやってくる。

「ほら、チャイム鳴ってるぞ。席につけ」

その一声に、話し込んでいた生徒たちは蜘蛛（くも）の子を散らすように自身の席へと戻っていく。

教室のざわめきは一瞬にして霧散し、皆の視線が教師へと集中する。進学校ではごくありふれたものであるこの光景を、祐介はかなり気に入っていた。

ざあざあという雨音が、透明なガラス越しに聞こえてくる。窓の外を覗き込むと、グラウンドにはいくつもの水たまりができていた。梅雨に入り、ここのところ天候が悪い日が多くなった。部活が休みになるのは嬉しいけれど、雨が続くとやはり退屈になってくる。

「絶対値を外したときの条件付けを忘れるなよ。ここでは x はマイナスしかありえないからな」

数学教師が熱っぽい口調で黒板に数式を書き込んでいく。この問題は先週予備校でやったところだ。祐介は欠伸を嚙み殺し、ポケットの中をまさぐった。教師から死角になるよう細心の注意を払い、机で隠すようにしてスマホをいじる。フォルダを開けば、そこには先ほど俊平が見せてくれた動画と全く同じものが入っていた。

SNSにアップロードされたこの短い動画は、学校内で爆発的に拡散された。もはや校内でこの動画を見たことのない人間なんて一人もいやしないだろう。今朝の自慢げな俊平の顔を思い出し、祐介は笑みを嚙み殺した。

二組の川崎朱音が死んだのは、今から四日前、金曜日の放課後の出来事だった。その日学校を欠席していたはずの川崎は、屋上から飛び降り自殺した。原因は不明。遺書も残されていなかった。川崎が落ちた北校舎の裏側には数名の女子生徒が居合わせていたが、彼女たちが教師を呼んでくる頃には、既に川崎は息を引き取っていたようだ。

　何故、川崎朱音は校舎裏で死んだのか。

　もしも川崎が注目を浴びたかったのなら、校舎裏ではなくグラウンドに向かって飛び降りるはずだ。そもそも、北校舎を選んだ時点でおかしい。北校舎は特別教室が密集しており、ほとんどの教室が閉め切られている。普通教室の多い南校舎と違い、残っている生徒はいない。自分の死を誰かにアピールするつもりなら、南校舎でグラウンド側に飛ぶのが一番だっただろう。だが、彼女はそうしなかった。

　自殺現場には救急車が到着し、騒動は瞬く間に広がった。翌日、土曜日だというのに生徒たちは学校に集められ、そこでいじめに関するアンケートが行われた。事情を知っている生徒は個別で呼び出されたらしい。その後、保護者会も行われたが、特に目新しい情報はなかった。

　動画の再生ボタンをもう一度押し、祐介は思案に耽る。常識的に考えて、自殺する人間が遺書を残さないのはおかしい。他殺なのではないかという疑惑が浮かび上がるのも当然だ。土曜日に行われた保護者会でも同じような問いが出たというが、学校側は頑なにそれを否定した。

　川崎朱音は自殺だった。いじめはない。アンケートでもいじめがあったと回答した生徒はいなかった。学校側の説明に納得する保護者は少なかったが、異を唱える人間はいなかった。川崎の両親が娘の死を騒ぎ立てて欲しくないと宣言したからだ。こうして川崎朱音の自殺騒動はあっという間に収束し、今では大半の生徒たちが元通りの日常生活を取り戻していた。

放課後になると雨は上がり、頭上には澄んだ青空が広がっている。窓ガラスに映りこむ自分の顔にふとピントを合わせると、セットしたはずの前髪が乱れていた。中指で黒髪を分けていると、映る自分の肩から俊平が顔を突き出した。

「セット終わった？」

「うっせ」

見られたのが恥ずかしくて、祐介は俊平の肩を軽く殴る。「理不尽！」と俊平は怒ったような声を出したが、その口元は笑っていた。

「今日さ、部活あんだって。俺、一日雨降ると思ってたから油断してた。祐介、ジャージ持ってきた？」

「一応な」

「マジかよ。俺、普通に持ってきてねえわ」

「体操服でやればいいじゃん」

「あのくそダサいやつで？　絶対笑われるだろ」

俊平が歩き出したのを視界に捉え、祐介は慌ててスポーツバッグを肩に掛ける。部活用ジャージ、水筒、弁当箱。たったこれだけの荷物でバッグの中身はほとんど占領されてしまうため、宿題に使わない教科書はすべて机の中に放置してある。

俊平が思い出したように口を開いた。

「そういやさ、この前の模試の結果、四組はもう返ってきたらしいぜ」

「相変わらず四組は返すの早いな。また中澤（なかざわ）は二位止まり？」

「そうそう。二位で不満言うのはアイツくらいだよな」

廊下に足を踏み出した途端、ヒヤリとした空気が祐介の首筋を掠めていった。雨が上がったとはいえ、漂う空気はどこか湿っている。肌に纏（まと）わりつくような感覚が不愉快で、祐介は眉間に皺（しわ）を寄せた。

「志望校判定とか見たくねえよな。俺、ずっと二年のままがいい」

「分かるー。三年になりたくねー、受験もしたくねー」

「でもさ、修学旅行も先月終わったし、もうメインイベントといえば受験ぐらいしか残ってねーよな」

「気がはえーよ」

ツッコミのつもりなのか、俊平がこちらの背を叩く。その衝撃の大きさに、祐介は思わず咳き込んだ。彼はとても良い奴だけれど、力加減ができないところが欠点だ。

「ごめんごめん」

「馬鹿力なんだよな、お前」

「お前が貧弱すぎるんだろ」

不意に、俊平が足を止める。視線を目で辿ると、彼は屋上へと繋がる階段を凝視していた。祐介は鞄の持ち手を肩に掛けなおし、俊平の顔を覗き込んだ。

「興味あんのか？」

問いかけに、俊平は答えなかった。黙り込んだ友人に気まずさを感じ、祐介は自然と足元に目線を落とす。俊平は上履きの踵(かかと)部分を踏み潰すようにして履いていた。スラックスの裾はくるぶしよりやや上までしかなく、彼の背が入学時よりも幾分か伸びていることを示していた。

「祐介さ、知ってる？」

俊平がこちらに顔を向ける。目と目が合い、それだけで何故だか心臓がギクリと跳ねた。動揺したことを悟られたくなくて、祐介は素っ気ない口調で告げる。

「何がだよ」

「川崎が死んだ日、屋上は封鎖されてなかったんだって」

「へえ？」

「用務員がさ、二週間前から鍵を紛失してたらしい。その鍵を使ってあの日、川崎は屋上に入ったんじゃないかって噂。保護者会じゃさ、結構その辺の管理問題で議論になったらしいよ」

俊平が一段飛ばしで階段を上っていく。その場に呆けたように突っ立っていた祐介は、そこで慌てて彼の背を追いかけた。三階を通り越し、二人はそのまま屋上に向かって進んでいった。最上階の踊り場は狭く、屋上に繋がる扉にはデカデカと立ち入り禁止と書かれたプレートが取り付けられていた。足元には消火用と書かれたバケツが重なるように置かれており、その底にはうっすらと埃が積もっている。

俊平はドアノブを摑むとガチャガチャと勢いよく動かした。しかし、扉が開く気配はない。どうやら鍵はすでに新しいものへと付け替えられているようだ。

「あー、やっぱ閉まってんな」

そう言って、俊平は残念そうに肩を落とした。

「そりゃ閉まってるだろ。自殺現場だぞ」

「そうなんだけどさ、もしかしたらって思って」

祐介の指摘に、俊平はへにゃりと眉尻を下げて笑った。祐介はそっと手を伸ばすと、立ち入り禁止という文字を指でなぞる。

この扉の向こう側で、川崎朱音は自殺した。

「手、合わせておこうぜ」

そう言って、俊平は扉の前で合掌した。両手を合わせ、項垂（うなだ）れるように首を伸ばす彼の横顔を、祐介はぼんやりと眺めていた。瞼を縁取るように生えた睫毛は長く、その薄い唇は乾燥のせいでやや荒れている。つま先はピタリと真っすぐに揃えられ、普段は開いているシャツのボタンは一番上まで留められていた。もしかするとこの男は、初めから手を合わせるつもりでこの場所に来たのかもしれない。不自然な沈黙がこの場を支配した。手持ち無沙汰な両手をごまかすように、祐介はスマホをポケットから取り出す。この小さな電子端末は、祐介に無限の娯楽を与えてくれた。

「祐介はいいのか？」

静寂をたっぷりと堪能した後、俊平はどこか満足そうな面持ちでこちらを見た。祐介はスマホをポケットに突っ込むと、静かに首を横に振った。

「俺はいいよ」

偽善者にはなりたくないから。喉からコロリと零（こぼ）れ落ちそうになった本音を、すんでのところで呑み込んだ。俊平は不満そうな顔をしながら、器用に首元のボタンを外す。シャツがはだけ、鎖骨が露（あらわ）になる。白の襟元から、黒のインナーがちらりと覗いた。

「ほら、さっさと部活行こうぜ」

不穏な空気を押し流すように、祐介は目の前の友人の背を押した。


「お疲れさまです」

グラウンドに設置されたプレハブは、運動部の部室用に作られたものだった。サッカー部の部室に入るなり、ジャージ姿の一年生がこちらに頭を下げてくる。それに手を振って応じながら、二人はロッカーに荷物を押し込んだ。室内の中央に並んだベンチでは、三年生たちが楽しげにゲームをしている。壁に貼られた日程表には基礎練習のメニューが書かれているが、それを律儀に守っている部員なんて一人もいない。ウチの弱小サッカー部に、本気で部活に取り組んでいる奴なんていやしなかった。

「お前ら遅くね」

声を掛けてきたのは、二年生の吉田（よしだ）幸大だった。髪を丸刈りにしているせいか、彼は野球部員と間違えられることが多い。

「悪い。ちょっと寄り道してた」

俊平の台詞に、幸大は呆れたように肩を竦めた。

「部活前の寄り道ってなんだよ」

「なんでもいいだろ。それより高野は？」

「学校休んでるんだってさ」

「マジかよ」

露骨に落胆を示す俊平に、幸大は揶揄するように口端を吊り上げた。会話に入る気にもならず、祐介は二人の背後でスマホを取り出す。トークアプリを起動させれば、部内連絡用のサッカー部のグループに『今日は休みます』という高野からの短いメッセージが入っていた。

高野純佳はサッカー部の唯一のマネージャーだ。絵に描いたような優等生で、クラスでは委員長を務めているらしい。目立つタイプではないが、よく見ると整った顔立ちをしている。気配りのできる優秀な人間で、何より胸がでかい。タイプではないけれど、告白してきたら付き合ってもいいとは思う。

「俊平さ、知らねえの？」

「知らねえって何を？」

「高野が休んでる理由」

「体調不良じゃねえの？」

「それがさ、」

そこで一度言葉を区切り、幸大は周囲を見回した。部員たちはみな雑談に夢中で、こちらを気にする様子はない。それでも幸大は他者に聞かれることをはばかるように、その声量をぐっと落とした。

「高野って、川崎朱音と幼馴染らしいぜ」

「マジで？」

俊平が目を見開く。マジマジ、と幸大は頷いた。

「しかもさ、アイツ、あの時屋上にいたらしい」

「じゃあ、川崎が死んだところ見ちゃったってワケ？」

「噂によるとな。だから今日も学校休んでるんだと」

「うわあ、幼馴染が死ぬとこ目撃するとかキツすぎだろ。高野が可哀想だな」

素直に同情する俊平に、幸大は複雑そうな表情を浮かべている。その心情を汲み取った祐介は、俊平の肩に肘を置くと無理やり会話に割り込んだ。

「幸大は、高野に同情してないみたいだけどな」

図星をつかれたのか、幸大がギクリと身を強張らせる。俊平が唇を尖らせた。

「いきなり何言い出すんだよ、祐介は」

「いやさ、さっきの話聞いて高野カワイソーって素直に思うのはお前くらいだろ」

「なんで？　可哀想じゃん」

　こちらが言わんとしていることが本気で分からないのだろう。俊平は不思議そうに首を捻った。祐介は大きくため息を吐くと、暗くなったスマホ画面をコツコツと爪先で叩いた。

「あのな、川崎が死んだときに、高野は屋上にいたんだぜ？　偶然その場に居合わせたワケねーだろ。絶対なんかあったはず——って、幸大は思ってるワケだ」

「そうなのか？」

「いきなり俺に振んなよ」

　俊平の曇りのない眼差しに、幸大はばつの悪そうな顔をした。どうやら同じ部の仲間を疑っているとは思われたくないらしい。

　俊平が判断を仰ぐようにこちらを見る。

「祐介も高野が怪しいと思うわけ？」

「ま、普通は怪しいと思うわな」

「でも、高野ってすげえ良い奴だし、絶対悪いことはしてないと思う。スポドリだって俺の好きな濃さで毎回作ってくれるし……いや、スポドリはどうでもいいんだけど、その、マジで良い奴だから、アイツ」

同学年の女子生徒を庇うにしては随分と必死な弁明だ。これはもしかして、と祐介と幸大は互いに顔を見合わせる。二人のアイコンタクトに気付いた様子もなく、俊平は未だにいかに高野が優しい人物であるかを滔々と捲し立てていた。

「クラスでも人望あるみたいだし、みんなに気を配るタイプだから、絶対幼馴染が死んじゃって心痛めてると思うんだよな。そういうとこに変な噂流すのは良くないっていうか、疑うのは止めたほうがいいって俺は思うというか――」

「俊平はさ、高野のこと好きなわけ？」

相手の言葉を遮り、祐介は直球な問いを投げかけた。淀みなく動いていた彼の口は途端にピタリと静止し、その顔は見る間に赤く染まっていった。幸大がクックックッと愉快そうに喉奥を震わせる。

「そういやお前、清楚系がタイプだったしな」

「ほんとベタだなあ」

「ほっとけ」

冷やかす二人の肩を、俊平が軽く殴る。ずん、と走った衝撃に、祐介は息を止めた。相変わらず馬鹿力だな、と思う。殴られても仕方がないので、文句は言わないけれど。

「ごめんごめん」

肩を摩りながら、幸大が軽やかな口調で告げる。俊平は未だ腹を立てているようで、その場で腕を組んで仁王立ちしている。幸大は後頭部を掻くと、慌てた様子でフォローの言葉を添えた。

「ま、休んでるだけで怪しいとか言うのは良くないよな。あのクラス、他にも欠席してる奴がいるみたいだし」

「他にもって？」

「近藤理央だよ。ほら、美術部のすげー地味な奴。俺さ、去年アイツと同じクラスだったんだよな。近藤、川崎が飛び降りた時、たまたま校舎裏にいたんだと」

「たまたま？　そんなことありえるか？」

「知らねーよ。あと、高野や近藤と違って学校には来てるけど、あの夏川莉苑も校舎裏に居合わせてたって話だ」

入学当初から、夏川莉苑という名前は学年中に知れ渡っていた。トップの成績で入学試験に合格し、今に至るまで模試では学年一位の座を守り続けている。進学校の人間にとって、成績というのはステータスだ。それをほしいままにしている彼女はこの学校で特別視されていた。

祐介は夏川の顔を思い出そうとしたが、脳裏に浮かんだのはぼんやりとした肌色の像だけだった。そもそも、祐介は夏川と直接話したことがない。彼女がどんな人間かなど、明確に覚えているはずもなかった。

「近藤と川崎って、仲良かったの？」

「さあ？　女子の友人関係なんて知らねーし」

祐介の問いに、幸大はあっけらかんと答える。俊平が首を傾げた。

「なんでそんなことが気になんの？」

「いや、知り合いの死体を発見したぐらいで学校休むかなって思って」

それは素直な疑問だったのだが、俊平はぎょっとした様子で目を剝いた。

「そりゃ休むだろ、クラスメイトが死ぬとこを目撃するとか、精神的にキツすぎるって。俺は絶対無理」

「そうか？」

もしも仲のいい友人が死んだら——例えば、俊平や幸大が死んだなら、祐介はきっと悲しむだろう。二度と会えない事実を受け止め、能天気に日常を消費していたことを悔いるかもしれない。だけど、単なるクラスメイトの一人が死んだとして、ソイツが生きていた頃に欠席したときと一体何が変わるというのだろうか。生きていてもいなくても、大した違いはないじゃないか。

「そろそろ練習始めるぞ。さっさと着替えろよ」

先ほどまでゲームに夢中だった部長が、おもむろに腰を上げる。制服姿のまま雑談していた部員たちは、慌ててシャツを脱ぎだした。くしゃくしゃになった体操服に頭を通しながら、俊平が大きくため息を吐く。

「あー、早く帰りてー」

まったくだ、と祐介は内心で同意した。

帰宅するなり、祐介は自室へ直行する。扉を閉め、ベッドに寝転がると、ようやく帰ってきたという実感が湧いてくる。

「あー」

枕に頭を押し付けながら、祐介はスマホを取り出した。天井に顔を向けると、蛍光灯の光が眩しい。網膜に焼き付く光の残滓が視界の中央に出しゃばっている。スマホ画面に指を滑らせ、祐介は例の動画を再生した。

川崎朱音が柵を越える。彼女は一度振り返り、それから軽やかな足取りで空へとその一歩を踏み出す。スピーカーには女子生徒の耳障りな悲鳴が入り込んでいる。カメラは落下する川崎の体軀を追っていたが、地面に接触する直前で屋上へといきなり焦点を移した。グロテスクな映像にさせまいとする撮影者の配慮だ。多くの人間に見せることを前提としたカメラワーク。風に紛れ、花びらのような何かが画面端に映りこむ。屋上の柵から下を覗き込むようにして、一人の少女が身を乗り出した。映像はいつも、そこで終わりだ。

「はーあ、」

再生ボタンを押す。もう一度、もう一度。動画は何度も繰り返され、同じ光景が再現される。薄っぺらい悲鳴。落下する少女。その全てが祐介の興奮を掻き立てる。ごみ箱に積まれたティッシュの山は、命になれなかったオタマジャクシたちの墓場と化していた。

「祐介、ご飯よ」

一階から母親の声が響く。父親はまだ帰ってきていない。どうせ今日も残業なのだろう。祐介はスマホを充電器に繋ぐと、そのまま天井に向かって伸びをした。

「早くしないとご飯冷めちゃうわよ」

「今行くって！」

そう返事し、祐介はわざと荒々しい足取りで階段を下りる。居間に足を踏み入れると、ニンニクの刺激的な香りが鼻先を掠めた。どうやら今日のメインディッシュは野菜炒めらしい。皿の上に並んだ野菜たちは、焦げ付いたせいか茶色を帯びていた。

「いただきます」

食事のとき、母親は必ず手を合わせる。水で荒れた指先はその先端まできっちりと合わせられており、祐介に放課後の俊平の姿を連想させた。

母親と二人きりの食卓は、少し気まずい。沈黙を埋めるように、祐介は白米を口の中に運ぶ。小鉢に入った煮豆を摘まんでいると、おもむろに母親が口を開いた。

「そういえば、学校で女の子が死んじゃったんでしょう？　今日スーパーでばったり福沢くんのお母さんに会ったんだけどね、今いろいろ大変みたいね。土曜日の保護者会、母さんも行けたら良かったんだけど」

「ま、先生たちはバタバタしてるよ」

「やっぱりいじめ？」

「さあ？　学校側はいじめはなかったって言ってるみたいだけど」

「本当かしらね。母さん、絶対おかしいと思うのよ。大体、遺書がないってのも変じゃない？　保護者会のときにね、先生が言ってたらしいの。朱音ちゃんって子が飛び降りた時、屋上にいた子がいたって。その子が犯人なんじゃない？」

その声はどこか軽やかで、まるでテレビドラマの犯人を推測するかのような口ぶりだった。

奥歯で噛み潰した豆を呑み込み、祐介は静かに母親を見据えた。

「犯人って……母さんは川崎が誰かに突き落とされたとでも思ってるワケ？」

「絶対とは言わないけど、その可能性もあるんじゃない？　だって、年頃の女の子たちでしょ？　好きな男の子の取り合いとかしたんじゃないの？」

その推理の荒唐無稽さに、祐介は思わず眉根を寄せた。母親のこういうところが、祐介はあまり好きではなかった。彼女は恋愛というものを過剰に意識している節がある。

「そのくらいで殺したりしないよ。馬鹿じゃないんだからさ」

「するわよ」

そう、母親は断言した。

「女はね、恋愛に関しては怖いわよ。人だって殺せるんだから」

「大袈裟すぎだろ」

「全然大袈裟なんかじゃないわ。アンタも変な女に捕まらないよう気をつけなさいね」

「ハイハイ」

結局のところ、母親はしたり顔で息子に恋愛絡みの講釈を垂れたかっただけのようだ。これ以上この場にいたくなくて、祐介は皿の中身を一気に口の中へと掻き込んだ。

翌日も、天気は悪かった。降り続ける雨は次第にその勢いを増し、通学路は色とりどりの傘で溢れている。深緑色の生地を引っ張れば、傘は柔らかにしなり、そこから水が流れ落ちた。濡れてしまった指先を自身のシャツに擦り付けながら、祐介は前を歩く二人を見遣る。

「手土産ってさ、コンビニのプリンでいいのかな」

「いいだろ、クラスの女子が高野はそれが好きって言ってたし」

俊平が手から提げているレジ袋には、コンビニで販売されている少し高めのプリンが入っていた。高野の見舞いに行こう。今日の部活が休みになったという知らせが届いたと同時に、俊平は意気揚々とそう提案した。祐介が素直にそれを受け入れたのは、友人の恋路がどうなるかという野次馬的な興味も勿論あったが、それ以上に自殺現場を目撃した高野がどのような状態なのか、直接この目で確かめたかったからだった。

「それにしても、いきなり野郎三人で家に押しかけたら迷惑じゃないか？」

祐介の指摘に、俊平が不安そうに眉を八の字に曲げた。

「やっぱそうかな？」

「俺だったらヤだけど」

こちらの台詞にショックを受けたのか、俊平がわたわたと慌てだした。幸大がなだめるように言う。

「ちゃんと高野には連絡してあるから大丈夫だ、部活の練習表を届けに行くって伝えてある」

「おー、さすが幸大。次期部長なだけはある」

「それは関係ないだろ」

次期部長という呼称に、幸大は満更でもない顔をした。部長という肩書きがあると、大学入試の際に推薦を受けやすくなるらしい。一見すると献身的な男のようにも見えるが、彼は意外と打算的だ。その点、俊平は本当に裏表がない。

「あー、高野に迷惑って思われてなきゃいいけど」

青い顔でしきりに腕を擦る俊平に、祐介と幸大は互いに顔を見合わせて笑った。恋する男ほど見ていて滑稽なものはない。

「アレじゃね？」

スマホの地図画面と見比べながら、幸大が道の先を指さす。高野の家は、学校から歩いて十五分ほどの場所にあった。住宅街から少し離れたところに佇む、年季の入った一軒家。WELCOMEと書かれたボードを持つウサギのオブジェは、赤い長靴を履いていた。

「ほら、お前がいけよ」

祐介に背を押され、俊平が恐る恐るインターホンのボタンを押した。間の抜けたチャイムの音が鳴り響き、そこからおっとりとした女性の声が聞こえてきた。

「はい、どちらさまでしょう？」

「あの、高野さんはいますか？　俺たち、サッカー部の人間なんですが、プリントを届けにきました」

「あら、純佳のお友達。ちょっと待ってね」

機械越しに聞こえる母親の声は、高野に似て落ち着いていた。緊張しているのか、俊介がしきりに咳ばらいする。幸大は身なりを気にするように、シャツの襟首を正していた。コイツら馬鹿だなと思いながら、祐介は自身の前髪を指先で整える。

数分後、ようやく扉が開いた。開いた隙間をふさぐように、高野は姿を現した。

真っ先に目に入ったのは、彼女の肌の蒼白さだった。唇には血の気がなく、アーモンド形の目は暗く落ちくぼんでいた。

「雨の中ごめんね」

そう告げる高野の身なりは、普段よりもずっとラフだった。ボーダーのインナーに、灰色のパーカー。細いシルエットのジーンズの裾は、足首まで捲られている。無意識のうちに、祐介は唾を呑んだ。普段はシャツで覆い隠されている胸元が、大胆に晒されている。滑らかな肌を辿るように視線をずらせば、くっきりと浮かぶ谷間がいやでも目についた。

退廃的な雰囲気を身に纏う彼女は、普段よりもずっと美しかった。

「濡れると大変でしょ、玄関まで入っていいよ」

その言葉に甘え、三人は玄関に足を踏み入れた。育ちざかりの男子高校生が三人もいては、靴を脱ぐために設けられたこの空間はやや狭い。しかし、高野は上がってとは決して言わなかった。

「ごめんね、まだ調子が戻らなくて」

そう言って、高野は困ったように眉尻を下げた。唇から漏れる声は、微かに掠れている。

高校に入り、サッカー部に入部してから一年と数か月が過ぎようとしている。マネージャーとして高野とは長い付き合いになるが、こんな風に無防備な彼女は初めて見た。

「いや、急かすつもりはないんだ。ただ、高野が元気かなって思って」

俊平が早口で言葉を捲し立てる。そのどこかが琴線に触れたのか、何かを堪えるように高野は唇を噛みしめた。眉根を寄せ、彼女は睨みつけるように俊平が差し出したレジ袋を見下ろした。

「……高野？」

戸惑いを隠さず、俊平が首を傾げる。高野はそこで我に返ったのか、その唇に弱々しい笑みを乗せた。

「ごめん、なんでもない」

長い指先が、掬(すく)い上げるようにレジ袋を受け取る。俊平は惚(とぼ)けた顔でその場に立ち尽くしていた。高野がくすりと笑う。

「お見舞い、来てくれてありがと」

それからいくらか世間話をし、三人は高野の家を後にした。重大なミッションを成し遂げたせいか、俊平の足取りは行きよりもずっと軽かった。鼻歌交じりにスキップする友人の呑気さが癇に障り、祐介は呆れを隠さず毒づいた。

「お前な、高野の胸見すぎ」

「見てねえって」

「嘘つけ」

図星だったのか、俊平の声が裏返る。反論する俊平の声を聞き流しながら、祐介は足を進めた。ガードレールの向こう側を走る車はどれもびしょ濡れで、その大きなタイヤが水溜まりを轢(ひ)く度に、濁った液体が勢いよく跳ね散った。

「でもさ、なんか今日の高野ってエロかったよな」

ぼそりと呟いた声の持ち主は、俊平ではなく幸大だった。「だよな！」と俊平が嬉しそうに同意する。

「なんというかさ、未亡人感があった」

「高野、彼氏とかいんのかなあ」

鼻の下を伸ばす男二人を無視し、祐介は高野の家の方向を振り返った。いくら高野が美人とはいえ、胸の谷間程度で陥落するとは情けない奴らだ。祐介は腰に手を当てると、大仰に溜息を吐いた。

「たとえ彼氏がいなくても、お前らには高嶺の花だけどな」

「分かってるよ」

肩を竦める幸大の隣で、俊平が抗議する。

「いやいや、夢見るのは自由だろ？　弱ってるときに優しくしたら好きになるってよく言うじゃん」

「お前、それでお見舞いに行こうとか言い出したのか」

「ま、お前は最初からそういう奴だよ」

呆れを含んだ視線を二方向から投げかけられ、俊平は逃げるように足を速める。傘を前のめりにさしているせいか、その背中は雨によって濡れていた。あれでは傘をさしている意味がない。離れていく背中を眺めながら、祐介は呟いた。

「アイツ、本当バカだよな」

俊平はいつもそうだった。前ばかりを見て、肝心なことに気付かない。もっと冷静に周りを見なければ、きっといつか痛い目を見る羽目になるのに。

ははは、と笑う声が聞こえる。傍らを見ると、幸大が肩を震わせていた。

「なんだよ」

眦を吊り上げる祐介に、幸大は慌てて神妙な顔を繕った。その唇が真一文字に結ばれているのは、笑みを嚙み殺しているからだろう。

「俺、笑うようなこと言ったか？」

「ごめんごめん。ただ、祐介は俊平のことよく分かってんだなって思って」

「はあっ？　気持ち悪いこと言うなよ」

思わず顔をしかめた祐介に、幸大が口元をにやつかせる。

「別に照れなくていいだろ。仲良きことは美しきかな！」

そう潑剌と宣言し、幸大は高らかに傘を掲げた。コンビニで買った安物のビニール傘越しには、雲の隙間から覗く青空がはっきりと見てとれた。

帰宅して早々、祐介はベッドに寝転がった。小学生の時に買ってもらった学習机は、今の祐介には少し小さい。棚に並んだ参考書はすべて大学入試に向けて母親が買ってきたものだった。

雨の日の空気は、どこか重苦しい。目を閉じると、瞼の裏には先ほどの高野の姿が蘇った。

乱れた黒髪、青ざめた唇。露出した肌の色は白く、仄かに甘い香りがした。客観的に見て、魅力的な少女だと思う。俊平や幸大たちが彼女の容姿に惹きつけられるのは祐介にも十分に理解できた。

でも、俺は騙されない。

スマホを取り出し、祐介は例の動画を再生する。数えられないほど再生した動画だった。そのワンシーンを一時停止すると、屋上に人影が映っていることが分かる。画質が粗いためにその人物が誰かまではハッキリと識別することはできないが、与えられた情報から考えて、コイツが高野純佳であることは間違いないだろう。

何故、川崎朱音は死んだのか。ひっそりと死にたかったのなら、何故死に場所に学校を選んだのか。遺書も残さず屋上から飛び降りた理由は何だ。考えれば考えるほど、祐介の脳内には一つの疑惑が浮かび上がってくる。

川崎朱音は本当に自殺だったのか。死ぬつもりなんてなかったから、遺書を残さなかっただけではないのか。

「なあ、高野」

——お前が川崎朱音を殺したのか。

画面越しの問いかけに、応える者はいなかった。

「一ノ瀬祐介」

名を呼ばれ、祐介は緩慢な動きで立ち上がる。木曜日の四時間目はホームルームだった。教壇に立つ担任が、先月に受けた模試の結果表を配っている。模試には多くの高校が参加しており、今の段階での自分の学力レベルを知ることができた。

担任から結果表を受け取り、祐介は机の上に広げる。志望校の欄に書かれた学校名は、すべて同じものだった。社会学部、文学部、経済学部、グローバル学部。学部を変えさえすれば、私立大学は何度も受験のチャンスがある。祐介は大学に行って学びたいことなど何もなかった。ただ、プライドのために有名大学に行きたいだけだ。

「B判定かー」

顔を上げると、俊平がこちらの模試の結果を勝手に覗き込んでいた。祐介は肩を竦める。

「二年だしこんなもんだろ」

「中澤は既に志望校全部A判定らしい」

四組の中澤博（ひろし）は俊平の幼馴染だ。数字が得意な学年二位。中学の頃は帰宅部で、今は図書委員会に所属している。

所謂（いわゆる）ガリ勉に分類されるタイプの中澤と、祐介はほとんど交流がなかった。それでも彼についての情報を他人よりも多く持っているのは、偏に目の前にいる男がしばしばその名を口にしているからだった。

「一緒に勉強させてもらえばお前も頭良くなるかもな」

「あー……でも多分、向こうが嫌がるだろうからなあ」

「幼馴染なのに？」

「幼馴染ったって、相性があんだろ。俺と中澤じゃ人間のジャンルが違うって言うかさあ……。祐介だって、中澤と二人っきりは気まずいだろ？」

「確かになぁ」

中澤は悪い奴ではないが、如何せん融通が利かない。一緒にいる価値を感じさせるような人間でもないため、積極的に交流しようという気にはならなかった。

「そういえばさ、」

そこで一度言葉を区切り、俊平は声を潜めて言った。

「中澤って、川崎朱音と付き合ってたらしい」

「はあ？」

思わず声が裏返った。俊平が慌てて祐介の肩を掴む。

「でかい声出すなよ」

「出してねえよ」

反射的にその手を払いのけ、祐介は頬杖をついた。

「全く、これ以上人間関係をややこしくすんなよな」

「何がだよ」

「こっちの話」

模試の結果表を裏返し、祐介は適当なスペースに「川崎朱音」と書き込んだ。その両サイドに「高野純佳」と「中澤博」の文字を並べる。

「中澤と川崎は付き合ってた。で、川崎と高野は幼馴染」

「そうそう」

祐介の説明に、俊平は律儀に相槌を打っている。祐介はその図にさらに他の名前を書き加えていく。

「川崎が飛び降りた日、封鎖されているはずの屋上には高野がいた。それに加えて、普段なら誰もいないはずの校舎裏には、夏川莉苑と近藤理央の二人が居合わせていて、現場を目撃してる」

「まあ、あくまで噂だけどな」

「時刻は夕方で、川崎朱音はその日学校を欠席していた。なのにわざわざ学校に来て、屋上に向かってる。川崎には彼氏がいたわけだし、不幸のどん底だったとも思えない。遺書もない。自殺で片付けるには不自然な点が多くないか？」

「た、確かに！」

説明に納得したのか、俊平は膝を打った。俊平は自身のポケットからスマホを取り出すと、例の動画を再生した。この映像から、もっと他に情報を掴むことはできないだろうか。真剣な面持ちでスマホ画面を凝視する祐介に対し、俊平は間抜け面のまま頭を捻った。

「あー、考えてもわかんねーよ」

「だろうな。情報が圧倒的に不足してるし」

「じゃあ考えても無駄じゃん」

「そうとは限らねーだろ？　もしかしたらどっかで真相に繋がる情報が得られるかもしれないし」

「真相かあ。祐介はさ、なんで真相が知りたいの？」

「なんでって、知りたいのが普通だろ。お前は気になんないの？」

「そりゃ気にはなるけど。今のままだと謎解きシーンのないサスペンスドラマみたいなもんじゃん」

言葉を区切り、俊平は動画を停止させた。ダークグレーの瞳が、画面の中の少女を捉える。

「どっちみちここで話してても新しい情報はないし、もし祐介に本気で調べる気があるなら、夏川に話を聞くのが一番いいだろうな」

「なんで夏川なんだ？　他にも目撃者はいるんだろ？」

「だって高野も近藤も学校に来てないし」

「でも俺、夏川と話したことないんだけど」

「大丈夫だって。祐介って意外と女子ウケいいから」

自信満々に言い切った俊平に、祐介はつい脱力する。彼の手に握られたスマホ画面は、未だ同じ光景で固まっていた。


昼休みを告げるチャイムが鳴り、生徒たちは一斉に昼食を取り出した。スポーツバッグの底に沈んだ弁当箱に目もくれず、祐介は足早に教室を去る。目的地は、二年二組。夏川莉苑のクラスであり、そして川崎朱音がいたクラスでもある。祐介のいる三組と二組の間には、距離なんてほとんどない。だけど、祐介は二組のことをほとんど知らない。知り合いのいない教室に、興味を持つことなんてなかったから。

二組の扉は開いていた。壁に手を掛け、祐介は中を覗き込む。

「今週の日曜は部活なんだよね」

「うっそ、じゃあ放送部組は遊園地行けないのか。別の日にする？」

「えー、いいよいいよ。私らは今度三人で行くから、五人で行ってきな。早苗、日曜のイベント行きたかったんでしょ？」

「じゃあ、次は理央も入れて八人で遊びに行こうね。絶対だからね」

廊下付近のスペースでは、地味な女子生徒たちが群れを成して昼食を摂っていた。七人組とは、随分な大所帯だ。その他の生徒たちは少人数のグループを作り、それぞれ思い思いの時間を過ごしている。室内の雰囲気は穏やかで、その光景は日常という言葉を具現化したかのようだった。

「あれ、二組の人に何か用事？」

通路前で呆然と突っ立っていたのが気になったのか、教室の奥にいた女子生徒がこちらに声を掛けてきた。二つに束ねられた毛先は、くるんと短く丸まっている。前髪の下にある双眸はくりりと大きく、彼女をより幼く印象付けていた。

「夏川莉苑を探してて」

「莉苑は私だよ？」

「あ、そうなのか」

なんとなくばつの悪さを感じて、祐介は自身の首筋に手を当てた。目の前に立つこの少女こそが、件の夏川莉苑らしい。小首を傾げる少女のシャツは一番上まできちんとボタンがしめられており、そこから赤いリボンがぶら下がっている。さすが学年一位。優等生らしい、きちんとした着こなしだ。

「あのさ、川崎の件で聞きたいことがあって」

「朱音の？」

ひくりと、夏川の頰がひきつった。彼女は慌てた様子で周囲を見回すと、扉の外を指さした。

「その話はここじゃできないから、どっか別のところに行かない？」

祐介が応じるよりも先に、夏川は既にこちらに背を向けていた。ずんずんと前を突き進む少女の小さな背中を、祐介は黙って追いかける。遠ざかる教室からは多くの少女たちの笑い声が響いていた。

「こっちこっち」

夏川が向かった先は、北校舎裏の狭いスペースだった。隣接する道路との境に位置するこの場所には、いたるところに緑色のフェンスが張り巡らされている。設置された手洗い場は老朽化のせいで見目が悪く、祐介もグラウンドにある手洗い場が混雑しているときにしか利用しない。

「ここなら人も少ないから」

夏川は手でひさしを作り、屋上を見上げた。川崎朱音は、あの屋上からここに向かって飛び降りたのだ。遺体があったであろう場所は、既に清掃されて元通りになっている。

「昼休みなのに悪いな。飯、食べなくていいのか？」

「うん、大丈夫だよ。ところでさ、君のお名前は？」

にっこりと笑みを浮かべたまま、夏川は小首を傾げた。そういえば、自己紹介がまだだった。祐介はできるだけ人当たりの良い表情を浮かべようと、意識して口角を持ち上げる。こう見えて、愛想笑いは得意だった。

「俺は三組の一ノ瀬祐介。サッカー部」

「サッカー部ってことは、純佳の友達？」

「純佳って高野のことか。まあ、友達だな」

「純佳、サッカー部で活躍してる？」

「優秀なマネージャーだよ」

「そうでしょそうでしょ」

夏川が胸を張る。『朱音』に『純佳』。友人の名を紡ぐ彼女の声は、気安さを感じさせるものだった。恐らく、仲がいいのだろう。高野とも、死んでしまった川崎朱音とも。無意識のうちに、祐介はズボンのポケットに入れたスマホに触れていた。

「で、私に聞きたいことって何かな？　さっき朱音のことって言ってたけど、もしかして一ノ瀬君、朱音のことを調べてる？」

「まあな」

「へぇ」

一瞬、夏川の眼が鋭く光った。その唇が、何かを言いたげに微かに震える。喉を焼くような緊張感。夏川は上目遣いにこちらをじっと見つめていたが、やがてその表情を和らげた。にこりと、彼女は無邪気そうな笑みを浮かべる。

「で、朱音に関して何が聞きたいの？」

扱いにくい女だな、と祐介は内心で舌打ちした。コロコロと変わる表情からは、思惑が透けて見えない。オーバーすぎる感情表現に、祐介は作りこまれたあざとさを感じた。

「あの日、夏川はここで川崎が死ぬところを実際に目撃したんだよな？」

「うん。理央ちゃんといたらね、空から朱音が降ってきたの」

降ってきた、とはすごい表現だ。友人の死を説明するにしては、いささかあっけらかんとしすぎている気もする。眉間に寄った皺をごまかすように、祐介は前髪を指で梳いた。

「理央ちゃんっていうのは、近藤のことだよな？」

「そうだよ、近藤理央ちゃん。クラスメイトなんだ」

「そもそもなんだけどさ、夏川と近藤はどうしてあの日ここにいたんだ？」

「偶然だよ。偶然、私が理央ちゃんを見掛けたの」

そこに座ってたんだよ、と夏川は端の方に設置された古ぼけたベンチを指さした。プラスチック製のベンチはかなり年季が入っており、塗装はすっかり色褪せている。

「近藤はそこで何してた？」

「あー……」

夏川の視線が、不自然に逸らされた。

「えっとね、詳しいことは秘密なんだけどね、理央ちゃんが手紙を破いてたの」

「はあ？」

予想外の返答に、思わず声が裏返ってしまった。あ、と夏川はいきなり顔を赤くする。

「手紙の内容は秘密だよ」

「内容云々より、まず手紙を破ってたって状況が分からん」

「それはまあ、色々あったってことで。一応、あの事件の後に先生たちと破った手紙を回収したんだけど、よくよく探せば今でも切れ端ぐらいなら残ってるんじゃないかな。探してみる？」

そう言うなり、夏川は側溝の中を覗き込んだ。昨日の雨のせいか、水路の壁にはうっすらと茶色の線が残っている。水位の痕だろう。夏川は口端を舌で舐めると、そのまま側溝の中に手を突っ込んだ。

「いや、なにやってんだお前」

目の前の夏川の行動に、さすがの祐介も面食らう。当の本人は頓着した様子もなく、ここかなー？　と側溝の中をまさぐっている。

「お、見つけたよ」

そう言って、彼女は何かを摘まみ上げた。その指先に挟まれているのは一枚の紙片だ。どこかに張り付いていたのだろう。湿気を吸ってよれていたものの、それは紙と認識できる状態を維持していた。

「手、出して」

促されるままに手を出すと、夏川が紙片をその上に置いた。目を凝らしてみると、薄っすらとピンク色であることが分かる。

「いらねー」

「いいじゃん、記念にとっておきなよ」

くひっ、と夏川が奇妙な笑い声を上げる。せっかくの可愛らしい容姿も、この妙な笑い方のせいで台無しだ。

　彼女は跳ねるような動きで手洗い場に向かうと、そのまま念入りに自身の手を洗い出した。側溝に手を入れたのだから当然か。校舎の陰となる一角に、祐介の視線は自然と吸い寄せられる。つま先でトンと地面を叩いたのは、動揺したときの祐介の癖だった。

「夏川はさ、よく学校に来られるな」

　夢中になって石鹸を泡立てている夏川の背に、祐介は素直な感想を投げかける。彼女は振り向かなかった。

「どういう意味？」

「普通さ、女子って友達が死んだらすげー悲しむんじゃねえの？　実際に、高野も近藤も学校を休んでるわけだ。でも、お前は川崎が死んでからも学校に来てる」

「変かな？」

「変って思われても仕方ないとは思う」

　夏川が蛇口をひねる。白い泡に覆われた指先を、彼女は丁寧に水で流していく。

「私は純佳みたいに朱音と幼馴染だったわけじゃないからね。それに、休んでもどうにもならないって分かってるから」

「どうにもならないって？」

「そのままの意味だよ。私が何をしようとも、朱音が生き返るわけじゃない。だったら、家で塞ぎ込んでても意味ないでしょ？」

他の生徒たちとは明らかに違う、感傷を挟まない整然とした言い分に、祐介は好感を抱いた。スカートのポケットからハンカチを取り出し、夏川が手に付着した水滴を拭う。綺麗な手だと思った。

「お前、メンタル強いな」

「そう？　自分では思ったことないけど」

誉め言葉のつもりだったのだが、夏川の反応はイマイチだった。膝丈のスカートのプリーツを整え、彼女は祐介に向き合う。睫毛に縁取られた彼女の瞳が、ぬるりと光った。

「ねえ、一ノ瀬君はどうして探偵ごっこをやってるの？」

ごっこ、という言葉は、明らかにこちらを揶揄するような響きを含んでいた。内心を探られたくなくて、祐介はとっさに顔を背けた。自然とまた、ポケットに手が伸びる。

「別に。ただ、真実が知りたいだけだよ」

「ふうん、カッコいいね」

彼女の唇が、ニンマリと弧を描く。その視線が、祐介の手の上へと突き刺さった。

「でもさ、そういうのってドラマの世界ならいいけど、現実ではやめた方がいいと思うよ」

「なんでだよ」

聞き返す声は、自分で思ったよりもずっと不服そうだった。協力的な彼女のことを、勝手に自分の理解者だと思い込んでいたからかもしれない。

夏川が人差し指の先端をこちらに突きつける。丸く切られたその爪先が、シャツ越しに祐介の胸を戯れに突いた。

彼女は言った。

「一ノ瀬君はさ、ただの傍観者に過ぎないんだから」


家に帰り、真っ先にベッドに倒れ込む。枕に顎を乗せ、祐介は例の動画を再生する。屋上から、少女が落ちる。悲鳴が聞こえる。カメラの端に映りこむ、紙片の白。濃い夕焼け。画面を支配する、赤、赤、赤。

「……なんだよアイツ」

学習机の上には、回収した紙片が置かれている。水分を含んだせいですっかり色褪せてしまった薄桃色の紙片は、祐介に桜の花びらを連想させた。

「ただの傍観者なんかじゃねえよ、俺は」

SNSを起動させ、祐介はそこから個人のアカウントページを開く。例の動画のメッセージ欄には、今日も多くのコメントがついていた。匿名のアカウントでアップロードされた、自殺の決定的瞬間。『お気に入り』を示す数字は、昨日よりもさらに増えていた。

『飛び降りちゃった子、可哀想。悩んでたのかな』

『もう校舎裏に行けないよ、幽霊とか出そうだし』

『どうせやらせだろ、動画加工したに決まってんじゃん』

『ご冥福をお祈りいたします』

『自殺するなら迷惑かけない場所でどーぞ』

『この動画、誰が撮ったんだろう』

動画に対する反応は、人によって様々だ。コメントを送るアカウントの中には、同じ学校の生徒だと思われるものも紛れている。ネットの海に送り出された一本の動画は、瞬く間に拡散され、大きな反響を巻き起こした。コメントの間に挟まれた、機械的な一文。

『おめでとうございます、話題の投稿です』

咄嗟に、祐介は唇を手で覆った。それでも笑いが込み上げてきて、祐介はじたばたと足を動かした。みんなが、この動画を見ている。——俺が撮った、この動画を！

「はーっ」

ゾクゾクする。興奮が血管を伝い、全身の細胞に染み渡る。脳みそに熱が回り、理性が形なく溶けていく。

あの日、祐介は北校舎裏に偶然居合わせていた。グラウンドの手洗い場が他の生徒たちに占領されていたので、わざわざ空いている北校舎裏の手洗い場にまで向かったのだ。

部活動の恰好のまま祐介が通路を歩いていると、不意に話し声が聞こえてきた。壁越しに覗いてみれば、珍しいことにその日は二人の女子生徒がいた。こちらに背を向けていたためその顔は見えなかったのだが、今になっては分かる。あの場にいたのは、夏川莉苑と近藤理央だ。

片方の少女が空を見上げた。その視線を追いかけるように屋上を見上げると、川崎朱音の姿が見えた。カメラを向けたのは咄嗟の判断だった。ズーム機能を最大まで駆使し、祐介は川崎朱音の死の一部始終をスマホに収めた。その後、祐介は二人に気付かれないように校舎裏を後にした。クラスメイトが降ってきたことは、二人にとってはよっぽど衝撃的だったのだろう。彼女たちがこちらに気付いた様子はなかった。

受験、推薦。刹那的に浮かんだ単語が、祐介の意識を強く支配した。第一発見者として現場にいたとなれば、騒動に巻き込まれるかもしれない。それに、あの距離からの飛び降りだ、自分が何をしたってどうせ助からない。即座に組み立てられた推測は、祐介に逃亡を選択させた。

もしもあの場にとどまっていたら。良心の呵責が生み出す仮定を、祐介は拒絶する。あの時祐介にできたことは、この動画を撮ることだけ。真実を伝える、ただそれだけだった。自分はやれるだけのことはやった。責められる理由なんて、一体どこにあるというのか。

「俺たちは皆、知る権利を持っている」

スマホを切ると、画面は一瞬にして黒く染まる。そこに映る自分の口元は、歪に引き攣っていた。

金曜日の授業終わりを告げるチャイムの音は、いつもよりも甘美な響きがする。教室を後にする生徒たちはみな浮足立っており、上靴の刻むリズムはどこか軽やかだ。

「部活行こうぜ」

隣の机に浅く腰かけ、俊平は脚を揺らす。その傍らにある鞄は、教科書が入っていないのか随分と薄かった。

「今日は三年とパス練らしいぜ」

「マジかよ、めんどくさ」

「先輩に向かってそんなこと言うなよ」

立ち上がった祐介を見て、俊平は机から飛び降りる。ガタリと揺れた机の脚に、祐介は眉をひそめた。

「あぶねーな」

「倒れなかったからセーフだろ」

「そういう問題じゃねえっつーの」

祐介と俊平。二人が共に歩くだけで、周囲の女子生徒からは熱っぽい視線が送られる。自分たちの見栄えがいいことを、祐介は十分自覚していた。

「そういえばさ、」

俊平が不意に足を止める。彼の背後には、窓ガラス越しに雲一つない青空が広がっていた。透き通ったコバルトブルーは、忍び寄る夏を思わせた。

「高野、今日から学校に来てるんだってさ」

彼が指差す先には、グラウンドの端に佇む高野の姿があった。ジャージ姿の彼女は、普段通りの態度で部活に臨んでいるようだ。長い黒髪が乾いた風になびいている。ふうん、と呟いた祐介に、俊平は不服そうな顔をした。単純明快な彼は、もっとポジティブな台詞を祐介に期待していたのだろう。注がれる視線に根負けし、祐介は肩を竦めた。

「元気になって良かったたな」

「だよな！」

こちらの返答に満足したのか、俊平は大きく口を開けて笑った。彼のこうした快活さが、今の祐介には煩わしかった。

この学校のサッカー部の練習は、大抵ストレッチから始まる。身体の筋肉をほぐし、それからパスやシュートの練習に移るのだ。練習にどんな効果があるかは知らない。先代の、そのまた先代の先輩たちが作った練習メニューを、ただダラダラとなぞっているだけだからだ。

練習時間はまだ続いていたが、祐介は人目を避けるように部室へ向かった。サボり癖に関しては先輩から色々と小言を言われることもあるが、活動に熱心な部でもないため、部長や顧問からは見逃されている。

扉を開くと、そこにあったのは日誌を書いている高野純佳の姿だった。長い黒髪を耳に掛け、彼女はゆっくりと顔を上げる。

「あぁ、一ノ瀬くん。お疲れさま」

水曜日に会ったときと比べ、高野の顔色は格段によくなっていた。蒼褪めていた唇は血色を取り戻し、瑞々しさに満ちている。胸の位置まで伸びる黒髪は艶やかに輝いており、その双眸は生気を湛えていた。

「今はパス練の時間だけど、何か忘れ物？」

祐介がサボりに来たことぐらい、マネージャーである彼女にはお見通しだろうに。なんとなくばつの悪い思いをしながら、祐介はベンチへと腰かける。

日誌の空白を、高野の整った文字が埋めていく。几帳面に並んだ文字は、整然としていて読みやすい。

「休憩しに来たんだよ」

「そうなんだ」

手を止め、彼女が青色のボトルを差し出してくる。お手製のスポーツドリンクだ。

「サンキュ」

祐介はそれには口をつけず、持つだけに留めた。

「飲まないの？」

「まあな」

正直なところ、高野から受け取ったものを素直に口に入れる気にはならなかった。

日誌を閉じ、彼女は大きくため息を吐いた。こちらを見る視線には、どこか刺があるような気がする。剣呑な雰囲気に、祐介は思わず身構えた。

「莉苑に余計なこと聞いたでしょ」

莉苑とは、夏川莉苑のことか。純佳、と親しげに名を呼ぶ夏川の横顔が、祐介の脳裏を過ぎる。

「それがなんだよ」

「どういうつもり？　朱音の件を探るなんて」

「なんだよ、調べられたら困ることでもあるのか？」

挑発的な台詞に、高野の眦がきりりと吊り上がった。高野は学校指定のジャージを着ている。自身の真面目さを強調するかのように、彼女はファスナーを一番上まで上げていた。意志の強さを感じさせる面付きは、数日前の彼女とはもはや別人のようだった。

「痛くもない腹を探られて、嫌だと思わない人はいないと思うけど」

「本当にそれだけか？」

「何が言いたいの」

二人きりの部室はやけに静かだった。祐介は高野の眼前にスポーツドリンクのボトルを突き出す。

「俺、ずっと前から怪しいと思ってたんだよな。お前のこと」

彼女はそれを受け取らない。その手がボトルを払いのけると、ボトルは簡単に机の上へ転がった。高野はそれに視線すら向けず、祐介を睨みつけていた。

「どうして？」

「状況的に考えて、川崎朱音の自殺現場にお前が居合わせていたことが偶然だとは思えない。

自殺のくせに遺書もない。屋上なんて目立つ場所を死ぬために選んでいる割に、川崎が飛び降りたのはグラウンド側ではなく、人気のない校舎裏。ちぐはぐなんだよ、川崎の行動は。だけど、こう考えたら筋が通る」

祐介は傲慢な動きで足を組んだ。

「お前はあの日、屋上に川崎朱音を呼び出した。そして、校舎裏に向かって川崎を突き落としたんだ。川崎朱音は自殺だったんじゃない。お前に殺されたんだ」

「それ、本気で言ってるわけ」

問う声音は冷ややかだった。平静を装っているが、彼女の太ももは先ほどから小刻みに上下に揺れている。苛立ちが隠せていないのだ。高野の動揺を一つ見つけるたびに、祐介は自身の視界がクリアになっていくのを感じた。血管が開き、熱が体内を巡る。舌先が淀みなく動き、祐介に言葉を紡がせる。

「ただの推理だよ。けど、こう考えればつじつまが合う」

「私が朱音を殺す動機は？　あの子は、私の幼馴染だったのよ？」

動機。それを考えると、祐介の思考はいつもストップしてしまう。他人の心の機微を摑むのは、祐介にとって何より難しいことだった。何故、高野は川崎を殺したか。その疑問と向き合ったとき、祐介の脳裏に先日の母親の台詞が蘇った。

——女はね、恋愛に関しては怖いわよ。人だって殺せるんだから。

「お前は、中澤博のことが好きだったんじゃないか？」

声に出してみると、すべてのピースがカチリとはまったような気がした。そうだ。そう仮定すれば、すべてが繋がる。

「だけど、中澤は川崎朱音と付き合っていた。嫉妬で、お前はアイツを殺したんだ」

「そんなわけないでしょ」

両手で机を叩きつけ、勢いよく高野が立ち上がる。こちらに詰め寄ろうとする彼女を、祐介はスマホの画面を突きつけることで制止した。

「動画にだって、屋上にいたお前の姿が残ってる。否定の言葉だけじゃ、俺はお前を信用できない」

再生ボタンを押せば、例の動画が流れ始める。高野は露骨に顔をしかめると、画面から目を背けた。その額には汗が滲んでいる。

「そんな動画、よく見られるね。私は絶対に見たくない。大体、こんな動画、信用できないよ。編集で加工してるかもしれないし」

「編集なんかしてねーよ！」

声を荒らげた祐介に、高野はハッと息を呑んだ。その双眸がさぐるように祐介を見る。自身の胸元を手で押さえ付け、彼女は震える声で問いを発した。

「……まさか、アンタがこの動画を？」

肯定か、否定か。冷静な思考であればすぐさま選べたはずの二択に、祐介は言葉を詰まらせた。撮影者としてのプライドと、自己保身。二つの感情が、胸中で激しく衝突する。

「それは、」

即座に否定できなかった時点で、疑惑を認めたようなものだった。

何故、匿名のSNSアカウントで動画をアップロードしたのか。何故、誰にも撮影者であることを秘密にしていたのか。その答えは簡単で、自分が撮影者であることを知られたくなかったからだ。もしも自分があの現場にいたと知られたら、次に掛けられる台詞は決まっている。

「信じられない。撮影してる暇なんてあったら、もっと他にやるべきことがあったでしょう？」

高野の声は、軽蔑に満ちていた。トーストにバターを塗るみたいに、高野はたっぷりとした毒をその眼差しに塗り込んだ。

「どういうつもりなの？　どうして、こんな動画をネットに上げたの」

「それは……伝えなきゃって思ったから。俺らの学校で起きてることなんだから、みんな知りたいだろうし」

「それで？　隠れてニヤニヤしてたわけ？　自分の動画を見てみんなが反応するのが楽しかったって？　最低じゃん」

「ちげぇよ」

「そのくせ、私が殺したとか言ってきてさ。アンタ何様のつもり――」

「真実を知りたいと思って、何が悪いんだよ！」

そう叫んだ瞬間、祐介の眼に向かって冷たいものが飛んできた。目元を拭うと、皮膚にべったりとした感触が張り付く。ボトルに入っていたスポーツドリンクを高野が浴びせてきたのだ。濡れた前髪を掻き上げ、祐介はそこでようやく自身の手の中にあるスマホの存在を思い出した。手元に視線を落とすと、液晶画面が濡れている。それが視界に入った瞬間、一気に血の気が引いた。慌ててズボンに擦り付け、水分をふき取る。電源ボタンを押すと、液晶はいつものように明るい光を取り戻した。スマホを握りしめたまま、祐介は目の前の女を睨みつける。

「なにすんだよ。壊れたらどうするんだ」

俯いたまま、高野は何も言わなかった。ボトルを握る手は力なく垂れており、その飲み口からは糸のように液体がこぼれている。このままでは部室に水たまりができてしまう。

「おい、」

思わず伸ばした手を、高野は素早く払いのけた。ピシャン、と乾いた音が部室に響く。手の甲に走った痛みに祐介が文句を言うよりも先に、高野は口を開いていた。

「真実って、何？」

その手から、ボトルが滑り落ちる。声はか細く、華奢な肩は小刻みに震えていた。ジャージの裾を強く握りしめ、彼女は顔を上げた。その表情に、祐介は息を呑む。

高野は泣いていた。瞳は涙で滲み、そこから大粒の滴が次から次へと零れ落ちる。

「朱音と他人のアンタが……朱音のことなんか全然知らないアンタが、それを知る必要なんてある？　わざわざ周りの人間をコソコソ嗅ぎまわって、それで？　本当のことを知ってどうするの？　またネットにアップする？」

くしゃりと、高野の顔が歪む。わなわなと震える唇は、燃えるように赤かった。その気迫に圧倒され、祐介は一歩後ずさりした。空いた分の距離を詰めるように、高野が身を乗り出す。伸ばされた手が、祐介の胸倉を摑んだ。その力は、あまりに弱かった。

「知りたいって思う人間全員に真実を知る権利があるとは、私には到底思えない」

その細い指が、祐介のスマホの画面に触れた。大して力のない高野を振り払うことなど、祐介にとっては造作もないことだった。なのに、身体が動かない。彼女の眼差しが、吐息が、祐介の良心を今にも握りつぶそうとしている。息ができない。酸素が足りない。

「ねえ、ここに映ってるの、生身の人間だよ。自分のやったことの意味、本当に分かってる?」

声が出なかった。自分のやったことの意味。考えまいとしていた現実が、急速に祐介の前に押し寄せる。

まるで幼子のように、高野はしゃくりあげた。

「朱音は生きるのが苦しくて死んだのに、なのに、どうして死んでから見世物みたいにされなきゃいけないの? みんな、なんで笑ってこの動画が見られるの? 私には理解できない。こんなの、朱音を侮辱してる」

言われなくたって、そんなことは重々承知のはずだった。何度も繰り返し見た動画だ。川崎朱音の死の瞬間を握る、重要な証拠映像。低い画質で映されたそれは、紛れもない真実を捉えている。そう、ここにあるのは真実だ。屋上から落下しているのは、ただの無機物なんかじゃない。自分と同じように生きていた、生身の人間だ。

喉がひくつく。胃が痙攣し、すえた臭いが食道を逆流してくる。不快感に、祐介は思わず顔をしかめた。川崎朱音は死んだ。そんなこと、最初から知っていた。ただ、実感がなかっただけで。

涙を恥じるように、高野は自身の目元を乱暴に袖で拭った。赤く腫れる目元は、随分と痛ましかった。彼女は怒っていた。たぶん、亡くなった友人のために。

「朱音の死を、アンタなんかが踏みにじらないで」

嗚咽交じりの彼女の声が、心臓をきつく締め上げる。怖い。己の犯した罪の重さに戦慄が走る。自身の下劣さを認識した瞬間、祐介は一目散に駆け出していた。部室の扉も閉めず、祐介はただがむしゃらに走る。とにかくここから逃げたかった。

高野は、追ってこなかった。

「——はぁっ、」

全力で走った祐介が辿り着いた場所は、川崎が死んだ場所でもある北校舎裏の空きスペースだった。息を切らしたまま、祐介は壁に手をついた。ゼイゼイと上下する肺は、やがて空気だけでは飽き足りないと言わんばかりに、胃の中身まで逆流させた。吐き出された吐瀉物(としゃぶつ)が、地面に醜く飛び散った。

「くそっ」

震える手で、祐介は動画を再生する。画面に映し出される、柵に掴まる少女。ぼやけた肌色。彼女は下を覗き込む仕草を見せ、そのまま力なく崩れ落ちる。

もしかして、高野はこの時、川崎朱音を救おうとしたのではないか。届かない手を伸ばし、必死に。眩暈がする。画面にちらつく紙片、鮮烈な赤。動画を構成するすべてが、気持ち悪くて仕方なかった。脂汗が額に滲む。腹部を押さえ、祐介は歯を食いしばる。ＳＮＳの投稿ページを開くと、華々しい数字が祐介を出迎えてくれる。以前までなら高揚感を抱いたはずのそれに、覚えるのは嫌悪だけだった。感覚のない指で、祐介は投稿ページを削除する。一瞬にして、アカウント上から動画が消える。そこには、痕跡すら残されない。

「ははっ」

込み上げてくる笑いは随分と乾いていた。どっと無力感が湧き上がり、祐介はその場にへたりこんだ。すっかり気が抜けていたせいで、危うく汚物に触れそうになった。

「最初からこうすりゃよかったんだ」

次は自分のフォルダから動画を消そう。そう思い立ち、スマホを操作しようとしたところで、ピコンとスマホの通知音がなった。見ると、中学時代の友人から、メッセージが来ていた。

『これ、お前の学校だろ？　やばくね？』

簡単なメッセージの下に添えられた、短い動画。――まさか。唾を呑み込み、祐介はゆっくりと手を伸ばす。

再生ボタンを押すと、流れてきたのは見覚えのある映像だった。それは、先ほど祐介が自身の投稿から消したはずの動画だった。少し考えれば分かる。ネット上に拡散されたものは、もはや祐介が管理できる限界を超えていた。どうやっても、もうあの動画は消せない。川崎朱音の死の瞬間は、いつまでもネット上に晒され続けるのだ。

『この屋上の子、あやしくね？』

続いたメッセージを見た瞬間、祐介はスマホを壁へと投げつけていた。コンクリートの壁にぶつかり、スマホから不穏な音が響く。ひび割れた画面を天に向け、スマホは蟬の死骸みたいにその場に惨めに転がっている。

それでも、動画は消えなかった。

第一章

この物語に

探偵(きみ)は

いらない（完）

2. 回答者：石原恵

Q1. あなたは川崎さんについて何か知っていることはありますか。

何も知らないです.
クラスメイトでしたが、すごく優しい子でした。

Q2. あなたは学校内で誰かがいじめられているところを
見たことはありますか。

いじめっていうか、細江さんたちが他の子にきつく
当たっていたのは見ました。
いじめかは分からないですけど。

Q3. あなたはいじめに対してどう思いますか。

嫌だなとは思いますが、
なくすことはできないのかなとも思います。

Q4. 今回の事件やいじめ問題について
学校側に要望がある場合は記入してください。

用務員さんが屋上のカギを紛失していたなんて、
許されないことだと思います。
その説明をきちんとして欲しいって
お母さんが言ってました。

石原恵（いしはらめぐみ）にとって、川崎朱音はクラスメイトだった。修学旅行で同じ班になったこともある。朱音ちゃんは美人なのに、地味で目立たない存在の恵にも優しかった。だから、恵は彼女のことが好きだった。

二年二組の空気は、以前と全く変わらない。静まり返った教室に響いているのは、教師が黒板にチョークで文字を書きつける音だけだ。県内から集まった選りすぐりの優等生たちは、授業中の私語をよしとしなかった。首だけを捻り、恵は教室の後方に視線を送る。否が応でも視界に入ってくるのは、一輪の白菊だ。朱音ちゃんが亡くなったという事実を知らしめるように、花瓶は堂々と朱音ちゃんのいた席に置かれていた。密集する白い花弁は、しなやかに空へと伸びている。木製の机に散ったいくらかの花びらが、濃い生の気配を匂わせていた。

先週の金曜日、朱音ちゃんは亡くなった。だけど彼女のお葬式にクラスメイトたちは呼ばれなかった。もちろん、恵も。朱音ちゃんの両親の意思で、親族だけでひっそりと執り行うことになったらしい。朱音ちゃんは遺書を残していなかったが、彼女の両親は何故だか自分たちの娘が自殺したと確信しているようだった。

「ここの『おくる』は死に遅れる、つまりは先立たれるという意味だ。受験では重要単語だからな、チェックしとけ」

古典の田中先生は、そう言ってチョークで黒板をガンと叩いた。田中先生は筆圧が高いことで有名で、古典の授業の後はいつも教壇がチョークの粉まみれになってしまう。前の席に座る子は、先生が文字を書く度に机の上を手で払っていた。

ノートに赤ペンで線を引きながら、恵はちらりと窓際の席へと視線を送る。

まず目につくのが、地毛と呼ぶにはいささか苦しいこげ茶色の髪。窓から差し込む日光を浴びる度に、その毛先がきらびやかに光を弾く。髪の隙間から覗く白い耳たぶには、控えめなデザインのピアスが輝いている。カッターシャツは鎖骨が見えるぐらいまで開かれ、スカート丈は膝のやや上だ。黒板に向けられたその横顔からは、自分の容姿への自信がありありと見て取れた。

細江愛(あい)。みんなから嫌われている、怖い人。

たぶん、朱音ちゃんは細江さんのせいで死んじゃったんだ。確証はなかったが、恵はそう確信していた。だって、細江さんが朱音ちゃんを嫌ってるって噂、前からあったし。今回の件だって、彼女が原因に違いない。ペン先がノートの上を滑り、少し歪な吹き出しを描く。恵はシャーペンに持ち替えると、その中に大事なことを書き込んだ。

『おくる　死に遅れる＝先立たれる』

昼食時間になり、生徒たちは一斉に机を動かし始める。昼食時間に誰と食べるか、そのメンバーは大抵春頃には決まっていて、変化することはほとんどない。

「ごはん食べよー」

「やば、お箸入ってない」

「最悪じゃん、食堂で割り箸もらってきなよ」

「そうする。あーあ、テンション下がるなあ」

「私もついてくよ。ちょうど自販機で飲み物買いたかったんだ」

「あ、じゃあ私も行くー」

怒濤の勢いで流れる会話に、恵は曖昧に笑いながら相槌を打つ。二年生になり、クラス替えを終えてからというもの、恵はいつもこのメンバーと一緒にいる。クラスの女子の過半数を占める友達グループは、二組の最大派閥でもあった。科学部が二人、手芸部が一人、放送部が三人。そして、美術部の近藤理央と自分を含めた八人だ。そのメンツは、クラスでもほとんど目立たない、大人しい生徒ばかりだった。

モブ、という言葉がある。モブキャラクターの略称で、メインキャラやサブキャラを彩るためだけに存在する、特に意味のない端役を指す。もしもこの現実世界が小説であったなら、恵たちはきっとただのモブだ。区別できなくても支障のない、ただそこにいるだけの存在。少女A、少女B。そんな風に自分たちのことを表現したとしても、きっと誰も困らない。そしてその事実に、恵が不満を抱いたことはない。悪目立ちするよりもその他大勢の中の一人になる方が、生きていくには楽だからだ。

「そういえば、理央ちゃんは休みなんだね」

正面の席に座っている少女Aが、恵の隣の席を指さす。恵は肩を竦めた。

「うん。気分が悪いんだって」

「理央ちゃんも本当タイミングが悪かったね、川崎さんが死ぬところに居合わせちゃうなんて」

「あの子、前からそういうところがあるんだよね。なんというか、間が悪いの」

恵の台詞に同意したのか、少女Aが唇を薄く歪める。美術部に所属する近藤理央は、このグループの中で恵と一番仲が良い。引っ込み思案な性格の理央は、何故だか余計なトラブルに巻き込まれることが多かった。

「お箸もらってきたよー」

食堂に向かっていた生徒たちが戻ってくる。がやがやと会話を交わしながら、少女たちは自然と所定の配置につく。誰が誰の隣になるか。自然と出来上がったルールであるが、それが破られることは決してない。

七人は昼食を机に並べ、一斉に手を合わせる。

「いただきます」

ぴたりと揃った声が、教室にこだまする。おはよう。ありがとう。ごちそうさま。こうした挨拶をきちんと行うことは、恵たちにとって当たり前のことだった。中学の頃は周囲の目を気にして、こういうきちんとした行動を取るのを避けていたのだけれど、高校に入ってからは恥ずかしいと思うこともなくなった。進学校は、恵に相応しい環境だった。真面目に振る舞い、一生懸命勉強する。そのことを馬鹿にしてくるような人間はこの学校にはほとんどいない。

「明日の古典単語のテスト、マジで憂鬱」

「七割取れなきゃ再テストだって」

「毎日毎日テストと課題ばっかりだね。本当嫌になる」

「ねー。気が滅入っちゃうよ」

「しかも明日から雨だって」

「うっそ。私さ、雨の日って頭痛くなっちゃうんだよね」

「分かるー、嫌だよねー」

　このメンバーでの会話は、いつだって移り気だ。皆が口々に話すため、話題はコロコロと変わっていく。恵は多人数でいるときに自分から話すタイプではないので、大抵は相槌を打つことに専念している。他人の話を聞くのは好きだ。自分の言葉を紡ぐより、よっぽど。

「あ、そういえばあのアンケート、みんななんて書いた？」

　焼きそばパンを咀嚼していた少女Cが、思い出したかのような口調で尋ねた。箸の先端で、恵は焼きたらこを半分に割る。たらこは恵の好物だ。母親はそれを知っていて、恵を励ましたいときにはお弁当に必ず入れる。クラスメイトの死によって娘が落ち込んでいると心配しているのだろう、大丈夫だって言ったのに。そう胸中で呟きつつも、恵は込み上げてくる笑みを隠すことができなかった。母親の愛情は真っ直ぐすぎて、素直に受け取るには照れくさい。

「アンケートって、あの自殺の？」

「そうそう、土曜日の全校集会で書かされたやつ」

「あー、あれ最悪だったね。休みだったのにわざわざ学校に行かされてさ」

「しかも校長の話がやたら長いし」

「あれはまじ時間の無駄だった」

頬杖をついたまま、少女Dが大きくため息を吐く。朱音ちゃんの自殺が発覚した翌日、学校では緊急集会が開かれた。全校生徒を対象にいじめに関するアンケートが行われ、その後、命の大切さについての話を校長から延々と聞かされた。

「アンケート、どれぐらい書いた？　私、ああいうのってなんて書いていいか分かんないんだよね」

「確かに難しいよね、なに答えていいかも分かんない」

「そんなに朱音ちゃんと仲良かったわけでもないしね」

「たまたま一緒のクラスだっただけだし」

「でも、一応アレは書いておいたよ。細江さんが前から川崎さんにキツく当たってたって」

話題に上った人物の名前に、私は思わず教室の隅を見遣った。窓際の席では、細江さんが友人たちと共にお昼ごはんを食べていた。夏川莉苑と桐ケ谷美月。モブである私たちとは明らかに違う、オーラを纏った少女たち。

「だってさ、朱音ちゃんの彼氏って細江さんの元カレだったんでしょ？」

「細江さんが嫉妬していじめたんだよ」

「あー、あの子ならやりかねないね」

「朱音ちゃん、絶対そのせいで自殺したんだよ」

細江さんと桐ケ谷さんは、元々バスケ部に所属していた。勝気な性格で、オブラートに包んで相手に伝えることができないタイプ。相手が傷付くかもしれないことを平気で言い放ち、そしてそれが正しいことだと思っている。恵は二人のことが大の苦手だった。とにかく怖いからだ。

そんな二人の横でニコニコと笑いながらオムライスを食べ進めているのは、頭が良いことで有名な夏川さんだ。入学時から今に至るまで、彼女が模試の結果で一位を逃したことは一度たりともない。川崎朱音、高野純佳、夏川莉苑。この三人が一緒にいるところを、恵はたびたび目撃していた。

「夏川さんってなんで細江さんらとご飯食べてるんだろうね」

「そりゃあ、純佳ちゃんが学校休んでて、一緒に食べる人がいないからでしょ」

「私らと一緒に食べれば良かったのに」

「ま、ここのところ夏川さんってあの二人と仲良かったし」

「夏川さん、朱音ちゃんが死んだのによく学校に来られるよね」

「純佳ちゃんはショックで休んでるのに」

「悲しいとか思ってないのかな。ちょっと薄情じゃない？」

「ま、夏川さんってそういうところあるし。やっぱ天才は感じ方も違うんでしょ」

交わされる声に悪意はなかった。夏川莉苑というクラスメイトに対する、客観的な感想だ。しかし聞きようによっては悪口にとられるかもしれない。談笑する友人から意識を逸らし、恵は夏川さんを注視する。細江さんに何かを言われた夏川さんが、愉快そうに笑っている。どうやらこちらの会話は聞こえていないようだ、と恵は静かに安堵の息をこぼした。

「あの動画見た？　川崎さんの」

唐突に、少女Eがスマホを取り出した。最新版の機種は、流行りのキャラクターの描かれたカバーに覆われている。校則では携帯電話の持ち込みは禁止されているが、それを律儀に守っている人間なんて一人もいない。話題に食いついたのか、友人たちが身を乗り出す。

「見た見た。私のとこまでまわってきたもん」

「こういう動画をネットに上げる奴ってどういう神経してんだろうね」

「本当だよ、朱音ちゃん可哀想」

「最低だよね」

胃の底を突きあげられるような感覚がして、恵は箸を動かす手を止めた。弁当箱の中には、塩ゆでされたブロッコリーだけが残されている。太い茎が分離し、その先端には緑色の粒がぎっしりと集まっている。この部分はブロッコリーのつぼみらしい。もしも収穫されなければ、このつぼみはどんな色の花を咲かせたのだろう。想像すると余計に気分が悪くなって、恵は眉間に皺を寄せる。

正面に座っていた少女Aが、こちらの顔を覗き込んだ。恵があまりに話さないため気を遣ってくれたのかもしれない。

「恵は見た？　あの動画」

「見てない。ああいうのって嫌だから」

「あー、分かる。自殺の動画なんて、呪われそうだもんね」

そうじゃないよ。喉まで出かかった否定の言葉を、恵は慌てて呑み込んだ。恵があの動画を見ないのは、クラスメイトが死ぬところなんて見たくなかったからだ。だけどそれを指摘してしまえば、この場の空気に水を差してしまうだろう。箸の先端をブロッコリーに突き刺し、恵は曖昧に笑う。みんなも笑った。ぱっくりと開いた唇が、自由気ままに言葉を紡ぐ。

「私だったら自分の死ぬとこを他人に晒されるなんて絶対いやだな」

「分かるー。ひっそり死にたいもん」

「私の理想は眠るように死にたい。こう、スーッと」

「朱音ちゃんはどんな感じだったんだろうね」

「さあ？　ま、私たちには関係ないことだよ」

そう言って、少女Eは大きく腕を伸ばした。ニンマリと細められた瞳は、近所でたまに見かける野良猫に似ていた。

「だって私たち、なんにも知らないもんね」

「ねー」


朱音ちゃんが亡くなった日、恵は学校を休んでいた。ひどい腹痛のせいだった。生理の二日目はいつもそうだ。身体が重くなり、熱っぽくなる。薬を飲んでも大して効果はないため、恵はいつもその辺りの時期になると家で過ごすことにしていた。

女の身体は不便だ。勝手に血がダバダバでるし、精神も安定しない。もしも自分が男の子だったら、少なくともこんな風に毎回腹痛で悩まされることはなかっただろう。

「はー、めんどくさ」

「何がですか？」

「うわっ」

突然聞こえた声に、恵は身を仰け反らせた。振り返ると真後ろに立つ後輩と目が合った。

「もー、驚かさないでよ」

「別に驚かせたつもりはないですけどね」

そう笑う彼女の名前を、恵は正確には覚えていない。みんなが後輩ちゃんと呼んでいるから、恵も自然とそう呼ぶようになっていた。正式な名前で呼ばれなくても、彼女は嫌な顔一つしない。こっちも先輩って呼ぶから大丈夫です、と彼女は以前にあっけらかんと言い放ったことがある。たぶん、彼女も恵の名前を正確には覚えていない。

「今日来てるのは先輩だけですか。他の人たちはお休みですか？」

後輩がきょろりと室内を見回す。美術部が使用する美術室と吹奏楽部が使用する音楽室は、他の特別教室と違い、南校舎に配置されていた。この高校では音楽と美術は選択科目となっており、成績にも大して反映されない。大学受験に必要ないせいか、美術に対する学校からの風当たりはきつかった。

学校創立時からあると言われている美術部は、部員数だけはやたらと多いのだけれど、その大半が幽霊部員だ。放課後の活動に参加義務もないため、部室にやって来る部員の顔は限られている。木製のイーゼルに鉛筆を置き、恵は後輩に笑いかけた。

「今日は月曜日だからね、みんな補習を受けさせられてる」

「あー、そういや前にも言ってましたね。毎週月曜は数学のテストがあって、落ちたら補習やらされるって」

「後輩ちゃんも他人事だと思ってたらだめだよ、二年生からはみんな受験モードなんだから」

「ぐえー」

踏み潰されたカエルのようなうめき声を上げ、後輩は恵の隣へと座った。彼女の前には、恵のものと同じ真っ白なキャンバスが置かれている。イーゼルとキャンバスの間に挟むように置かれている写真には、グラウンドで試合をしているサッカー部員たちの姿が写し出されていた。

「あの、私、噂で聞いちゃったんですけど、先輩たちが自殺した川崎朱音さんと同じクラスだっていうの、本当ですか？」

コトリ、と後輩の首が傾ぐ。手入れの行き届いていない彼女の髪は、寝起きみたいにぼさぼさだ。肩に届くか届かない程度の黒髪が、右に向かってうねっている。無意識のうちに、恵は自身の髪に指を滑らせていた。母親譲りのストレートな黒髪は、恵が自分の見た目で唯一自慢できるものだった。

「本当だよ。朱音ちゃんは二年二組だったから」

「マジですか。なんというか、ごメーフクをお祈りします」

ぱちんと両手を合わせ、後輩はこちらに向かって一礼した。そういえば、全校集会の時にも皆で黙禱をさせられた。あの集会も、純佳ちゃんと理央は欠席していたが。

「じゃあ、近藤先輩が川崎さんの自殺現場に居合わせちゃって学校を休んでるって噂も、やっぱり本当なんですね」

そう言って、後輩は自身が座っている椅子を指さした。この席は理央の定位置だ。

「うん、それも本当」

「近藤先輩、大丈夫なんですか？」

「一応ケータイに連絡はいれたんだけどね、『しばらく休む』としか返ってこなかったんだ。心配なんだけど、無理やり会いに行っても迷惑になっちゃいそうだしね」

「休むのも仕方ないですよ、クラスメイトが死ぬところを見ちゃうなんて、私だったら絶対無理です。一生のトラウマですよ」

舌を突き出し、後輩は大袈裟に顔をしかめた。トラウマ。その単語に、恵の脳裏にはあるクラスメイトの顔が過ぎった。夏川莉苑。全校集会の時も、ホームルームの時も、彼女はいつもと同じように平然と前だけを向いていた。

どうしてそんな風にいられるの、友達が死んだのに。

浮かぶ問いを彼女に真っ向からぶつけることができるほど、恵は胆の据わった人間ではない。ただ、熟しすぎた柿みたいにドロドロに溶けた不信感が、あの日からずっと恵の肺に張り付いている。

「たとえばなんだけどさ、仲の良い友達が死んでも平然としてる人ってどう思う？」

「どうっていうのは？」

「なんというか……ひどいと思わない？」

「それ、絶対たとえばの話じゃないですよね」

意味深な目くばせを一つ寄越し、後輩は椅子に座りなおした。

「あのね、朱音ちゃんが死んだときに理央と一緒に現場にいた子がいるの。その子は元々朱音ちゃんとも仲が良くて、ご飯だって一緒に食べてた。なのに、朱音ちゃんが死んでもその子は毎日学校に来てるし、元気そうだし、平然としてるし。それに……」

「それに？」

口ごもる恵に続きを促すように、後輩が同じ言葉を繰り返す。

「それに、泣かなかった」

「はあ、」

「その子、泣かなかったの。それって、不謹慎じゃない？」

手のひらに痛みが走り、そこで恵は自分が拳を握り締めていたことに気が付いた。中途半端に伸ばされた爪は、簡単に持ち主の身体を傷付ける。たぶん、自分は怒っていた。朱音ちゃんが死んでもヘラヘラしてばかりの、夏川さんに。
友達だったらもっと悲しむべきじゃないの。純佳ちゃんや理央みたいに学校を休むべきじゃないの。親しい友達が死んだのに平然と笑って過ごすなんて、そんなのあまりにひどすぎる。夏川さんは泣くべきだ。学校を休んで、朱音ちゃんの死を悼むべきだ。そうじゃないと、死んでしまった朱音ちゃんが可哀想だもの。

「泣いてりゃいいってもんでもないと思いますけどね、私は」

顔を逸らし、後輩はイーゼルに指を滑らせた。学校の備品であるイーゼルは、長年使用されているせいか、至るところに色鮮やかな絵具の塊が付着していた。

翌日も、その翌日も、さらにその翌日も理央は学校に来なかった。教室に設置されたスピーカーからは繊細なピアノ曲が流れだし、今が清掃時間であることを伝えている。廊下の担当を割り振られた恵は、箒（ほうき）を手に廊下を行ったり来たりした。

教室の中では、モップを手にした細江さんが他クラスの男子と楽しそうに話し込んでいる。彼女はいつも男子とばかり一緒にいる。クラスの女子たちに、自分の優位性を見せつけているのだ。短く息を吐き出し、恵は無言で手を動かす。箒の先に埃が絡まり、少しだけ苛々した。上履きで埃を踏み、毛先から引きはがす。雲を煮詰めたようなグレーは美術教師の髪と同じ色をしている。

「さっき返ってきた模試の結果、どうだった？」

「知りたくないから見てない。結果見ないで燃えるゴミに出したら怒られるかな」

「まだ気にする時期じゃないでしょ」

「でも私、高校入ってから偏差値落ちてるもん」

「今から上げりゃあいいんだって」

「無茶言わないでよ。あーあ、私も夏川さんみたいに天才に生まれたかったな」

友人たちのひそやかな話し声が聞こえてくる。

先ほど返却された模試の結果を思い出し、恵は溜息を吐いた。志望大学の欄にずらりと並んだ学校名は、ほとんどが有名私立大学だ。合格判定の枠内に並ぶアルファベットはどれも芳しいものではなかったが、教師には推薦入学であれば今の成績で問題ないと言われている。五つある欄のその一番左、申し訳なさそうな様子で記載されている学校名は、地元では有名な芸術大学のものだった。

昔から、恵は絵を描くことが好きだった。いつかは芸大に入りたい。中学生の頃から抱えていた夢は、あっけらかんとした母親の一言で打ち破られた。

「芸大に行って、ちゃんと食べていけるの？」

両親の言うことはもっともだ。我が家は特段裕福な家庭ではないし、金銭的にも余裕はない。公務員のような手堅い職業に就くのが、きっと正しい選択なのだろう。夢ばかりでは食べてはいけない。いい高校に入り、いい大学に合格し、そして食べていけるだけの収入を得る。予備校に行かせてくれている親のためにも、恵は敷かれたレールから外れるわけにはいかないのだ。

恵は箒を握り締めると、背中を壁にもたせかけた。進路、将来。死んでしまった朱音ちゃんはそうした悩みから解放されたのだろうか。無意識に浮かんだ疑問に、恵は自嘲する。そんなことが分かるはずがない。朱音ちゃんと仲良くしたのは、一か月前の修学旅行のほんのひと時だけだったのだから。

恵が通う高校の修学旅行は、二年生時に行われる。三年生で旅行に行くなんてことをすれば、受験に影響が出てしまうからだ。しかしクラス替えを終えたばかりの五月に旅行に行くのはどうかと思う。仲の良い友達がいなければ、ジ・エンド。高校生活最大のイベントである修学旅行は、地獄の二泊三日に早変わりだ。

学校生活でなんらかの団体に属するということは、こういう時に利点となる。部活の友人。友人の友人。友人の友人の、そのまた友人まで。友が友を呼び、新しいクラスになっても話せる人間がどこかには存在する。今のクラスで一緒に行動している八人だって、別に最初から親しい者同士で作ったグループなわけではなかった。ただ教室で独りにならぬよう知り合い同士が集まった結果、こうなっただけなのだ。

修学旅行の行先は京都だった。宿泊場所は旅館で、八人一部屋と決められていた。恵たちはすぐさまグループを作り、仲良し同士の部屋割りを実現させた。残りの女子はすべてひとまとめにされ、もう一つの部屋に割り振られた。「細江さんと一緒の部屋とか最悪！」「細江さんたちだけ隔離してくれたらいいのに」顔見知り程度のクラスメイトが愚痴をこぼすたびに、恵は励ましの言葉を口にした。代わってやるとは言わなかった。恵だって自分の身が可愛い。仲良しの友人だけで構成された集団の方が、居心地がいいに決まっている。

「恵ちゃん、グミ食べる？」

記念すべき修学旅行の日、恵の隣の席に座っていたのは親しい友人ではなく、川崎朱音だった。部屋割りでは親しい友人同士で一緒になることを許してくれた教師たちだが、行動班はくじ引きで決めるように指示を出した。その結果、恵は親しい友人たちと離れ、こうして川崎朱音と一緒に行動することとなったのだ。

彼女は身なりをきちんと気にするタイプの女の子だった。内巻きにされたボブヘアに、眉毛を隠す程度の前髪。ぱっちりとした目には瞳を大きく見せるコンタクトレンズが嵌まっていたが、サイズがきちんと計算されているのか、特に不自然さは感じなかった。恵はこういう洗練された可愛い女の子が苦手だ。自分と見比べ、勝手に卑屈になってしまう。

「あれ。グミ、嫌いだったかな」

キョトリ、と彼女は小首を傾げる。ふんわりと色付けされたブラウンの眉尻が、悲しそうに下げられた。恵は慌てて首を横に振ると、両手をお椀のようにして差し出した。こちらの意図を汲み取ったのか、彼女はその口元を綻ばせる。細い指が、恵の手の中に赤色のハートを落とした。情熱の色をしたその表面には、きめ細かい砂糖の粒がびっしりとまぶされていた。舌に乗せると、酸っぱさの後に甘さが残る。

「川崎さん、ありがとう」

「名前で呼んでいいよ、朱音で」

確かに、川崎さんと呼ぶのは他人行儀すぎるかもしれない。だけど朱音と呼び捨てにするには、まだ自分の中で勇気が足りない。朱音ちゃん。うん、ちょうどいい距離感だ。

「朱音ちゃんは、京都に行ったことある？」

「今日が初めて。だからちょっとドキドキしてる。予習のために三島由紀夫の本も読んできたんだ」

「それって、もしかして金閣寺？」

「当たり。純佳に勧められたの」

純佳、と友人の名を呼ぶ声音は微かに甘えを含んでいた。まるで何も気にしていないという顔をしながらも、彼女の眼差しは前方のシートへと注がれている。座席から覗く二つの後頭部。同じ行動班となった夏川さんと純佳ちゃんが、顔を突き合わせて談笑していた。二人が親しいという印象はなかったが、この修学旅行の間で仲良くなったのかもしれない。

「あの二人、なんの話してるのかな」

人差し指を二人の方に向け、恵は傍らに座る朱音ちゃんの顔を見遣った。こちらの声掛けに、彼女は一切反応しなかった。見開かれた瞳はつるつるとしていて、まるで磨き込まれた大理石のようだ。丸みを帯びた鼻筋、潤いのある唇、ほっそりとした首に、ボタンが一つだけ開けられたカッターシャツ。彼女の身体の輪郭を辿るように視線を動かせば、その肌の異様な白さが目に付いた。日に焼けることを恐れているのか、少し暑いバス内でも彼女は袖のボタンをきっちりと手首まで留めていた。

「ごめんね、朱音ちゃん」

気を引くように声を掛けると、朱音ちゃんはびくりとその身を震わせた。純佳ちゃんたちに見入っていたという自覚はないのだろう、強張っていた表情筋が、見る間に愛想のよい笑みを作り上げる。

「なにが？」

「隣にいるのが、私で」

「なんでいきなりそんなこと言い出したの？　謝ることじゃないじゃん」

「でも、本当は私なんかじゃなくて、純佳ちゃんと一緒にいたいでしょう？」

純佳ちゃんは、この学校で一目置かれる存在だ。成績優秀で、見た目も良い。朱音ちゃんだってきっと、どこにでもいるような凡庸な高校生である恵と一緒にいるより、普段から仲の良い友人といる方が楽しいに決まっている。せっかくの修学旅行なのに恵と過ごさなくてはならないなんて、苦痛に思っているに違いないのだ。

顔が勝手に下を向いた。ローファー越しに、恵は右足の先端を左足で踏みつける。自分を痛めつけると、沈んでいた気持ちが少しだけマシになる。自虐は、恵の得意分野だ。

「そりゃあまあ、否定はできないかな」

ふふ、と朱音ちゃんが笑みをこぼす。その指先が、再び赤いグミを摘まみ上げた。バス内の気温が高いせいか、ハートの形は歪に溶けてしまっている。

「でも、それはお互いさまでしょう？」

はい、これ。彼女はそう言って、恵の手に無理やりグミを握らせた。予想外の台詞に顔を上げれば、朱音ちゃんは指についた砂糖を舌で舐めとっていた。その唇から、赤い舌が蠱惑(こわく)

的に覗いている。はしたない。胸中を過ぎった嫌悪感は、彼女と目があった瞬間に興奮へと書き換えられた。頰に熱が走る。大人の女だ、と漠然と思った。

ぽかんと間抜け面を晒した恵に、朱音ちゃんはくすくすと笑った。

「恵ちゃんだって、仲の良い子と一緒の班になりたかったって思ってるんじゃない？　私なんかじゃなくて」

「そ、そんなことないよ。朱音ちゃんと一緒の班で嬉しいし」

慌てて否定すれば、朱音ちゃんはさも当然と言わんばかりに頷いた。

「私も同じだよ。恵ちゃんと同じ班でよかった。これから三日間よろしくね」

「う、うん。よろしく」

朱音ちゃんは不思議な魅力のある人だった。人見知りしがちな恵にもたくさん話しかけてくれたし、お揃いのストラップも買った。

それを朱音ちゃんが学校に付けて来たことは、結局一度もなかったけれど。

「ほんと、細江さんって男が好きだよね」

静まり返った廊下に、友人たちの話し声が聞こえる。感傷に耽っていた恵は、そこではたと我に返った。サボっていたとばれないよう、慌てて箒を動かす。換気のために教室側の窓は全開にされていて、廊下にいても室内の様子はばっちりと見て取れた。教室内ではみなが好き勝手に話しているため、少女たちの話し声もすぐさま喧騒に掻き消されていく。嘲笑の交じる声は室内に漂う生温い空気に馴染み、あっという間に誰からも見向きされなくなる。

「女子じゃなくて男子とばっかり喋ってるもんね」

「感じ悪いよね」

「ほら、よくいるタイプじゃん？『アタシ、女の子より男の子といるほうが気楽なのー』みたいなやつ」

「どう考えても地雷だよ」

「分かるー」

「男子といて気楽って言ってる子って、空気読めない子が多いじゃん」

「それは単純にアンタが女子から嫌われてるだけだよーって子ね、分かる分かる」

「どこが自分の問題か自覚ないんだろうね」

「絶対そうだよ」

あはは、と楽しげな笑い声が聞こえる。少女A、少女B。どこにいたってすぐにその場に溶け込んでしまう、ごく普通の少女たち。彼女たちにとって、細江さんは話題の一つでしかない。学校という空間には、莫大な時間が用意されている。その空白の間を埋めるのに、共通の知人の噂話というのはとても役に立った。特に、それが嫌われている奴なら尚更良い。陰口は、人の結束を強くするのに便利なツールだ。

「何？」

ざわめきが止んだ。不愉快さを隠そうともしない声音が、その場に響いたからだった。顔を上げると、細江さんが友人たちに摑みかかっているのが見えた。白魚のような彼女の手が、少女Aのネクタイを引っ張る。必然的に、二人の距離は近付いた。

「何が言いたいわけ？」

上履きの底が擦れる。やめろよ、と後ろで男子生徒が細江さんを止めている。きっと彼女の友達だろう。茶色を帯びた彼の髪は計算され尽くした角度で飛び跳ねていた。制服の着こなしもどことなく洗練されている気がする。

「文句があるなら直接言えば。陰でグチグチ言うとか、ホント性格悪いよね。そういうの、マジむかつく」

細江さんの指摘に、少女Aはただ唇をハクハクと震わせただけだった。細江さんって本当に怖い、不良みたい。やっぱりあの子には近付かない方がいい。威圧感を放つ彼女と目が合わないように、恵は廊下の隅の方に音もなく移動した。

おもむろに、細江さんがネクタイから手を放す。気道が解放されたのか、少女Aはゴホゴホとその場で咳き込んだ。その姿に侮蔑の一瞥を与え、細江さんはフンと鼻を鳴らした。長い髪を翻し、彼女は友人の方を振り返る。

「俊平、ここで話すのは止めよ。外野がうるさい」

「お、おう」

「食堂行こうよ。そういえば知ってる？　新作のジュースが出てたんだけど、それが超まずかったの」

モップを壁に立て掛け、細江さんはそのまま教室を後にする。男子生徒は一瞬だけ申し訳なさそうな顔をしたが、そのまま彼女の後を追い掛けて行った。掃除はまだ、途中なのに。

「こっわ」

「ああやって脅せばみんなが自分の言うこと聞いてくれるって思ってるんだよ」

「絶対そう」

先ほどまでの怯えた態度とは打って変わり、友人二人は身を寄せ合って文句を言い始めた。そうでもしないと自尊心が保てなかったのだろう。恵には二人の心情が痛いほど理解できた。

「恵ちゃん、ちりとりいる？」

夏川莉苑が、トタトタとこちらに歩み寄って来る。彼女は誰のことも親しげに下の名で呼ぶが、彼女のことを名前で呼ぶ人間はほとんどいない。学年一位。輝かしいその称号は、彼女を他者から遠ざけた。

「あぁ、夏川さん。ありがとう」

「あれ、なにかあったの？」

教室内の異様な空気をすぐさま察知したのか、夏川さんはその愛くるしい顔をコトリと傾げて見せた。リスみたいなくりりとした瞳に見つめられると、何故だか罪悪感が湧いてくる。

室内の二人は未だに話を続けていた。

「ああやって朱音ちゃんのこともいじめたんだよ」

「絶対そうだよね」

「細江さんって朱音ちゃんのこと嫌ってたもん」

聞こえてきた会話に、夏川さんの眉尻がピクリと跳ねあがった。あ、まずい。そう思ったときには、夏川さんは既に教室に乗り込んでいた。その左手にはちりとりが握られたままだ。

「そういうの、止めたほうがいいと思う」

彼女の唇からこぼれた声は、普段通りのものだった。声を掛けられた友人たちは、予想外の人物の登場に困惑しているようだった。夏川さんは腰に手を当てると、ニカッと人懐っこい笑みを浮かべた。

「愛ちゃんのことを言うのに、朱音ちゃんの件を持ち出す必要はないでしょう？　そういうの、聞いててあんまり気分良くないかな」

「あぁ、うん」

「そうだね」

殊勝に頷く二人に、夏川さんはほっとしたように両手を合わせた。彼女の所作は一つ一つが大袈裟で、なんだか子供っぽい印象を受ける。

「わかったなら良かったよ」

くひっ、と夏川さんが奇妙な笑い声を上げる。彼女の笑い方が独特であることは、皆の共通の認識だった。

呆気に取られている隙をつくように、夏川さんは恵にちりとりを手渡した。それじゃ、と軽やかに去っていく後ろ姿を呆然と眺めていると、突然右肩に生暖かい感触が押し付けられた。

「恵、夏川さんのこと気になるの？」

振り向くと、少女Aが恵の肩に顎を乗せていた。隣にいた少女Bが揶揄するように、その口端を吊り上げる。

「あ、いや、そんなことないけど」

友人たちは顔を見合わせると、あははと笑いだした。何も面白いことなんてないだろうに。

今の恵たちは、箸が転んでも笑う年頃だ。感覚が麻痺し、目の前に現れる大抵の出来事が娯楽として受理される。

「優等生ぶりすぎだよね」

「なにあの笑い方」

「『くひっ』だって」

「はは、似てるー」

「嘘ぉ、持ちネタにしようかな」

いつものように軽口を叩く二人に、恵は思わず閉口した。不謹慎。夏川さんを評したはずの三文字が、脳内で点滅を繰り返している。

夏川さんは二人にちゃんと注意した。だけど、恵にはそれができなかった。意気地がなかった。たぶん、これがモブとモブじゃない人の境目だ。恵はその境界線を越えられない。不謹慎と心の中で相手を詰り、それで満足してしまう。

ちりとりを握り締め、恵は俯いた。友人たちはまだ笑い続けていた。

長方形のキャンバスは、恵だけの箱庭だ。綿菓子のような白の上に、鮮やかな赤を垂らす。下地となるこの絵具が乾けば、それを覆い隠すように上から色を重ねていく。油絵は表面が乾くまでに時間が掛かる。せっかちな人間は乾く前に上から色を足してしまうため、その表面がひび割れてしまう。だから、焦ってはいけない。何事も、計画性と根気が大切だ。赤に染まる長方形のキャンバスに、恵は脳内でモチーフを乗せていく。水面に浮かび上がる、夜の工場。鉄塔は光で煌びやかに飾り付けられ、その隣では紅白に塗られた煙突が白い蒸気を勢いよく吐き出している。恵が知る中で、世界で一番美しい光景だ。

「今日も近藤先輩は来てないんですね」

めくるめく夢の世界への妄想は、掛けられた声によって無理やりに中断させられた。隣を見れば、後輩が理央の席で胡坐を掻いている。行儀が悪いなとは思ったが、部室に男子生徒はいなかったため、恵は注意しなかった。

「そうみたい」

「いつ来るんですかね。あんまり休んでると、展覧会に間に合わないですよ」

後輩はそう言って、イーゼルに挟まれた写真を手にした。我が高校のサッカー部は地方大会でもすぐに負ける弱小校だが、試合中の写真だけを見ると強そうに見えないこともない。それにしても、この写真は理央が自分で撮ったものなのだろうか。絵の資料を撮るためにわざわざサッカー部の試合に応援に行くなんて、次の展覧会では相当気合の入った作品が見られるに違いない。恵はまじまじと写真を凝視した。

「あ、ちょっと貸して」

そこでふと見覚えのある顔を見つけ、恵は後輩から写真を取り上げた。足を伸ばしボールに懸命に喰らいつこうとしている青年は、つい先ほど教室で細江さんと一緒にいた男子生徒だった。

「この子、サッカー部だったのか」

「先輩の知り合いでした？」

「いや、ちょっと見かけただけ。大体、サッカー部の男の子に知り合いなんていないよ。話しただけで緊張しちゃう」

「あー、分かります。うちのサッカー部って、なんというか、ちょっと毛色が違う子が多いですね。モテそうというか、イケメンが多いというか」

「イケメンって怖いんだよね。喋ってると馬鹿にされてる気分になっちゃって」

「分かりますー。勝手にダメージくらうんですよねー」

うんうん、と後輩が大仰に頷いている。恵は大きくため息を吐くと、写真を元の場所へと戻した。

「理央、早く元気にならないかなあ。せめて相談くらいしてくれてもいいのに」

「まあ、なかなか立ち直れないですよね、自殺現場の目撃なんて。川崎朱音さんも、そんな人を巻き込むところじゃなくて、もっと地味な方法を選んでくれたら良かったんですけどね」

「朱音ちゃんは悪くないよ。ただ、偶然が重なっちゃっただけ」

「偶然というと？」

後輩の問いに、恵は無意識のうちに自身の頬を摩っていた。

「保護者会で説明があったみたいだよ。朱音ちゃんが自殺する二週間前から、用務員さんが北校舎の屋上のカギを紛失してたんだって」

「えっ、そうなんですか。用務員さんって、前にここの蛍光灯の調子が悪かったときに修理に来てくれたお兄さんですよね？　どうして無くしたって報告しなかったんでしょう、鍵なら付け替えれば良かったのに」

「非正規の人だったし、紛失したってバレたらまずいと思ったのかもって、お母さんが言ってた」

「あー……それを聞くと用務員さんに同情しちゃいます」

後輩は素早く座りなおすと、膝をピタリとくっつけた。彼女が動く度に、制汗剤のフルーティーな香りが漂う。絵具の匂いと入り混じると、それはあっと言う間に悪臭へと変化する。なんだかこめかみがずきずきしてきた。恵は胸の前で腕組みすると、小さく頭を振る。

「事情があったにせよ、これは用務員さんのミスだよ。もし鍵を無くしてなかったら、こんな風に朱音ちゃんが自殺することもなかったんだから。そしたら、理央だって学校を休むこともなかっただろうし」

「まあ、そういう考え方もありますね」

「それに……」

白い封筒が脳裏を過ぎる。丸みを帯びた文字で刻まれた宛名。封を閉じる役割を担っているのは可愛らしい星形のシールで、爪で擦ると呆気なく剝がせた。中に入っていた一枚の便箋には、シンプルな文言が刻まれている。恵はそれに目を通し、そして――

「それに、なんなんです？」

ずいと近づけられた声に、恵の回想は遮られた。

「後輩ちゃんはさ、いま恋してる？」

「なんですか突然。ドラマの宣伝文句みたいなこと言い出して」

「もし自分に彼氏がいたらさ、自殺なんかすると思う？」

「それ、川崎さんの話ですか？」

「そこはまあ、たとえばの話ってことで」

「またそれですか」

背もたれに体重を掛け、後輩は後ろに身を倒した。椅子の前脚が浮き上がり、彼女の身体が不安定に揺れる。上下するつま先には、申し訳程度に上靴が引っ掛かっていた。

「その子には彼氏がいたの。でも、その彼氏の元カノはすごーく怖い人だった。元カノは彼氏のことが今でも好きで、だからたぶん、その子のことをいじめたんだと思う」

「川崎さん、いじめられてたんですか」

「いじめられてたというか……まあ、細江さんに辛く当たられてたってのは事実かな」

「その細江さんっていうのが元カノなんですね。美人ですか？」

「なんでそんなこと聞くの」

「ほら、よくドラマであるじゃないですか。美人の元カノが登場して、彼氏を略奪しようとしてる。どうしよう、私！　みたいなやつ」

身振り手振りで恋する乙女を再現され、恵は鼻白んだ。冷ややかな一瞥を喰らったせいか、後輩は慌てた様子で背筋を正す。

「まあでも、恋愛沙汰で揉めるっていうのはよくある話ですよね。川崎さんが自殺したってことは、彼氏の方の気持ちも元カノの方に傾いていた可能性がありますね。で、味方がいなくて死んじゃった、と」

「それはありえないと思う」

「どうしてです？」

「彼氏の方は、一年前にスッパリ元カノのことを振ってるから。廊下で大騒ぎしてて、かなり噂になったんだ。別れたくないって元カノの方が大絶叫」

　細江さんは彼氏と中学時代から交際しており、一緒にこの高校に進学したらしい。しかし高校に入学して数か月で別れ話となり、廊下で壮絶な痴話喧嘩を繰り広げたのだという。「直して欲しいことがあったら言ってよ」「なんで」「好きって言ってくれたじゃん」。捨てられる女のテンプレートみたいな台詞を吐き、細江さんは惨めに彼氏に追い縋ったそうだ。普段の彼女とはかけ離れたその姿は、たいそう見物だっただろう。本当、恋愛に必死になる女ってみっともない。

「へえ、純愛ですねえ。元カノさん、すごい一途な人じゃないですか」

　頬に手を当て、後輩はケタケタと愉快そうに笑った。

「一途って言ったら聞こえはいいけど、それで八つ当たりは良くないと思わない？」

「まあ、そういうのは仕方ないですよ。私だって別れた彼氏が他の女とイチャイチャしてるのを見た日には、殴り倒したくなりますもん」

「後輩ちゃん、彼氏いたことあるんだっけ？」

「ないですけど。想像ですよ、想像」

「想像ねえ」

「いいじゃないですか。先輩だってないでしょう?」

「勝手に決めつけないでよ」

「でも事実でしょう?」

したり顔でこちらを見る後輩に腹が立ち、恵はその脇腹を肘で小突いてやった。大人しい性格の恵にここまでやらせるのは、目の前にいる後輩ぐらいだ。

「ほんと後輩ちゃんは余計なことしか言わないなあ」

「へへ、すみません」

ちっとも悪びれない彼女に恵が嘆息した刹那、スカートの布越しに弱い震動を感じた。どうやら携帯電話にメッセージが届いたようだ。スカートのポケットに手を突っ込むと、マナーモードに設定されたままの携帯電話が、怯えたようにぶるりと身を震わせた。

「あ、理央からだ」

「近藤先輩ですか?」

恵の呟きに、後輩がその表情を輝かせる。意気揚々と液晶画面を覗き込もうとする彼女の額を軽く叩き、恵は暗証番号を入力した。アプリを起動し、すぐさまメッセージ画面へ飛ぶ。

『返信遅れてごめんね。恵に相談したいことがあるんだけど、今日の夜って空いてるかな?』

数日ぶりの彼女からのメッセージは、随分と淡白なものだった。返事をすれば、すぐにメッセージが返って来る。指定された場所は聞き覚えのない店だった。学校の最寄り駅から三つ離れた駅にある、個人経営の喫茶店。ネットで検索してみても、店に関する評価は一つもなかった。

「呼び出しですか？」

「そうみたい。今日の夜だって」

「なんですかね。呼び出すってことは、学校で話せないってことかも。怪しいですね」

「やっぱそう思う？」

「深刻な話ですよ、絶対」

神妙な面持ちを繕っているものの、彼女の瞳からは隠し切れない好奇心が滲み出ている。学年の違う彼女にとっては、同じ学校内で起きた出来事もワイドショーで流れるゴシップニュースとなんら変わりないのかもしれなかった。

夜。恵は制服から着替えると、理央との待ち合わせ場所に向かった。肩から提げた白のトートバッグは、修学旅行のときに理央とお揃いで購入したものだった。その中央には大きくコーヒーカップの絵がデザインされている。恵は珈琲を飲むのは苦手だったが、あの香ばしい匂いは好きだった。

スマホの地図アプリの指示に従い、恵は目的の店へと向かう。大通りを抜け、二本目の脇道を左に曲がる。街灯が少なくなり、人の数はどんどんと減っていく。ここで大丈夫なのだろうかと恵が不安になった頃、ようやくその建物は現れた。

年季の入った木造の外観、店名を掲げる看板はどう見てもお手製だとしか思えない。恐る恐る扉を開くと、カランコロンと銅製のベルが鳴り響く。薄暗い店内に人影は疎らで、凝った造りのソファーに腰かけているのは年配の男性が多かった。自分のような小娘は明らかに場違いだ。恵はきょろきょろと周囲を見回し、そこでようやくお目当ての人物の姿を発見した。

「理央、久しぶりだね」

向かいの席に回り込むようにして腰かけると、近藤理央はびくりとその場で肩を揺らした。両目をぐるりと囲む大きな黒縁眼鏡に、鼻の上から顎までをぴったりと覆うマスク。端から見た彼女を率直に表現すると、不審者という言葉がぴったりだった。

「ひ、久しぶり」

「なんでマスク？　風邪でもひいた？」

「そうじゃないけど」

「じゃあ外したら？　そんな変装してるから、最初理央だってわかんなかったよ」

「本当？」

「うん。まあ、後ろ姿で結局分かったけど」

「あー、そっか。でも、ここに来るまでに他の子にバレてなきゃそれでいいや。誰かに後とかつけられてないよね？」

「なにそれ。ストーカーとかで悩んでるの？」

「そうじゃないけど。ただ、他の子に聞かれたら本当にまずい話なの」

「ハイハイ、わかったって。ほら、マスクのせいで眼鏡曇ってる。さっさと外しなよ」

おずおずという具合に、理央がマスクの端を指先で引っ掛ける。顎までその布地が下げられ、そこでようやく恵は約一週間ぶりに友人の顔を見ることができた。目が合った瞬間、ドッと胸に込みあげてきたのは、純然たる安堵だった。

「良かった。元気そうで」

微笑んだ恵に、理央は気まずそうに目を伏せた。厚い瞼が落ち着きなく上下する。恵はバッグの中身を手で探ると、そこからファイルを取り出した。

「これ、理央が休んでるときに進んだ分のノートのコピー。テスト近いし、どこまで進んだか分かんないと困るでしょう？」

「あ、うん。すごく助かる。ありがとう、恵」

への字に曲がっていた理央の唇が、そこでようやく綻んだ。カーディガンから伸びる手は記憶よりもずっと肉付きがよく、彼女がここ数日間でかなりの贅肉を蓄えてしまったであろうことは容易に察せられた。ストレス発散のためにやけ食いでもしたのかもしれない。

「理央はなに頼む？」

「あ、私は紅茶、ホットで。それにイチゴタルトも」

「ふーん。私も紅茶にしておこうかな。あと、プリンつけちゃおっと」

すみませーん。と、店の奥に向かって呼びかければ、店員がテーブルまでやって来る。恵が二人分の注文内容を相手に伝えている間、理央はメニューを凝視したまま黙り込んでいた。

「それにしても、理央ってばよくこんな店知ってるね」

店員が厨房に戻っていったのを見届け、恵は理央に向き合った。彼女は紙ナプキンの端をいじりながら、その眉尻を少し下げた。

「昔、お父さんが連れてきてくれたの」

「渋いお店だね」

「それに、ここなら学校の子に遭遇することはないから。知り合いには絶対に聞かれたくない話なの」

そう言って、理央はグラスに注がれた水を一気に飲み干した。よっぽど喉が渇いていたらしい、緊張していたのかもしれない。彼女を安心させるよう、恵もまたグラスに口をつける。無料で出された冷水は、ほんのりとミントの香りがした。

店内に流れるBGMは、恵が普段聞きなれたようなポップスではなく、耳あたりのいいピアノ曲だった。近くの席からはサラリーマンたちが談笑する声も聞こえる。時間の流れがゆっくりになったような、心地よい騒々しさ。柔らかなソファーに背中を押し付け、恵は静かに息を吐き出す。こういう空気は嫌いではない。

「で、話って何？」

本題に切り込めば、理央はその表情を強張らせた。ごくんと、彼女の喉が大きく鳴る。紙ナプキンをくしゃくしゃに丸め込み、理央は大きく息を吸った。

「あのね、私、ずっと隠してたものがあるの」

そう言って、彼女は握りしめた状態のまま右手をテーブルの上に置いた。意図が分からず首を傾げた恵の目を、彼女は真っすぐに見つめる。固く結ばれたその手のひらが音もなく開いた。

そこにあったのは、シンプルな形をした鍵だった。

「これ、なんの鍵？」

恵の問いに、理央の唇が小さく震えた。差し出された鍵は随分と古いタイプのようで、手に取って観察すると表面がさび付いているのが分かった。

「……ぅ」

「え？　なんて？」

蚊の鳴くような声で囁かれても、こちらには何も聞こえない。左手を耳に添えてみせれば、今度こそ理央はハッキリとした口調で言った。

「屋上の鍵、学校の」

ガシャン、と鍵が落ちる音がする。理央の手から滑り落ちたのだ。それを慌てて拾い上げ、恵はまじまじと理央の顔を凝視した。

「どういうこと？　なんで理央がこんなもん持ってるの？　屋上の鍵は用務員さんが紛失したって学校側は言ってたけど」

「二週間前にね、用務員さんが蛍光灯の不具合を見に来てくれたでしょう？　あの時のこと、覚えてる？」

記憶を辿るまでもない、その話題については今日後輩と話したところだ。

「覚えてるよ。あのお兄さんでしょう？」

「そうそう。あの時ね、用務員さんがポケットに引っ掛かって邪魔だからって、私に鍵の束を預けてくれたの。作業している間、持ってて欲しいって」

　用務員さんは大きなキーホルダーにたくさんの鍵をつけていた。それらはすべてに焼却炉や体育倉庫などと場所名が書かれており、使用頻度の少ないものが多かった。珍しい形の鍵だね、と恵も何本かの鍵を触った覚えがある。

「その時に、この鍵だけ抜き取ったの。いっぱいあったから、絶対にバレないだろうって思って」

　理央が手を伸ばし、鍵を裏返す。鍵には紙テープが貼られており、そこには神経質そうな文字で北校舎屋上と書き込みがされていた。

「なんでそんなことしたの」

「だって、どうしても屋上に行きたかったから」

「なんで？」

　意図が摑めず、恵は唸った。理央は両手で顔を覆うと、振り絞るような声で告げた。

「告白するか悩んでたの」

「は？」

　本気で意味が分からない。理央とは高校に入学してからの付き合いだが、彼女の口から色恋沙汰について聞かされるのはこれが初めてだ。視線を相手の顔に留めたまま、恵はグラスの表面を指でなぞる。冷房の効いた室内はうすら寒いほどで、カーディガンって羽織って来ればよかったと恵は後悔した。

告白って、誰に？

今にも口を衝いて飛び出そうとしていた問いかけは、店員の登場によって霧散した。トレイの上に乗った、二つ分のティーポット。艶やかな白磁に、ころんとした愛らしいフォルム。注ぎ口から漏れる湯気は、零れた溜息とよく似ていた。

恵がティースプーンで紅茶をかき混ぜている間、理央は目の前のイチゴタルトをフォークの先で突いていた。タルト生地の上に敷かれた、たっぷりとしたカスタードクリーム。その上に鎮座したイチゴたちは、表面に塗られたナパージュによってまるで宝石のようにきらきらと輝いている。甘酸っぱい赤色は、見ているだけで唾液が湧いた。

「食べないの？」

「あ、食べるよ。もちろん」

理央は慌ててイチゴをフォークで突き刺したが、結局それを口に運びはしなかった。

「で、さっきの言葉はどういう意味？」

カップをソーサーに戻し、恵はスプーンに手を伸ばす。

「あのさ、恵は私があんまり恋愛とか得意じゃないって知ってるよね？」

「あー、うん。知ってる知ってる」

「私、昔から片思いばっかりで。その、告白とかしたことなくて。だからやり方もあんまりわかんなくて」

躊躇うように、理央はそこで一度言葉を切った。

「告白するって言っても、どこでどうやっていいか分からなくて、ほら、他の人に見られるのなんて絶対嫌だし。それで悶々と悩んでたら、タイミングよく用務員さんから鍵を預けられたの。で、これだ、って思った。屋上だったら大丈夫かなって。勿論、告白が終わったらちゃんと鍵を返すつもりだったんだよ。でも、その前に失恋しちゃって……」

「結局、返さなかったんだ？」

「それは、タイミングが悪くて」

ばつが悪そうに、理央は目を逸らした。彼女が積極的に悪事を行う人間でないことは知っている。その言葉は本当だろう。恵はプリンを掬う手を止めると、大きく息を吐いた。

「本当、理央って毎回間が悪いよね」

「うう。否定できない」

「でも、理央が鍵を持ってるのに、どうして朱音ちゃんは屋上に入れたんだろ？」

「あー、それはたぶん、私のせい」

語尾に近付くにつれ小さくなる声量は、彼女の自信のなさの表れだ。理央は両手で自身の頬を挟み、あーと呻くような声を上げた。自己嫌悪しているのだろう。ぶらぶらと揺らされた足が、時折恵の脛に当たる。

「いくら鍵を手に入れても、呼び出す勇気がなくて。私ね、屋上に時々こっそり行ってたんだ。そこからだと、グラウンドがよく見えてね。明日こそは告白しようって、毎日思ってた。朱音ちゃんが亡くなった日の前日も、私、あの屋上にいたの。で、いつもの場所に鍵を隠した」

「いつもの場所って？」

「屋上の扉の前って、踊り場みたいになってるの。そこにね、掃除用具の入ったロッカーと消火用バケツが置いてあるんだ。二個、重なるみたいに。その下のバケツの底に鍵をいれるようにしてたの。そしたら、上のバケツに隠されて、鍵があるってぱっと見には分かんないから」

「ってことは、理央はいつも鍵を持ち歩いてたわけじゃないんだね？」

「そりゃそうだよ。バレるリスクが高すぎるもん」

たくさん話して喉が渇いたのか、理央が紅茶に口をつける。皿に乗ったままのフォークには、未だにイチゴが突き刺さったままだった。

「たぶんね、朱音ちゃんは私が鍵を隠してたところを見てたんだと思う。それであの鍵を使って屋上に行くことを思いついちゃったんじゃないかな」

「まあ、流れはなんとなく理解したよ。それで、どうして理央は今もこの鍵を持ってるの？朱音ちゃんが自殺するときに鍵を使ったなら、ここに鍵があるのはおかしくない？」

「そこなんだよー。あー、もう。私、どうしたらいいのかわかんない」

駄々をこねる子供のように、理央はテーブルの上に突っ伏した。その柔らかそうな頬を、恵は指で突いてみる。皮膚が沈む感触は、もちもちして気持ちがいい。

「私で遊ばないでよ」

不貞腐れたように、理央が顔を上げる。ごめんごめん、と恵は口先だけの謝罪を述べた。

「で、理央は何を抱え込んじゃってるワケ？　変装しなきゃいけないぐらいに他人に知られたくないことって何？」

「それは……」

よほど言いにくいことなのか、理央は口を噤むと再び俯いた。ここまでお預けを喰らうとなると、さすがの恵もじれったさを感じてしまう。それでも精神的に弱っている彼女に攻撃的な発言をするのは憚られ、恵は沈黙を貫いた。

「あのね、恵」

覚悟を決めたように、理央は傍らに置いていたバッグから一枚のクリアファイルを取り出した。ライトブルーのその中には、見覚えのある封筒が入っている。恵の心臓がギクリと跳ねた。

「私、朱音ちゃんから手紙をもらったの」

差し出されたそれは、シンプルなデザインをしている。封をするために貼られていたシールは、乱暴に割かれていた。恐らく力任せに開封したのだろう。理央は意外にがさつな性格をしている。

「この鍵も封筒に入ってたんだ」

封筒を裏返してみると、そこには朱音ちゃんの文字で『りおちゃんへ』と書かれていた。住所はない。

「中の手紙、読んでもいい？」

恵の問いに、理央はコクンと頷いた。封筒の中には、二枚の便箋が半分に折り畳まれている。そこに書き込まれたメッセージは、たった一行だけだった。

『今日の放課後、もし時間があれば北校舎の屋上まで来てください。川崎』

手書きで書かれた文字は、敬語であるせいかどこか他人行儀なものに見える。二枚目には文字は書かれていない。ただ、罫線を遮るように桃色のユリが大胆に描かれているだけだ。

色鉛筆で柔らかに塗られたイラストは、恐らく朱音ちゃんが自身の手で描いたのだろう。恵が指先でその一文を辿る間、理央は先ほどの沈黙が嘘のように饒舌に話し続けていた。

「あのね、それ、家のポストに入ってたの。朱音ちゃんが死んで、私、家にずっといたでしょう？　そしたらね、お母さんがこの封筒を持ってきてくれたんだ。お手紙が来てるわよって。でも、宛名しかないし。住所が書かれてないってことは、誰かが直接ポストに手紙をいれたってことでしょう？　最初は嫌がらせかなって思ったの。でも、女の子っぽい字だし、もしかしたら友達の誰かがわざわざここまで持って来てくれたのかなって。あと、朱音ちゃんが亡くなった後だったから、妙な胸騒ぎがしたの。もしかして、と思って」

一度堰を切ると止まらないのか、理央が熱っぽく捲し立てる。

「お母さんがポストを確認したのが、朱音ちゃんの亡くなった日の翌日だったの。バタバタしてて、お母さんがポストを確認したのが夕方で。だから、もしかしたら朱音ちゃんは私の家までわざわざ手紙を持って来たのかもしれない。私が屋上によく行くことを知ってて、それで自殺を止めて欲しかったのかも。なのに私、自分のことで必死だったから、手紙なんて気付きもしなかった」

「理央、」

「どうしよう。もしこんな手紙が私のとこに来てたってバレたら、私のせいで朱音ちゃんが死んだって思われちゃうよね。呼び出しを無視したって、絶対みんなに嫌われる。そもそも私が鍵を盗まなきゃ、こんなことにならなかったんだ。私、どうしたらいいのか本当にわかんなくて、それで、」

「理央、落ち着いて」

両肩を摑み、強く揺する。はっはっ、と犬のように短い呼吸が理央の唇から漏れた。息苦しそうに、理央が自身の胸を搔きむしる。見開かれた瞳からは大粒の涙が零れ落ちた。過呼吸だ。前にもこんな風になった理央を見たことがある。恵は慌てて理央の隣の座席に移ると、その背中をさすってやった。スカートを握り締める彼女の手はくるんと丸くなっていて、そのいじらしさに何故だか心臓がきゅっとした。

「ゆっくり深呼吸して。息を吸って」

背骨を辿るように、ゆっくりと手のひらを下へ動かす。彼女に聞かせるように、恵はわざと大きく息を吸ったり吐いたりする。穏やかなリズムに合わせて何度もその背を撫でていると、苦しげだった彼女の呼吸の音も徐々に落ち着いたものへと変化した。

「水、飲む?」

グラスを差し出したが、理央は首を横に振った。汗のせいで額に張り付いた前髪を指で払い、彼女は弱々しく自嘲を浮かべた。

「ごめんね、迷惑掛けて」

「全然大丈夫だって。それより、体調は？」

「もう大丈夫。なんか、いつの間にか癖みたいになっちゃってて」

こちらに見せつけるように、理央が顔の横でひらひらと手を振ってみせる。明らかに空元気ではあったが、そこに浮かんだ笑顔にほっとする。理央はずっと一人で朱音ちゃんの死に向き合っていたのだ。抱え込んだ秘密は、彼女が一人で抱えるにはあまりにも重すぎる。だからこそ、彼女は恵を呼び出した。誰にも知られてはならない秘密を、恵にだけは教えてくれた。

だって、私たちは友達だから。

「私もね、理央に言わないといけないことがあるの」

腰を浮かせ、恵は反対側の座席から自分のバッグを手繰り寄せた。ノートのページの間に挟み込んだ、一通の封筒。それを掲げた瞬間、理央が大きく息を呑んだ。

「それ、」

「朱音ちゃんからの手紙だよ。私にも来てたんだ」

震える指で、理央が手紙を受け取る。真っ白な長方形は、理央が受け取ったものと全く同じデザインだった。封筒の裏には丸みを帯びた字で『恵ちゃんへ』とだけ書かれている。こちらに断りも入れず、理央は中に入った便箋を取り出した。その中央部に書かれた、戯れのように短い文章。

『今日の放課後、北校舎の屋上まで来てほしい。特別な話があります。来てくれないと、私たぶん死ぬから笑　あかね』

理央宛てに書かれたものと比較すれば、その内容は随分と直接的なものだった。砕けた口調に、ひらがなで書かれた差出人の名前。たった数行の手紙であっても、親しい友人に向けて書かれたものであると容易に推察することができる。そして二枚目の便箋には、理央のものと同じように花の絵が描かれていた。色鉛筆で描かれた、紫色のラベンダー。

「どうして恵にも手紙が？」

書かれている内容が信じられないのか、理央は黒目を左右に動かし、何度も文面を読み返した。恵はカップに口をつけ、背もたれに身体を委ねる。自分よりも動揺している人間がいると、妙に心は冷静になる。この手紙を目にした瞬間、恵も彼女と同じ反応を示した。どうして私に？　胃の底から突き上げて来た感情は、圧倒的な困惑と、ほんの少しの嫌悪だった。

恵がその手紙を見つけたのも、朱音ちゃんが死んだ翌日のことだった。土曜日だというのに学校に集められた生徒たちは、せっかくの休日を潰されたという苛立ちの感情を露にしていた。誰もが同じ不満を抱いていると察してはいるものの、それを口にする生徒がいなかったのは、クラスメイトが死んだ際にそうした類の発言は避けるべきだという最低限の礼儀を皆が持ち合わせていたからに他ならない。頭の良い学生たちは、冗談が冗談で済まされない時があることを知っていた。

いつものように登校し、恵は自分の席に着く。昨晩の眠りが浅かったせいか、ひっきりなしに欠伸が口を衝いてでた。

「ん？」

机の中に手を入れると、複数の紙の感触がした。昨日、恵が欠席している間に配られたプリントだろう。数学の課題。古典の小テストについてのお知らせ。夏休み特別補習のカリキュラム選択について。図書室だより。一枚一枚に目を通し、恵は必要なプリントとそうでないものを分けていく。不意に、コツンと指先に何か硬いものが当たった。手紙だ。飾り気のない真っ白な封筒が、紙と紙の間に隠すように挟まれていた。封をしてあるシールを綺麗に剝がし、恵は慌ててその文面に目を通した。

『今日の放課後、北校舎の屋上まで来てほしい。特別な話があります。来てくれないと、私たぶん死ぬから笑　あかね』

あかね。そのたった三文字に、恵は自分の全身から血の気が引いていくのを感じた。もしも当日この手紙を目にしていたら、恵はきっとこれを冗談だと簡単に片付けてしまっていただろう。だけど、今の恵はこの言葉が真実であることを知っている。

――だって、朱音ちゃんは昨日死んだ。

口の中が乾いていた。心臓がドクドクと痛いほどに早鐘を打っている。脳内を瞬く間に巡ったのは、数日前に見た自殺についてのニュースだった。

男子高校生、自殺。いじめを苦にしてか――。クラス内での人間関係に悩んでいた学生が、登校中に駅のホームから飛び込んだ事件だ。いじめの主犯格とされるクラスメイトはすぐさまネット上で特定され、名前や写真、住所に至るまで多くの情報が拡散された。もしこの手紙が恵のもとに届いていたと知られたら、次にああやって吊るし上げられるのは自分かもしれない。

どうしよう。手紙を受け取ったと教師に言うべきか。いやでも、そうすれば自分が疑われる。自分には進路がある、将来がある。たまたま同じクラスになった人間のせいで、履歴に傷をつけられるわけにはいかない。秘密にすべきか？　でも、もしかしたら既に他の人間にこの手紙のことを知られているかもしれない。もしそうだった場合、今度は何故隠していたのかと責められる。どの選択肢が正しい？　自分は、どうやってこの局面を乗り越えるべきなのか。手紙を机に戻し、恵はぐるぐると思考する。

「あ、やっぱり恵のところにも来てた？」

「うわあっ」

突然背後から声を掛けられ、恵は思わず飛び上がった。振り返ると、少女Eがにやにやした顔でこちらを見ている。彼女は背中から恵の肩に腕を回すと、吐息交じりに囁いた。

「その手紙ね、クラスの女子全員に来てるよ」

「うそ、」

「ほんと」

そう言って、彼女は恵から腕を離した。笑みの形に歪む唇は、同じ秘密を抱く共犯者への慈しみに溢れている。

「昨日の体育の授業の後にね、手紙が入ってたの。でも、みんな行かなかった。ほら、だって急に呼び出されてもさ、それぞれ予定ってもんがあるじゃん？　いたずらの可能性もあったし、みんな無視しちゃったんだよね」

「た、確かに。普通はいたずらだと思うよね」

仲間ができたことで、ショート寸前だった恵の脳味噌は急速に回転し始めた。よくよく考えれば、手紙が来たぐらいでそんなに焦る必要はなかった。こんな文面を見せられれば、誰だって冗談だと思うに決まっている。『笑』って書いてあるし。

「だからね、みんなでこの手紙のことは秘密にすることにしたの」

「どうして？」

「だって、言う必要がないでしょう？」

少女の指が、恵の肩を這う。それは首筋を辿り、やがて顔の輪郭をなぞった。至近距離に近付く双眸に、恵は思わず顔を背ける。少女Eは笑った。

「手紙が届いたって先生に言って、それでどうなるの？　朱音ちゃんは手あたり次第に手紙を配ってて、でもみんなから無視されましたって？　そんなこと言ったら、朱音ちゃんに人望がなかったみたいで可哀想じゃん。それに、もしこのことを報告したら、内申に傷がつくでしょ？　どっちも損するだけじゃん。だから、秘密にするのが一番いいんだよ。朱音ちゃんにとっても、私らにとってもね」

そう言い切る彼女の口調の力強さに、恵は強い安心感を抱いた。自分を先導してくれる人間がいること。多数派の集団の一部に加われること。目立つことを苦手とする恵にとって、それらの現実は何より頼もしいものだった。

「そうだね。誰かに手紙のことを言ったって、みんな不幸になるだけだもんね」

机の中にある手紙を手にし、恵はそっとノートの間に挟む。この手紙の存在は、教師たちには秘密にしよう。それが、皆にとって最善の選択だ。

「私たちは、なーんにも知らないんだよ」

まるでそれが事実であると言わんばかりに、少女Eは断言した。そしてその言葉は、クラス内を支配する暗黙のルールとなった。手紙を受け取った女子たちは、皆一様に無関係の振りをした。私は何も知らない。アンケートに羅列された言葉たちは、多くの嘘にまみれていた。


「じゃあ、本当にクラスのみんなに手紙が来てたんだね？」

過去にあった出来事を話し終えると、理央は脱力したように両腕をテーブルの上に投げ出した。『みんな』というキーワードに、彼女が露骨に安堵したのが分かる。目尻に浮かんだ涙を拭い、理央は肺の底から息を吐き出す。恵は封筒を再びバッグにしまいこむと、ティーポットからカップへと紅茶を注いだ。

「そうだよ。だから安心して」

「それなら純佳ちゃんがタイミングよく屋上に居合わせたのも納得だね。純佳ちゃん、朱音ちゃんの幼馴染なんでしょう？　きっと屋上に呼び出されてたんだ」

「たぶんね」

「あれ、でもちょっと待って」

引っ掛かることがあったのか、理央が手のひらをこちらに向けた。

「だとしたら、夏川さんが私のところにいたのはおかしくない？　きっと夏川さんも朱音ちゃんから手紙を受け取ってたよね？　なんで屋上に行かなかったんだろう」

「それは確かに。夏川さんって朱音ちゃんと仲良かったもんね。手紙を受け取ってないと考える方が不自然だと私も思う」

「もしかすると、私と同じように夏川さんも家の方に手紙が届いてたのかな？」

「そもそも、理央の手紙が家のポストに入ってた理由も不思議といえば不思議だよね。だってその日、理央はちゃんと学校に行ってたわけでしょ？　なんで理央の手紙だけ家に届けられてたんだろう」

「屋上の鍵が入ってたからかな」

「その可能性はあるけど。でも、なんか腑に落ちないな」

あの日、朱音ちゃんは学校を欠席していた。彼女は自殺するためだけに、わざわざ放課後に登校してきたのだ。ということは、屋上を解錠してから、鍵を封筒に仕込んだことになる。もしも朱音ちゃんが理央の家まで手紙を運んだとすると、一度学校に行ってから理央の家に向かい、さらにもう一度学校まで戻らねばならない。そんなまどろっこしい真似を、自殺前の人間がわざわざするだろうか。

「今更なんだけどさ、なんで理央があの日、校舎裏にいたのか聞いてもいい？」

「え、あ、うん。それは大丈夫だけど……」

理央の両頬が紅葉のように赤く染まる。語尾を曖昧に濁し、彼女はもじもじと人差し指を交差させた。その横顔はすっかり恋する乙女のもので、恵は自然と距離を取った。同情心が消え失せ、代わりに好奇心がひょっこりと顔を出す。恵は話を聞くため理央の正面の席へと戻った。もう彼女の背中を摩ってやる必要はないだろう。

「あー、えっとね、さっきどこまで喋ったか覚えてないんだけど。その、私ね、好きな人がいたの。片想いだったんだけどね」

「相手は誰だったの？　私の知ってる人？」

「どうだろう。他クラスのサッカー部の子なんだけど」

サッカー部。その単語を聞いた瞬間に恵の脳裏を過ぎったのは、美術室のイーゼルに挟まれた一枚の写真だった。

「もしかして、あの写真に写ってた子？」

その言葉だけで何の写真を指しているのか理解したのだろう、理央ははにかんだ表情のまま首を縦に振った。

「田島俊平くん。一年生の時に、一緒のクラスだったんだ」

「まあ、確かにイケメンだもんね。でもあの子、今日の掃除時間に細江さんと一緒にいたよ？　あ、失恋ってもしかしてそういうこと？」

もしや、細江さんと田島俊平は付き合っているのだろうか。彼女は未だに元カレのことが好きなのだと思っていたが。

「似たようなものかな。相手は細江さんじゃないけど」

「じゃあ誰なの？」

「純佳ちゃんだよ」

「あぁ。そういえばあの子、サッカー部のマネージャーだったね」

高野純佳。絵に描いたような優等生。皆に優しく、面倒見がよい。成績優秀で、皆が嫌がる学級委員の仕事も率先して引き受けてくれるいい子。見栄えも良く、欠点が一つも見当たらない。サッカー部の男子部員が彼女を好きになるのも、恵には至極尤もなことのように思えた。

「田島くんね、純佳ちゃんのことが好きなんだって」

「付き合ってるわけじゃないんだ」

「そりゃ付き合ってるわけじゃないけど、でも、純佳ちゃんに勝てるとも思わないし。だから、田島くんのことは諦めようと思って。それで、今まで田島くんに書き続けてきたラブレターを、ちゃんと処分しようと思ったの。どうやって処分しようかなって悩んでたときに思い出したのが、二年前にやったおじいちゃんの散灰だったんだ」

「うん？」

予想外の展開に、恵は首を捻った。何故ここで散灰という単語がでてくるんだ？　困惑する恵を置いて、理央はどんどんと話を進めていく。

「おじいちゃんの遺灰を海に撒いたときね、悲しかった気持ちがすっと穏やかになったんだ。おじいちゃんがどこまでも遠いところに行けるんだなって思って。それで、私の気持ちもそんな風に綺麗に消化できたらいいなって思ったの。で、書き溜めてたラブレターの束を持って、校舎裏に行ったんだ。誰かに見られるのは恥ずかしいから嫌だったんだけど、でも、屋上で手紙を撒いたりしたら、いろんなところに散っちゃって、後で片付けするときに困るでしょう？」

「あ、一応後片付けのことも考えてたんだ」

「そりゃあそうだよ。紙を撒いたりなんかしたら迷惑でしょう？　それに、自分の書いたラブレターを撒くんだよ？　みんなの目に付くのは嫌に決まってるじゃん」

「そ、そうなんだ」

そもそもラブレターを撒くなんて発想がなかったため、恵は曖昧に頷くしかない。後片付けのことまで考えられるのなら、ラブレターを撒かないという選択肢はなかったのだろうか。彼女の思考回路はロマンチックすぎて、恵にはいささか理解し難い。

「校舎裏のベンチに座ってね、さあ手紙を破るぞって思ったんだけど、自分の書いた文章を読み返してるうちにどんどん悲しくなってきて。それで、気付いたらさっきみたいに過呼吸になってたの。息ができなくなって。バタバタしてるところを助けてくれたのが、夏川さんだった」

「なんで夏川さんは校舎裏に？」

「偶然通りかかったらしいんだけど、私が泣いてるところを見て、ただ事じゃないなって思ったんだって」

号泣しているクラスメイトがいたら、そりゃあびっくりするだろう。夏川さんのリアクションにおかしな点はない。ただ、偶然通りかかったという説明には疑問の余地がある。そもそも北校舎裏は普段からほとんど人気がなく、たまにやって来るとしても、グラウンドの手洗い場を占領されてしまった運動部員が、渋々空いている手洗い場を使用しに来る程度だ。帰宅部の夏川さんが校舎裏に偶然居合わせたというのはどうにも不自然すぎる。

「夏川さん、私の話をずっと聞いてくれてね。それで、手紙を破くのも手伝ってくれたんだ。私、ずっと夏川さんって近寄りがたい人だなって思ってた。めちゃくちゃ頭良いし、可愛いし。でも、こっちが勝手に遠慮してただけで、話してみたら普通にいい子だった。私のこと、最後まで心配してくれて。優しい言葉もいっぱい掛けてくれたの。私、それで前向きになれたというか、失恋を乗り越えられたんだ」

その時のことを思い出しているのか、理央はうっとりと頰を赤らめたまま、虚空を眺めている。そんなにも夏川さんが素敵だったのか。そう思うとなんだか癪で、恵は理央の皿から一口分のタルトをさらった。

「いっぱい手紙を破ってたらね、夏川さんが紙を集めに行ってくれたの。さすがに申し訳ないと思ったんだけど、理央ちゃんがすっきりするならいいんだよって言ってくれて。それで、お言葉に甘えて一人で手紙を破り続けてたの。で、しばらくしたら、すごく強い風が吹いて。顔を上げたら、朱音ちゃんが落ちてきたの」

カタリ、と陶器が擦れる音がする。理央の中指が、ティーカップにぶつかったのだ。その瞬間の記憶が蘇ってきたのか、理央の眉間に皺が寄った。その瞳孔は開いているように見える。彼女の手が宙を舞い、何もない空間を必死に摑もうとした。

「こうやって、朱音ちゃんは手を伸ばしたの。スローモーションみたいだった。なんで空を飛んでるんだろうって、混乱したのを覚えてる。それで……気付いたら、私は気を失ってた」

その時の朱音ちゃんは、一体どんな姿をしていたのだろう。想像しただけで吐き気がして、恵は慌てて紅茶を口に含んだ。恵はよく自分が死ぬところを妄想するが、そこにリアリティはない。死は、恵にとってお手軽な救済措置だ。これから先の長い人生に対する不安を、死だけが容易く打ち切ってくれる。しかし、たとえ妄想に耽ったとしても、恵が実際に死ぬために行動したことは一度もない。恵は死にたいのではない。ただ、時折生きていくのが嫌になるだけなのだ。そしてその欲求が大して珍しくもないことを、恵はよく知っている。

「目が覚めたら保健室のベッドで、仕切りをどけたら色んな大人の人がいた。先生とか、いっぱい。夏川さんと純佳ちゃんもいた。純佳ちゃんは泣き崩れてて、それを夏川さんが慰めてた。純佳ちゃんは悪くないよって、何度も言ってて。私、それで朱音ちゃんのことを思い出して、吐いちゃって。保健の先生が大丈夫よって言ってくれた」

「朱音ちゃん、その時には……」

「うん、病院に運ばれたんだけど、ダメだったって。純佳ちゃんはすぐお母さんが迎えに来てくれたみたいで、沈んだ顔のまま一緒に帰って行ったの。私はずっとベッドの上で、お母さんの迎えを待ってた。純佳ちゃんを見送った後は、夏川さんは私の傍にいてくれた」

「夏川さん、泣いてた？」

恵の問いに、理央は静かに頭を振った。

「泣いてなかったよ。夏川さんは、すごく冷静だった。たぶん、私や純佳ちゃんに気を遣ってくれたんだと思う。自分がしっかりしなきゃって思ったんじゃないかな」

「なるほどね」

そういう考え方もあるのか、と恵は目を瞠った。カップの中で、朱色の水面がたぷんと震える。水底に沈んだ檸檬の種は、泥に入り混じった砂金のようだ。

「夏川さん、私にスーパーのレジ袋を渡してくれてね。中を開けたら、全部手紙の切れ端だった。ラブレターってことだけ先生に話したって言ってた。最初、私に変な疑いが掛けられてたんだって。このタイミングで手紙を破るなんて怪しいって。その誤解を解くために、ラブレターだって話したみたい。でも、理央ちゃんの好きな人のことはちゃんと内緒にしたからねって言ってくれて」

ずずっと理央が鼻を啜る。バッグからティッシュを取り出し、彼女は盛大に鼻をかんだ。店内の落ち着いた雰囲気に不似合いな行動に、恵は思わず苦笑した。

「それで、その手紙の切れ端はどうしたの？　海に撒いた？」

「まさか、そんな環境に悪いことしないよ」

「じゃあゴミに出した？」

「さすがにゴミにする踏ん切りはつかなかったの。だから、家のガスコンロで燃やしたんだ」

　さすがにその発想はなかった。呆気にとられる恵をよそに、理央はどこかスッキリした面持ちでフォークとナイフを手に取った。

「あれ、私のイチゴタルトが減ってる」

「いや、いま気にするべきなのはそこじゃないから。ガスコンロで燃やしたってどういうこと？」

　食って掛かる恵に、理央はキョトンとした顔をしたままナイフでタルトを切っている。銀色のナイフがタルト生地をじりじりと削り、それはやがて不自然な形で小さく割れた。自分のナイフ使いを恥じるように、「タルトって食べにくいよね」と理央がはにかむ。

「そこはマジどうでもいいってば。燃やしたってどういうことなの」

「そのままの意味だよ？　トングを使って全部燃やしたんだ。台所が臭くなっちゃって、お母さんに怒られちゃった。燃やしたいなら庭で焚き火でもしなさいだって」

「私だって理央のお母さんに完全同意だわ。火事になったらどうするの」

「あー、それは考えてなかった」

　イチゴタルトを口に運び、理央は幸せそうに咀嚼している。恵は額を押さえると、そのままテーブルに肘をついた。天然と評するには少々度が過ぎている彼女の振る舞いに、恵はいつも振り回されてばかりだ。すっかり冷めてしまった紅茶を豪快に飲み干し、理央はカップにお代わりを注ぐ。レモンもミルクもいれていないというのに、彼女は意味もなくスプーンで紅茶をかき混ぜた。

「恵に打ち明けられて、すごく気が楽になったよ。ありがとう」

「こっちは混乱しっぱなしだけどね。まさかガスコンロでラブレターを燃やすなんて」

「そんなに変かな？」

「変というか……まあ、理央らしくていいかもね」

考えるのも面倒になり、恵は皿にたまったカラメルソースをスプーンですくいあげた。仲の良い友人ですらこんなにも理解できないことがたくさんあるのだ。夏川さんの思考を自分程度の人間が推し量ろうとすること自体が、既におこがましいことなのかもしれない。

「でも、私どうしたらいいかな。この屋上の鍵も、朱音ちゃんからの手紙も。やっぱり先生に相談した方がいいのかな。学校側は少しでも情報を集めたいだろうし」

「いや、このことは秘密にしよう」

「どうして？」

怪訝そうな眼差しをこちらに向けつつも、理央はタルトを食べる手を止めない。恵はスプーンについたソースを舐めとると、その先端を彼女に向けた。

「メリットがないでしょ、話しても」

「メリット？」

「そう。もし理央があの手紙のことも鍵のことも先生に話すとする。そしたら、うちのクラスの女子みんなに手紙が来てたことが先生たちにバレちゃうでしょう？　クラス全体が共犯者って思われたら、どうなるか分かる？　うちのクラスにはいじめがあったってレッテルを貼られて、内申にだって響いてくる。ただでさえ自殺者がでて推薦に不利になりそうなのに、これ以上余計なトラブルを起こしたくない」

「でも、」

「これは、理央のためでもあるんだよ。理央が鍵を盗んだことと、朱音ちゃんの死は関係ない。普通の人だったら、屋上の鍵を手にいれたって自殺しようなんて思わない。朱音ちゃんは勝手に死んだんだ。でも、今のタイミングで理央が屋上の鍵を盗んだってみんなにバレたら、朱音ちゃんの死を理央のせいにする奴らが絶対に出てくる。それはダメだよ。絶対にダメだ」

「絶対に、ダメ」

「そう。これは、みんなのためなの。理央がみんなのためにできることは、黙ったままでいることなんだよ」

言い含めるように、恵はゆっくりと言葉を紡ぐ。彼女の目を真っ直ぐに見つめ、真剣に語り掛ける。理央は間の抜けているところはあるが、馬鹿ではない。集団にとって何が一番の正解か、彼女はきちんと判断することができるだろう。

唇についたクリームを、理央は指先で拭い取った。湯気の立つ紅茶を口内に流し込み、彼女は穏やかな微笑みを浮かべる。

「そうだね。みんなのためだもんね」

彼女の手の中で、白い封筒が引き裂かれた。りおちゃんへ。丸みを帯びた文字は崩れ去り、無意味な黒の模様と化す。テーブルの上に積みあがる紙吹雪に、恵は妙な達成感を覚えた。

「これもやってよ」

そう言って、恵は自分宛の手紙を理央へと手渡した。紙くずと化す便箋を眺めながら、恵はこれらが風に乗ってどこまでも飛んでいく姿を想像する。広がる青空を優雅に飛んでいく、色鮮やかな紙片たち。その光景はきっと美しいものとなるだろう。少なくとも、ガスコンロで焼いて黒焦げにするよりは。

「この紙くず、どうするの？」

恵の問いに、理央はにこやかに答える。

「うん？　ゴミに出すに決まってるじゃん」

「そっか」

テーブルに積まれた紙片の一つを手に取り、恵はそれを半分に割いた。『あかね』という三文字は、あっという間に見えなくなった。

理央が登校したのは、金曜日だった。本人なりに踏ん切りがついたのか、久しぶりに学校へやって来た彼女は、どこかスッキリとした表情をしていた。

昼休みとなり、生徒たちはいそいそと仲の良いグループに分かれ始める。理央が登校し、今日は久しぶりに八人揃っての昼食だ。教室の隅では、理央と同じく今日から学校に復帰した純佳ちゃんが、夏川さんたちと共にランチタイムを楽しんでいた。細江さんに、桐ケ谷さん。そこに加わる、夏川さんと純佳ちゃん。顔面偏差値の突出した四人組は、明らかにスペシャルなオーラを醸し出していた。

箸の先端で鮭の皮をはがしながら、恵は並んだ七人の顔を見回す。皆、どこにでもいるような平凡な少女たちだ。凡庸で、個性がない。大衆の中に溶け込み、『みんな』で一緒にいることを望む少女たち。理央が少女Gだとしたら、恵自身は少女Hか。

「いやー、でも理央が元気になって良かったよ。ずっと心配してたんだ」

「本当にね。あんな現場に居合わせるなんて間が悪かったよね」

「理央ってそういうところあるからね、変な騒動に巻き込まれがちだし」

「みんな心配してくれてありがとう」

「友達の心配すんのは当たり前でしょ」

「うわ、良いこと言ってる」

「茶化さないでよ、照れるじゃん」

あはは、と和やかな笑い声が口々に漏れた。夏が近づき、窓から差し込む光は眩い。冷房が稼働する時期はまだ先だが、気温は日増しに高くなっている。朱音ちゃんの机の上に飾られていたはずの花瓶は、いつの間にか取り去られていた。

「そういやさ、私見ちゃったんだ。あの日、ごみ箱に朱音ちゃんからの手紙が捨ててあったの。しかも、細江さん宛ての」

「うそぉ、細江さんが捨てたってこと？」

「朱音ちゃん、手紙が捨てられたとこ見ちゃったのかな」

「絶対ショックだよねー」

「朱音ちゃん可哀想」

少女Fが同情するように眉尻を下げた。ねー、と皆が口々に同意の言葉を漏らす。

「細江さん、どういうつもりだったんだろう」

「本人に見えるところで手紙を捨てるなんてね」

「ひどいよね」

「私が朱音ちゃんの立場だったら、絶対ショックだよ」

「だよねー」

「みんなはどうしてあの日、屋上に行かなかったの？」

矢継ぎ早に飛び交っていた会話は、不自然な形でふつりと途切れた。理央の問いのせいだ。少女たちはみな、困惑を隠すように笑った。空気を読め。そう暗に言われているようだ。鈍い友人のため、恵は理央の脚を軽く蹴とばす。しかし、彼女は不思議そうに首を捻っただけだった。

「だってさ、いきなり手紙とか来ても困るもんね」

「私は委員会あったたし」

「私だって部活だったもん。休めないよ」

「みんなに同じように手紙が来てたから、絶対誰かは行くと思ってた」

「ってか、朱音ちゃんが呼び出したかったのって、多分細江さんでしょ」

「私らを巻き込まれてもねー」

「普通に困るよね、そういうの」

「恵は？」

少女Dが、不意に矛先をこちらに向けて来た。黙り込んでいたからだろう。ウインナーに噛り付こうとしていた恵は、慌てて口から箸を離した。

「あー、私はその日学校を休んでたから」

「いいなー、そういう言い訳できて」

「え」

動揺のあまり、ウインナーが箸から滑り落ちてしまった。少女Cが身を乗り出す。

「もし休んでなかったら、恵も絶対行かなかったよ」

「美術部に行ってたね」

「絶対そうだよ」

「だって、恵って朱音ちゃんとそこまで仲良くなかったじゃん」

「百パー放置してたよ、間違いない」

彼女たちにとって、朱音ちゃんの死は軽口の延長なのだ。日々の会話の中で消化されていく、単なる話題の一つに過ぎない。

「まあでも、手紙なんて関係なく朱音ちゃんは細江さんのことで悩んでたんだと思うよ？」

「遺書がなくてもわかるって」

「ねー、ほんと細江さんって最低だよ」

「前もさ、掃除時間に他クラスの男子と喋ってばっかでさあ」

「男好きなのもいい加減にして欲しいよね」

「元カレのことが好きなら、そっちに集中すればいいのに」

「八つ当たりなんてひどいよ」

「細江さんって本当ひどい」

「ひどいよねー」

ぐるぐると同じ会話が続く。どのスタートから始めても、結局結論は同じところに行き着いた。みんな責任を取りたくないのだ。だから、全てを細江さんのせいにする。アンケート用紙に、朱音ちゃんからの手紙について正直に書いた人間は一人もいない。みんな、自分が呼び出しを無視したという事実をうやむやにしたいから。だから、何もなかったかのような顔をする。

少女Aが、恵の目を覗き込む。同意を求めるように、彼女は問うた。

「ね、恵だって細江さんが悪いと思うでしょ？」

「うん。細江さんって最悪だよね」

即答だった。だって、そう答えないと、これからクラスで浮いてしまう。死んでしまった朱音ちゃんのことは、勿論ちゃんと考えている。でも、それって結局自分には関係ないことだ。死人をいくら優遇したところで、恵の学校生活に恩恵がもたらされるわけではない。ならば、知らない振りするのが一番だ。余計なことをせず、集団の和を重んじる。それが、優等生のあるべき姿なのだから。

少女Hは笑う。みんなも笑った。

「だよねー」

第二章
少女は
モブである
ことを望む（完）

3. 回答者：細江愛

Q1. あなたは川崎さんについて何か知っていることはありますか。

ない。

Q2. あなたは学校内で誰かがいじめられているところを
見たことはありますか。

ない。

Q3. あなたはいじめに対してどう思いますか。

いじめってどっから？
ラインがわかんない。

Q4. 今回の事件やいじめ問題について
学校側に要望がある場合は記入してください。

私には何の関係もない問題なのに、
なんか犯人扱いみたいなことされてて
ムカつく。

細江愛にとって、川崎朱音は嫌いなクラスメイトのうちの一人だった。彼女は地味な存在で、クラスの中心メンバーにはなれないタイプの女子だ。それなのに、いつの頃からか調子に乗って髪を染めるようになった。スカートを短くし、シャツのボタンも二つ開けていた。やたらと愛に近付こうとするところもウザかった。

愛にはカリスマ性があった。昔から人を惹きつける。それは生まれもった美貌と才能によるものだ。川崎が何をしようとも、愛には絶対に敵わない。

「細江さんは川崎朱音さんと喧嘩してたとか……そういう事実はあった？」

真綿に包むような物言い。発せられた言葉はオブラートで何重にも覆われていて、愛はついつういうんざりしてしまう。マニキュアをネットで注文したら、七重ぐらいに梱包されて巨大段ボール箱で届いたみたいな、そういう過剰さ。疑っているならそう言えばいいのに。

「ない」

頬杖をついたまま、愛は窓の外を見遣る。馬鹿みたいな快晴だ。濃淡の存在しない平坦な色をした青空は、現実味がなくて気持ちが悪い。なんだかCGみたいだ。目の前に座っている生徒指導の教師は、困惑したように自分の頬に手を添えている。

「でもね、複数のアンケートに書かれているのよ。貴方と川崎さんが喧嘩しているところを見たって」

「それで？　先生はアイツが私のせいで死んだって言いたいわけ？」

「どうしてそう結論が飛躍するの。先生たちは実際に何が起きたのかを調べているだけなのに」

「調べてどうなるっていうわけ？　私に百回話を聞いたら、アイツの遺書が見つかるとでも思ってる？　馬鹿じゃないの」

「亡くなった子に対して、アイツだなんて呼び方はやめなさい」

「じゃあ死んでなきゃいいって？　あーあ、それじゃあ私も明日死のうかな。そしたら先生が私を責めたことを反省してくれるかも」

「冗談でもそういうことを言うのはやめなさい。実際に亡くなった子がいるのに不謹慎だわ」

「ハイハイ、ソウデスネ」

生徒指導室は、職員室の隣にある。ドラマで見かける取調室を思わせる、小箱のような空間だ。味気ないデザインの机と椅子が中央部分に並べられており、窓には格子が嵌まっている。校則を破った生徒たちはここに呼び出され、指導を受ける。申し訳ありませんでした。もう二度とやりません。形だけの反省文を提出し、犯した罪への許しを請う。

「あーあ、ほんとめんどくさいなあ」

吐き捨てるように言った愛に、教師の頬がひくりと震える。愛想笑いを維持するだけの筋肉が、若さを失いつつある彼女にはもはや残っていないのかもしれない。

「もうこうなったら単刀直入に言うわね、先々週の金曜日に貴方と川崎さんが掃除時間中に口論しているところを目撃した人がいるの」

「口論なんてしてませんけど？」

「貴方が川崎さんにひどいことを言ったとアンケートには書いてあったわ」

「別にひどいことなんて言ってない。ただ、私は思ったことを素直に口にしただけ」

「なんて言ったの？」

こちらの言葉を一言一句聞き漏らすまいとでもするように、教師が顔を近付けてくる。化粧で塗りたくられた皮膚からは、ぷんと香料の香りがした。溜息を吐き、愛は視線だけを教師へと向ける。

「アンタのこと、友達と思ったことないから」

「そう、川崎さんに言ったのね？」

念を押すように、教師はじりじりとこちらににじり寄った。暑苦しい視線に、愛は露骨に顔をしかめる。

「そうだよ。一言一句、そのまんま」

「それで、川崎さんはなんて言ったの？」

「さあ？　私、そのまま教室を出て行ったから」

愛の証言を、教師はバインダーに書き込んだ。普段から彼女の胸ポケットに入っているボールペンは、駅前にある銀行で配布されていたものだ。猫の形をしたマスコットキャラクターは、明るい水色のワンピースを着ていた。肉球を見せつけるように手を振るその姿は、あざといという言葉を凝縮したかのようだった。女は可愛いものが好きだ。可愛子ぶる女のことは嫌いだけれど。

自身の指先を、日の光にかざしてみる。ヌードカラーのネイルは、角度によってきらきらと色合いを変えた。

「先生がどう思ってるか知らないけど、川崎はその程度で死ぬような奴じゃないよ」

「そんなこと、細江さんには分からないでしょう？」

「分かるよ。ほら、よく言うじゃん。好きの反対は無関心だって」

教師の傍らに置かれたバッグには、クラスで回収したアンケート用紙の束が入っていた。数だけはたくさんある、無味無臭の証言たち。

「クラスの奴らは、川崎に関して無関心だった。アイツらが知ってる川崎なんて、ミルフィーユの一番上の層くらいしかない。私の方が、川崎についてはよく知ってる」

「どうして？」

「だって、私は川崎のことが嫌いだったし、川崎は私のことが嫌いだったから」

両想いだったの、私たち。茶化すようにそう言うと、先生の膝が上下に震えた。貧乏揺すりだなんて、相当苛立っているのだろうか。ボールペンを動かす手を止め、教師は真っ直ぐな視線をこちらに寄越した。咎めるようなその眼差しには、教育者としての強い信念が感じられた。曲がっている釘を打ち直すように、大人たちは子供を矯正する。彼らの脳内にある理想の枠に、強引に子供を押しこもうとする。

「どうしてこんな時にふざけられるの」

「ふざけてんのはどっちだよって感じ。大体、なんで川崎が死んだぐらいで私がねちねちやられなきゃいけないの。マジ意味わかんない」

「そんな言い方は止めなさい。貴方のクラスメイトが亡くなっているのに」

「どうでもいいよ。みんな心の中じゃそう思ってるって。親しくない子が死ぬのなんて、テレビのニュースで誰かが死んだって言ってるのと変わらないじゃん」

川崎朱音の死に本気で涙した人間なんて、きっと幼馴染であった高野さんぐらいだろう。毎日同じ教室に通っていたとしても、親しくない人間なんてそこにいないのと同じだ。視界に時折入ってくる、学級文庫と同じレベル。背面に刻まれた題名にいくら見覚えがあったって、中身を知ろうとしなければ意味がない。

「ねえ、そのアンケートさ、うちのクラスでちゃんと答えてた人いた？」

「答えられないわ。内容は秘密にするって取り決めだから」

「どうせ高野さんくらいでしょ、真面目に答えたの」

愛の言葉に、教師は露骨に瞳を揺らした。アンケート用紙に連ねられた美辞麗句は、耳あたりがいいだけで中身がない。学校側が求める理想の学生像を、生徒たちがサービスで演じているだけなのだ。

「みーんな嘘つき。嘘、嘘、嘘。自分のことばっかりで、川崎とかどうでもいいんだよ。私のことだってそう、私を敵にしとけばうまくまとまるから、それでアンケートに悪く書かれただけ」

愛の脳裏に浮かんだのは、地味なクラスメイトたちだった。特にあの、烏合(うごう)の衆の女子集団。数が多いからといって自分の居場所を確保できたと思っている、浅はかな思考の持ち主たち。愛は立ち上がると、自撮り写真で鍛え上げたベストスマイルを披露した。

「先生だって分かるでしょ？　誰かをのけ者にすることで他のメンバーが一致団結することは、特に珍しくないって。知ってる？　そういうの、いじめって言うんだよ」

彼女は反論する言葉を失ったように、ただパクパクと唇を上下させた。いくら赤いルージュで美しく彩ったとしても、声を発せなければそのお口はただのお飾りに過ぎない。愛は軽蔑の眼差しを目の前の大人へと向けると、そのまま席を立った。待ちなさい、と彼女は言った。愛は従わなかった。その必要性が、まるで感じられなかったから。

「はー、だるすぎ。まじなんなのアイツ」

教室に戻った愛を待っていてくれたのは、桐ケ谷美月と夏川莉苑だった。彼女たちは愛の声にいち早く気付くと、箸を動かしていた手を止めた。苛立ちを示すように、愛はわざと仰々しい動きで椅子に座る。美月が静かに微笑んだ。

「おつかれ、長かったね」

「みんなひどいんだけど。完全に私のこと疑ってんの」

「よしよし、可哀想に。これでも食べて元気出しな」

ほら、と美月が箸に挟んで卵焼きを突き出してくる。それに思い切り噛みつき、愛は唇を舐めた。美月の家の卵焼きは、砂糖が入っているせいで甘い。愛は卵焼きはしょっぱい方が好きだけれど、たまに食べる分には甘くても問題ないと考えている。

机の上に売店で買った総菜パンをぶちまける。焼きそばパン、コロッケサンド、卵ロール。母親が仕事で忙しい日は、愛の昼食はいつもこの三種のパンになる。黄金トリオと名付けて皆にこの組み合わせを勧めているのだが、今のところ真似してくれた人間は一人もいない。

「さっきまで美月ちゃんと話してたの。やっぱり、例のアンケートの件？」

綺麗な姿勢でひじきを口に運んでいた夏川さんが、コトリと小さく首を傾げた。つい先日まで、夏川さんは高野さんと川崎朱音と三人でお昼ご飯を食べていた。しかし、川崎が死に、高野さんが学校を休んでいる今、夏川さんは独りぼっちだ。それを不憫に思った美月が、一緒に食べようかと声を掛けたのだ。元々、愛も美月も夏川さんには好意的な感情を抱いている。二人に対して敵意を剥き出しにしたクラスの女子が多い中で、夏川さんはそんなことに頓着せずに話し掛けてくれるから。

「そうそう。本当、嫌になっちゃう。なんでみんな私を疑うかなー」

「日頃の行いの悪さじゃないの」

美月が笑いながら軽口を叩く。もう、と唇を尖らせながら、愛は紙パックの飲み口を開いた。マスカット味の紅茶は今月の新製品だった。五百ミリリットルという容量のわりに値段が安いので、多くの生徒が紙パックタイプの紅茶を買っている。しかし量が多く飲みきれないため、大抵は授業が始まっても机の端に紙パックを置いたままにしてしまう。

「それにしても、高野さんはまだ学校には来られない感じ？」

愛は空席へと視線を送る。優等生の高野さんの机の中は、一切物が置かれていない。人間の痕跡が一切見えない机というのは、他者の目にはどこか寒々しく映るものだ。

夏川さんは肩を落とした。

「そうなの。まだ落ち込んでるみたいで」

「まあ、幼馴染だったんだもんね。そりゃあへこむか」

美月が夏川さんの頭を撫でる。大人っぽさを日々追求する美月と幼い顔立ちをしている夏川さんが並ぶと、姉妹同士のように見える。

「純佳、早く学校に来ないかな」

「そうだね、私も高野さんに会いたい」

愛の言葉に、夏川さんはぱっとその表情を綻ばせた。

「愛ちゃんが会いたいって言ってたよって伝えたら、きっと純佳も喜ぶだろうな」

くひっ、と愛らしい唇から漏れる彼女の笑い声は、なんとも独特の響きをしている。愛はこの笑い方が大好きだった。優れた容姿に、優れた頭脳。一見すると完璧に思える夏川さんの、たった一つの欠点。この笑い声を聞く度に、愛は目の前の少女もまた、自分と同じただの女子高生であることを思い出すのだった。

放課後になると、教室は一気に静かになる。生徒の半分は何らかの部活動をしており、もう半分は帰宅部だ。図書室近くにある自習スペースはいつも混雑しており、多くの若者たちが学業に励んでいる。この学校は、そういうところだ。志望大学合格という明確な目標を抱いた学生たちが、勉強するという共通の目的の下に集まっている。

こうして考えてみると、最初から高校の選択を間違えていたのかもしれない。塾講師に勧められるがままにうっかり受験した地元の高校は、県内屈指の進学校と呼ばれる場所だった。真面目な生徒が多く、今までのコミュニティーの築き方がここでは全く通用しない。愛は昔からオシャレが好きだ。男子とだって、普通に話す。自分にとって何ら特別な意図を持たないこれらの行動も、周囲のクラスメイトの目には不快なものとして映ったらしい。気付けば、愛はクラスの女子から疎まれる存在となっていた。最初の頃は悩むこともあった。愛だって普通の女子高生だ、できることなら皆と仲の良い学生生活を送りたい。しかし、どうやらそれは無理そうだ。なんといっても、向こうはこちらと仲良くなる気なんてさらさらないのだから。

「あーあ」

窓枠に手を置きながら、美月が大きな声で息を吐いた。彼女の口癖だ。気が滅入っている、苛立っている。そういった内心の状態を、彼女の声は知らせてくれる。

「窓の外なんて見て面白い？」

「全然」

「だろうね」

そう言いつつも、愛は美月の隣に座る。グラウンドではサッカー部員たちが気持ちよさそうに風を受けながら駆けている。夏の近付いてきたこの季節は、走り回るには少し気温が高いかもしれない。吹き込んでくる風のせいで、前髪が翻る。美月の指が、額から耳元へと自身の前髪を撫でつけた。

「あの動画見た？」

美月の問いに、愛は「んー」と曖昧な反応を示す。

「動画って、川崎の？」

「そう、それ」

「見た見た。あれはやばい」

「私もさすがに動画は引いた。誰が撮ったんだろ」

「分かんないけど。まあ、死体を映してないだけマシなのかもね」

スマホ画面を指で操作すると、簡単に川崎の自殺動画に辿り着く。今どき自殺動画なんて、そんなに珍しいものでもない。一時的に関心を持つ人間はいるだろうが、川崎のことなんてすぐに忘れてしまうだろう。

美月が肩を竦める。

「川崎のせいで授業も遅れてるし、口には出さないけどみんな結構苛ついてるよね」

「正直、命の大切さとかいうどうでもいい話を聞かされるぐらいなら、さっさと予備校の課題やりたい」

「分かる。時間の無駄だよね」

休日だというのに強制的に招集された全校集会では、校長による長々とした演説を聞かせられるハメになった。親御さんがどのような気持ちであなたたちを育てて来たのか、考えてみてください。あなたを大事に想ってくれている人がきっと周りにいるはずです。投げかけられた言葉たちは、生きることの素晴らしさを全力でこちらに訴えかけていた。しかし、そんな耳あたりのいい響きは、むしろ愛には不快に感じられる。減点しようのないお利口さんな言葉は、不特定多数の人間に向けられたものであって、自分一人のために紡がれたものではないからだ。大体、自分のことを大事に想ってくれる人間がいることと死にたいと思うことは、全くの別問題だろうに。

「私、毎回思うんだけど、ああいう道徳的な話で自殺を踏みとどまったって人、本当にいんのかな」

「効果あるかなんて関係ないよ。学校側は、そういう対策もやっておきましたよっていう保険を掛けてるつもりなんでしょ」

「あー、ヤダヤダ。大人って汚い」

「ほんとにね」

ＳＮＳ画面を開くと、友人たちが楽しげに会話をしているのが見える。『日曜に買い物行きたいんだけど、誰かついてきてくれる人いるー？』『夏服？』『バーゲン始まるんだってね』『うそ、サンダル欲しいんだけど』『あー、日曜なら空いてる』『何時から？』『集合どこ？』『タイミング合えば行くよー』

矢継ぎ早に現れる吹き出しに、愛も慌てて返事を書き込む。中学時代の友人たちとは、今でも仲がいい。こう見えて、当時のグループ内で愛は突出して頭が良かった。自分の成績に見合った高校に行けと言われてこの学校を勧められたが、彼女たちのように地元の普通の学校に行った方が良かったのかもしれない。話が合わない人間と共に同じ時間を過ごすのは、苦痛なことが多かった。

「でも、そしたら美月とは会えなかったんだよなー」

「いきなり何の話？」

こちらの独り言に、美月が柔らかに目を細める。慈しみに溢れた眼差しを向けられる度に、愛はなんだかくすぐったい気持ちになる。

「べつにー」

「えー、気になる」

「本当は気になってないくせに」

「そんなことないって」

そう笑いながら、美月は机の上に置かれた文庫本に手を伸ばした。本屋で掛けてくれる紙製のブックカバーには、シンプルな線で異国の街並みが描かれている。美月は髪を耳へと掛けると、そこにブルーのイヤホンを嵌めた。目だけで文字列を追い掛けるようになったら、もう誰の声も彼女には届かない。読書に集中していることを確認し、愛はその横顔を観察する。

いま目の前にいる桐ケ谷美月と愛が出会ったきっかけは、とてもありふれたものだった。率直に言えば、部活だ。中学時代からバスケ部だった愛は、当然のように高校でもバスケ部に入ろうと思っていた。体育系の部活にはスポーツ推薦で入学していた生徒も多く、クラスに居場所のない愛にとって、部活は数少ない憩いの場だった。そこに入部してきたのが、美月だった。

美月は初めから、多くの人間を惹きつけていた。愛もよく可愛いだとか美人だとか言われることが多いけれど、美月とはそもそものジャンルが違う。彼女は清廉で、無駄がない。アイラインもマスカラも、完璧な造形には不必要だ。神様の作った最高傑作。愛は、彼女の持つ類まれな容貌を愛していた。

部活が始まってすぐ、愛は美月に声を掛け、そのまま二人は友人となった。普段はツンと澄ましている美月が、愛の前では砕けた口調で笑いかけてくれる。そのことに、愛は優越感を抱いていた。二人が特別な友達になるまでに、大して時間は掛からなかった。

「美月、」

ひそひそと内緒話をするみたいに、愛はそっと彼女に呼びかける。吐息の割合の方が多い声音に、美月は反応しなかった。読書に集中していてこちらの声なんて聞こえていないのだろう。彼女のこうした行動に、愛はもう慣れっこだ。最初の頃は二人でいるのに音楽を聞くだなんてと腹立たしく思っていたが、彼女に一切の悪気がないことに気付いてからは、愛も自分の好きなことをするようになった。

愛はスマホをいじりながら、目の前の少女を観察する。雪のように白い肌。通った鼻筋。伏せられた瞼の縁を飾る、長い睫毛。瑞々しい赤い唇からは、うっすらと桃の甘い匂いがする。浮き出る鎖骨、細い手首。夏が近付き、美月はまた少し痩せた。

彼女が部活を辞めたのは、高校一年生の夏だった。持病の喘息が悪化したせいで、ドクターストップが掛かったそうだ。気丈に振る舞っていた美月は、愛の前だけで弱みを見せた。部活を辞めたくない。そう言って泣きじゃくる彼女を、愛は衝動的に抱きしめていた。

——私も、部活を辞めるよ。美月と一緒にいる。

今まで一度だって、愛はこの選択を後悔したことはない。バスケはいつでもできるけれど、美月と一緒に過ごせるのは今しかないからだ。

「美月、好きだよ」

密やかな囁きに、返事はなかった。

火曜日、天候は雨のち晴れ。放課後になりすっかり晴れ上がった空を、サッカー部の部員たちが不服そうな顔で見上げている。「雨だったら部活が休みだったのに」という呟きは、いかにも屋外競技者らしい台詞だ。バスケ部だった頃、愛は天候なんてほとんど気にしたことがなかった。

「待ってる間、暇じゃない？」

「数学の課題してるから大丈夫」

「期末試験も近いしね」

「そ。さすがにそろそろ本腰入れて勉強しないとね」

数学の参考書を抱えたまま、愛は美月と共に図書室に足を踏み入れる。毎週火曜日は、図書委員である美月の担当日だ。家に帰ってもやることがないので、愛は毎回美月の仕事が終わるのを待っている。一番奥の図鑑コーナー前の机。それが、愛の定位置だった。

ノートを開き、紙と紙の間に下敷きを挟む。右端に日付。ペンケースは左に置く。勉強に取り掛かる際の、いつものルーティーンだ。罫線の上に数字を書き込み、愛は数式を解くことに没頭する。中学時代には上から数えた方が早かった学年順位も、この高校に入ってからは随分と下がってしまった。烏合の衆の中で上に立つことと選び抜かれたエリートの中からトップの座を射止めるのとでは、雲泥の差があるということだ。だから、夏川さんは本当にすごい。入学試験から今に至るまで、彼女はずっとナンバーワンだ。あの無邪気で可愛らしいクラスメイトのことを、愛は心の底から尊敬している。たとえ、他の奴らがその価値を正しく理解していなくとも。

「ふう、」

中学時代と違い、放課後の図書室は活気がある。本好きの生徒が多いからだ。カウンターに視線を遣ると、美月が見知らぬ女子生徒と談笑しているのが見えた。愛の知らない子だ。なんとなく面白くない気分になり、愛は問題を解き進めていた手を止める。気を紛らわすように時計を見上げれば、もうすぐ下校時刻になりそうだった。あと少しで課題もすべて終わる、いいタイミングだ。そのままノートに視線を戻そうとしたところで、不意に愛の視界に余計な物が過ぎった。きっちりと整えられた黒髪、どこか中性的な美しさを持つ横顔――中澤博だ。そう認識した瞬間、愛は声を上げていた。

「……最悪」

幸いなことに、愛の呟きに博は反応しなかった。どうやら頬杖をついたまま眠っているようだ。その眉間には皺が寄り、口元からは微かな呻き声が漏れていた。悪夢にうなされるほど辛い目に遭ったのかもしれないが、残念なことに愛はエスパーではないのでその内心は分からない。――いや、本当は分かる。博は今、亡くなった川崎朱音のことを考えている。

「だって、二人は付き合ってたもんね」

今度の呟きは、なんとか口内に押し留めることができた。舌先で歯の裏をなぞることで、愛は漏れそうになる溜息をなんとか堪える。彼の存在をどうにか視界から消し去ろうと、愛は机に額を押し付けた。

中澤博は、一年前まで愛と付き合っていた。所謂、元カレというやつだ。告白したのは愛からだった。忘れもしない、中学三年生のときだ。そのまま交際を続け、二人は同じ高校に進学した。だが、高校一年生の夏に二人は破局した。別れを切り出したのは、博の方だった。

愛は博の顔が好きだった。性格はどうでもいい。とにかく、博の見た目がタイプだったのだ。昔から、愛は性別に関係なく、美しい人間が好きだった。一緒に行動する友達だって、付き合う相手だって、とにかく綺麗な方がいい。目の保養が多くて困ることはないというのが愛の持論だ。

「ごめん、待たせた」

図書委員の仕事を終えた美月が、こちらに駆け寄って来る。下校のチャイムが鳴っているというのに、博は未だに上の空だった。

「お疲れー、いま荷物片付けるね」

ペンケースとノートを手早くスクールバッグの中に入れ、愛は美月に向き合う。こちらの支度を待っている間、美月は険しい表情で博の方を睨みつけていた。

「美月、帰ろ」

愛がシャツの袖口を引っ張ると、美月の頬が僅かに緩んだ。彼女は愛の腕に自身の腕を絡ませると、周囲に見せつけるように密着した。多分、博に対する牽制だ。美月のこういう嫉妬深いところが、可愛らしいなあと思う。二人は博のすぐ後ろを通り過ぎたが、深い眠りについている博は、反応すらしなかった。愁いを帯びたその横顔は、相変わらず綺麗だった。

「中澤のこと見てたでしょう？」

夏が近付くにつれて、日が落ちる時間は少しずつ遅くなっていく。山間(やまあい)に溶けつつある夕日の残滓は、やがて辺りを支配する藍色の中に呑み込まれてしまうだろう。ベンチの隅にバッグを置き、愛は大きく脚を伸ばす。つま先から踵までをすっぽりと覆った黒色のローファーは、入学前に母親にねだって買ってもらったものだった。

駅前の公園は、愛と美月の寄り道スポットだ。コンビニで買ったアイスバーを齧(かじ)ると、歯の奥がキーンと痺れた。溶けかけのアイスに四苦八苦している愛に、カップアイスを買った美月が掛けた言葉が、先ほどのものだった。その頰が膨れているところを見るに、よっぽど腹を立てているらしい。愛は思わず笑ってしまった。

「見てたけど、特別な意味はないよ」

「ほんと？」

「ほんとほんと」

「あんな男、絶対ダメだよ。愛を捨てた奴なんて、絶対」

美月のローファーの先端が、柔らかな地面を掘り進んでいる。付着した土くれは午前中に降った雨のせいで柔らかくなっており、ちょっとやそっとじゃ取り除けそうにない。美月はじっとりとこちらを睨みつけたまま、プラスチック製のスプーンを舐めている。

愛は急いで弁明した。

「大丈夫だってば。もうこれっぽっちも好きじゃないから」

「信用できないなあ。愛って顔が良い奴に弱いから」

「それは本能なんだもん、しょうがないよ」

へらりと笑った愛に、美月は眉を跳ね上げた。

「しょうがなくなんかないって。気を付けないと、変な男に捕まっちゃう」

「美月は心配性なんだから」

「私はただ、愛に幸せになって欲しいの。愛のことが好きだから」

「はいはい、お気遣いにカンシャします」

「毎回言ってるけど、私は本気なんだからね」

「分かってるって」

ひらりと手を振り、愛はソーダ味のアイスを再び齧る。表面がすっかり溶けてしまっているせいか、その滴が手まで垂れてしまっていた。木の棒を舌で舐めとると、砂糖水のような単純な甘さが舌の上に張り付いた。

「そういえばさ、あの手紙の件だけど」

「あぁ、川崎の？」

強引に話題を変えた愛に、美月は苦々しい表情を浮かべた。しかし、彼女はそれ以上追及したりすることなく、新しい話題に乗ってくれる。言葉にしなくても、美月は愛の心情を汲み取ってくれる。だからいつも、愛は彼女の優しさに甘えてしまうのだ。

「そう。先生の感じを見るに、やっぱみんな先生には言ってないっぽい」

「あのクラスだったらそりゃそうなるよね」

美月の持つスプーンが、バニラアイスの中に沈み込む。溶けかけのアイスの表面には、いくつものクレーターができていた。

美月の口端に、冷ややかな笑みが滲む。

「結局さ、手紙もらって屋上まで行ったのは、高野さんだけだったんだよね」

「私にあれだけ言ってるくせに、クラスの奴らだって相当ひどいよ」

「まあ、ここはそういうところだから」

美月のいう『ここ』とは一体どこを指すのだろう。学校という狭い箱庭か、それとも巨大な現実世界か。

美月が言葉を続ける。

「川崎もさ、自分のことを過大評価しすぎなんだよ。あんな手紙を配ったぐらいで、屋上に人が集まると思ってた。そこまで好かれてるわけでもないのに」

「まさか来たのが高野さんだけとはね」

あの日のことを、愛ははっきりと覚えている。雨上がりの空は異様なほどに晴れ上がり、その夕日は世界を焼くように苛烈な光を放っていた。屋上。手紙。体操服。記憶の断片が脳みその中で寄り集まり、愛の脳裏に当時の情景を蘇らせた。


金曜日の七時間目の授業は体育だった。生憎の雨のせいか、体育館内の空気はたっぷりとした湿気を含んでいる。汗をかいたせいで火照(ほて)っている身体を冷やすように、愛は体操服の裾をパタパタと動かした。やはり、バスケは楽しい。髪を結っていたゴムを外すと、蒸れていた髪の毛の隙間に風が入り込んでいく心地がする。

「今日は二班と六班が片付け担当ですので忘れないように。では、解散」

チャイムの音と共に、教師が解散の指示を出す。生徒たちの口からは興奮を抑えたようなささやかな歓声が起こった。金曜日の授業終わりは、いつだって心が弾むものだ。

「愛、さっさと行こ」

美月に手を引かれるようにして、愛は教室に向かった。他の生徒たちは雑談に忙しいため、毎回少し遅れてから教室へと戻って来る。二人はいつも体育の授業が終わると真っ先に鍵を開け、二人だけの空間を少し楽しむことにしている。更衣室代わりに使用されている教室には、それぞれの机の上に脱いだ後の制服が乱雑に積まれていた。

体操服を脱ぎ、タンクトップの上から愛はカッターシャツを羽織る。ボタンを下から順に一つずつ留めていると、不意に美月が愛の机の中を覗き込んだ。

「ねえ、手紙入ってる」

「手紙？」

愛は首を傾げた。小学生の頃は友人たちと手紙を交換することが流行っていたが、高校生になると誰もが携帯端末を持っているため、手紙を書く機会はぐっと減った。内緒話も軽口も、全てSNSを通じての会話で事足りる。スマートホンを持つことが当たり前の愛たちにとって、手紙を書くという行為は特別な意味を持っていた。

シャツにハーフパンツというちぐはぐな恰好のまま、愛は自分の机の中から一枚の封筒を取り出した。白一色のシンプルな封筒は、ゴテゴテとした装飾を好む愛の目にはいささか貧相に映った。裏返すと、『愛ちゃんへ』という手書きの文字が並んでいる。封を開くと、中には二枚の便箋が入っていた。二枚目の紙には写実的な黄色の花のイラストが描かれている。

愛は花の種類には詳しくないが、さすがにこれは知っていた。小学校の授業でも習った、ラッパのような形。スイセンだ。

一枚目に視線を戻す。書き込まれたシンプルな文言に、愛の眉間には気付けば深い皺が寄っていた。

『今日の放課後、北校舎の屋上まで来てほしい。特別な話があります。来てくれないと、私たぶん死にます。あかね』

文章を見た瞬間、全身の皮膚という皮膚に鳥肌が立った。

「きもっ」

こういう面倒なことはさっさと忘れるに限る。愛はくしゃくしゃと手紙を丸めると、そのままゴミ箱に放り投げた。ナイスシュート、と美月が気のない声で言う。

「美月の机にも入ってた？」

「入ってた。ほら」

掲げられた手紙には、青色の紫陽花のイラストが描かれていた。その中央部に書かれた文字には、愛が受け取った手紙のものと同じく、書き跡が残っている。

『今日の放課後にもしも時間があるなら北校舎の屋上に来てください。例の話の続きをしたいです。川崎』

自分とは違う内容だ。愛は尋ねる。

「例の話って？」

「さあ？　全然心当たりない。それより見て、近藤の机にも入ってる」

そう言って、美月は傍らにあった机の中から封筒を抜き出した。近藤の机だ。白い封筒は愛や美月が受け取ったものと全く同じものだった。二人は、互いに顔を見合わせる。

「開ける？」

「うん」

美月の指が、慎重にシールを剝がす。愛は視線だけで作業を急かした。教室にはまだ誰もいないが、さすがに他人宛ての手紙を開封しているところを誰かに目撃されるのはまずい。

「開いた」

美月が封筒から便箋を取り出す。手紙の二枚目にはやはり、色鉛筆で描かれた花の絵が添えられていた。

『今日の放課後、もし時間があれば北校舎の屋上まで来てください。川崎』

愛や美月宛てに書かれた文章に比べると、その文言はシンプルだった。他の生徒にも手紙は入っているのだろうか。好奇心に抗うことができず、愛は教室中の机を見て回る。

「うわ、コイツ女子全員の机に手紙入れてるよ」

「マジで？」

「引くわー。どんだけ構ってちゃんなの」

　これだけの人数に手紙を書くには、相当の手間暇が掛かっただろう。さらに川崎はすべての手紙に手書きのイラストまで添えている。細かく描かれた花びらの一枚一枚からは、誰かれ構わず屋上に呼び出してやろうという彼女の執念が感じられ、愛は川崎朱音という人間がますます嫌になってしまった。

「ってかさ、川崎って今日学校休んでたよね？　わざわざ手紙仕込みにここに来たってこと？　うわあ……」

「美月、リアルに推測すんのはそこまでにしとこ。痛々しすぎて気が滅入ってくる」

　愛の台詞に、美月は神妙な面持ちで頷いた。愛は川崎が嫌いだが、嫌いな奴の思考回路を考えることのほうがもっと嫌いだ。忌々しい相手のことで意識を占めるぐらいなら、自分の好きなものについて考える方がよっぽどいい。

　近藤の手紙を手にしたまま、美月が不思議そうにこちらを見た。

「これさ、夏川さんとか高野さんとかにはなんて手紙書いてるんだろうね」

「確かに。仲いい子らも屋上に呼び出してんのかな」

「気になるよね」

愛は夏川さんの席に駆け寄ると、その机の中から封筒を取り出した。裏側には丸みを帯びた文字で『りおんへ』と書かれている。先ほどの美月と同じように丁寧にシールを剝がし、愛はその中身を取り出した。

『最近体調が悪いみたいだし、今日は早めに帰ってね。朱音』

二枚目の便箋に描かれているのは、見たこともないような花だった。長く伸びた緑色の茎はまるで線香花火のように分離し、球状に密集した白い小花を咲かせている。愛の手元を覗き込んだ美月が、感心したように頷いた。

「ドクゼリだね」

「なにそれ」

「セリ科の植物だよ。名前の通り強い毒があって、食べると死んじゃうこともある。花自体はすごく綺麗なんだけどね」

「ふうん、詳しいね」

美月ははにかむように笑った。

「こういう毒があるもの、好きなの」

そういえばそうだった。愛にはさっぱり理解できないが、美月は毒を持つ生き物について調べるのが好きなのだ。攻撃性を隠し持っているところが魅力だと過去に熱っぽく語られたことがあるが、如何せん共感できる内容ではなかった。

手元にある手紙に視線を落とすと、相変わらず堂々とした様子でドクゼリが咲き誇っている。愛にはスイセン。美月には紫陽花。近藤にはユリ。そして、夏川さんにはドクゼリ。それぞれの花の種類が違うところを見るに、何か意味が込められていることは間違いない。まあ、川崎の意図を推理してやる気など、愛にはさらさらないのだが。

美月が唸った。

「やっぱ夏川さんみたいに仲が良かった相手には屋上から離れろ的なこと書いてんだね」

「川崎、屋上でなにやるつもりなんだろ」

「私と愛まで呼び出してやりたいこと？　爆破とか？」

「その発想はなかった」

「あとは……安直だけど、自殺とか」

「ないない。ってか、もし死ぬとしたら高野さんとか夏川さんとか呼び出してるはずでしょ。死ぬ前に仲いい子に会いたいと普通は思うだろうし」

「確かに。……ってか、封筒の中になんかまだ入ってない？」

指をさされ、愛は慌てて封筒の中身を指で探る。カツンと爪先にぶつかったのは、古びた鍵だった。その表面にはわざわざ『北校舎屋上』という紙テープまで貼られている。ただでさえ疑問符だらけだった川崎の行動が、ますます不可解なものとなる。

「なんでここに鍵が？　美月、心当たりある？」

「まったくない。ってか、川崎はなんで屋上の鍵なんて持ってるの？　盗んだってこと？」

「こうなったら高野さんの手紙も読もうよ」

夏川さん宛ての手紙を握りしめたまま、愛と美月は高野さんの机に近付いた。と、その時、扉の向こうから楽しげな話し声が聞こえて来た。どうやら他のクラスメイトが戻ってきたようだ。愛と美月は咄嗟に顔を見合わせると、すぐさま手にした手紙を自分の机の中に突っ込んだ。他人の机を漁（あさ）っているところを見られるのはまずい。ハーフパンツの上からスカートを穿き、愛は慌てて着替えている最中であるかのように装った。

教室の扉が開く。このクラス最大規模の女子グループが、わいわいと雑談しながら教室へと入って来る。大方、後片付け担当だった友人を待っていたのだろう。静寂に満ちていた教室は、一瞬にして騒々しさを取り戻した。

「嘘、期末テストまであと二週間しかないの？」

「カレンダー見てびっくりしちゃった」

「やばーい、全然やってないよ」

「その言い方、信用できないパターンのやつだ」

「いや、私はマジだから」

「あれ、机になんか入ってる」

女子生徒の一人が、自分の机の中を覗き込む。川崎からの手紙に気付いたのだ。他の女子生徒も続々と声を上げ始めた。

「私のとこにも入ってる。誰からだろ」

「朱音ちゃんからだ。北校舎の屋上に来て欲しいって」

「私のもそう書いてある」

「でも私、委員会だしな」

「私も部活あるから無理だなー」

「ってか、いきなり手紙だけ渡されてもこっちにも都合あるし、まあ行けないよね」

「誰かが行くでしょ」

「月曜に会ったときに何の用事だったか聞いとこうよ」

女子生徒たちは次々に手紙を鞄の中にしまいこむ。まるで当たり前のような顔をして、彼女たちは川崎の手紙を無視することを選択した。

「てかさ、すごい今買い物したい欲がやばい」

「わかるー」

「新しい鞄欲しいんだよねー」

「私も欲しい。お小遣い制だと欲しいもの買えなすぎてつらい」

「でもうちバイト禁止だしね」

笑い合う彼女たちを横目に、愛は黙々と着替えを続けた。スクールカーストなどという言葉があるけれど、二人以上の人間が集まれば必ずそこに上下関係は生まれる。そして愛は昔から、その上位に位置してきた。だが、上位に立つものが必ずしも円滑な学園生活を送れるとは限らない。数は力だ。進学校であるこの場所では、一見すると穏やかな性格の生徒たちが大きな群れを成して生活している。彼らは優しく温厚に見えるが、一度敵とみなした人間には容赦しない。何重にも張られた見えない壁が、少数派の人間を音もなく拒絶する。彼女たちが弱者？　とんでもない。空気を読むことを強制し、目に見えない規律を重んじる。彼女たちはそうして結束をより強固なものにし、水面下で異物と判断したものを排除していくのだ。このクラスになって数か月が経つが、愛も美月も未だにクラスの女子の連絡先をほとんど知らない。他の子たちは皆、ＳＮＳで繋がっているというのに。

制服に着替え終わり、愛が鏡を見ながらヘアセットしているところで、近藤と高野さんが教室に帰ってきた。その後ろには夏川さんもくっついている。そういえば今日の体育の授業中、二人は職員室まで得点表のファイルを運ぶように指示されていた。ブラシで髪の毛を解かしながら、愛は机の中に入れたままの手紙に思いを馳せた。シールはまだ元の状態に戻せていない。今、夏川さんと近藤に手紙を渡せば、確実に中を見たことがバレてしまうだろう。平静を装い、愛は震える指で髪をサイドに束ねた。幸い、後から来た三人に手紙について話す人間はいなかった。

三人は散り散りになって自分の席に戻ると、急いで制服に着替え始めた。あと五分でここは更衣室ではなくなり、普通の教室に戻る。男子生徒が戻って来る前に着替え終わらねばならない。鏡を見つめていると、必然的に後ろの席の高野さんの様子が目に入る。授業中はノンフレームの眼鏡を掛けている高野さんは、普段は裸眼で生活している。学級委員らしい生真面目な制服の着こなしは、彼女の清廉な魅力をより一層引き立てていた。愛は高野さんの顔も好みだ。清純派アイドルみたいで可愛いから。

シャツのボタンを一番上まで留めたところで、高野さんの動きが止まった。その視線は、机に向かって固定されている。愛はすぐにピンときた。手紙だ。高野さんは、川崎の手紙を見つけたのだ。彼女は一度探るように周囲を見回し、それから机の下でなにやらごそごそと作業をした。恐らく、手紙を開いているのだろう。学級委員でもあり、サッカー部のマネージャー。そして、川崎の幼馴染でもある高野さん。川崎からの手紙を見て、彼女は一体何を思うのだろう。

鏡に映る自分の顔に視線を移し、愛の手はスムーズに髪の毛の乱れを整えた。耳の後ろはピンで留めたほうがいいかもしれない。

「細江さん」

「ハイ？」

不意に頭上から掛かった声に、愛はつい上擦った声を出してしまった。傍らを見ると、なんと高野さんが立っていた。いつの間に近付いて来たのだろう。

「今日、一緒に帰ろう？」

高野さんが右手に力を入れる。その手の中で、何かがくしゃりと音を立てて潰れたのが分かった。

「え？　あ、勿論いいけど」

「良かった。それだけなの」

高野さんはそう言って、再び自身の席へと戻っていった。これまでも高野さんと一緒に帰ったことはあったけれど、向こうからこちらを誘ってきたのは初めてだ。一体どういうことだろう。やはり、川崎からの手紙には屋上から離れるように書かれていたのかもしれない。ヘアピンで髪の束を突き刺しながら、愛はちらりと鏡を覗く。窓の外を見遣る高野さんの目は、どこか遠いところを映しているようにも見えた。

「高野さん、何で屋上に行っちゃったのかな」

カップアイスを突きながら、美月が溜息交じりに呟く。彼女はあの日、教師からの呼び出しがあったために愛たちとは一緒に帰らなかった。もしも高野さんが屋上に行かなければ。あの時、自分が高野さんを無理にでも呼び止めていれば。仮定はいくらでも湧いてくるが、妄想の中でいくらあがいたとしても、現実が変わることはない。高野さんはあの日屋上に行き、そして川崎が死ぬところを目撃した。

「正直に言うとさ、川崎のせいで高野さんが落ち込んでると思うと色々と辛い」

「分かる。高野さん、いい人だしね」

「川崎が死んだことなんて、気にしなくていいのに。あんな奴、勝手に死なせておけばいいんだよ」

「幼馴染だったっていうし、色々と思うことがあるんでしょ」

「それは分かるんだけどね」

ただ、愛は川崎のせいで誰かが悲しむのが嫌だった。それが心優しい高野さんだったら、なおさらだ。だけど愛には彼女を励ます手段がない。

美月の手が、不意に愛のシャツの裾を引っ張る。傍らに目を向けると、彼女の顔が至近距離にあった。美月の睫毛の、その一本一本までもが見える。川崎の机の上に飾られた白菊のように、その長い睫毛はしなやかに曲線を描きながらも高く上を向いていた。縁取られた二つの瞳は、角度によってその輝きを変化させる。

「愛が気に病む必要はないよ」

「そう？」

「だって、結局は他人じゃん」

その声があまりに冷ややかだったものだから、反射的に息が止まる。夜の気配を纏った空気が戯れに愛の肺の底を突き刺した。

水曜日になっても、高野さんは学校には来なかった。近藤も休みだ。川崎の自殺現場を目撃した人間は、夏川さんを除いて皆学校を欠席している。そのせいで夏川さんが周囲の人間から心無い言葉を掛けられていることも、愛は知っていた。

「どうして夏川さんは平気な顔をしてるんだろう」「友達が死んでも平然としてるとか、ちょっとどうかしてるよね」。それらは軽口に分類され、冗談として流される。多分、クラスメイトの多くは、夏川さんに項垂れていて欲しかった。たった一日でいい、涙を流して、悲しんでいるということを自分たちに示して欲しかった。だけど、夏川さんはそうしなかった。

いつものように笑って、いつものように生活している。それを不気味に感じる生徒たちは、透明なオブラートに包んだ毒を夏川さんに投げつける。

「夏川さん、課題終わった？」

目の前にある小さな背中を、愛は爪先でツンと突く。授業と授業の間に用意された、十分間の小休憩。普段は美月と話すことに割く貴重な時間を、愛はまるごと夏川さんに捧げることに決めた。高校生にしては幼く見えるツインテールは、夏川さんによく似合っている。彼女は振り返ると、そのまんまるな瞳をこちらに向けた。

「もう終わってるよ、昨日ちゃんとやったから」

「そりゃそっか」

「どうしたの？　愛ちゃんはまだ終わってない？」

「ちゃんとやったよ。昨日ね」

「そういえば、火曜日は美月ちゃんの図書委員の日だったね。待ってる間、退屈じゃない？」

「すーぱー退屈だよ。だから課題してたの。時間の有効活用」

「それなら私も図書室に行けばよかったな、一緒に課題できたのに」

「夏川さん解くの速すぎるからすぐに課題なんて終わりそう」

「まあ、普通の人よりは速いかな」

くひっ、と夏川さんが白い歯を見せて笑う。学年一位の彼女にとって、その言葉が謙遜であることは明らかだった。彼女のあの小さな頭には、スーパーコンピューターが圧縮して詰め込まれているに違いない。

「そういえばさ、高野さんは大丈夫そう？」

愛の問いかけに、夏川さんは眉を曇らせた。何も塗られていない薄桃色の爪で、彼女は自身の唇を軽く叩く。

「電話したら、一応大丈夫とは言ってたんだけどね。でも、やっぱり今日も学校には来なかった。落ち込んでるんだろうね」

「そっか、早く元気になるといいんだけど」

「いざとなったら家に突撃するつもりだよ。元気出せーって」

「はは、いいかもね。ショック療法」

「純佳が元気になるならなんでもいいよ。とにかく、また前みたいに一緒に過ごせれば、それで」

夏川さんの台詞に、今度は愛の方が表情を曇らせる。前みたいに。そんなこと、実際にあり得るのだろうか。夏川さん、高野さん、そして川崎。三人はよく一緒にいた。川崎がいなくなった今、その関係性は大きく変化せざるを得ないだろう。もしかすると、高野さんはもう学校には来ないかもしれない。愛にとっては川崎は嫌な奴でしかなかったが、高野さんにとっては何かしらの魅力を持った人物だったのだろう。幼馴染を失った彼女の、そのショックは計り知れない。もしも高野さんがこのまま学校に来なかったら。そしたら、夏川さんはずっと今のままなのだろうか。弱みを晒すことを期待されたまま、この針のムシロのような教室で次の春までを過ごすのだろうか。愛は項垂れる。自分にできることは、夏川さんを昼食に誘うことぐらいだ。友達にはなれても、愛や美月が高野さんの代わりをすることはできない。

「愛ちゃん、どうしたの？」

何を勘違いしたのか、夏川さんが愛の頭を優しく撫でた。慰められるのは私の役目じゃないのに。そう思いつつ、愛はじっと目を伏せた。夏川さんの手には、無償の愛が込められている。そんな気がした。閉じた瞼の裏で、あの日の夏川さんが手紙を手に微笑んでいる。

あれは、川崎が死んだ翌日のことだった。本来ならば休日だった土曜日に学校へと集められた生徒たちは、全校集会の後アンケートに答えさせられた。ようやく解散となったのは昼過ぎで、多くの学生たちが不満を言いながら校門を通り過ぎて行った。

川崎が死んだことは、学校側の連絡が来る前から周知の事実だった。自殺した瞬間の動画がネット上に出回っていたからだ。金曜の夜に美月から川崎の死を知らされたとき、愛は半身浴の真っ最中だった。ショックはなかった。というより、むしろ小気味よい気持ちになった。川崎が死んだんだって。へえ、ざまあみろって感じ。分かる。たったそれだけで、この話題は終了した。その時の愛にとって重要だったのは、どうでもいいクラスメイトの死ではなく、自身の髪に漬け込んだトリートメントをいかにしてすべて流し落とすかだった。

アンケートの提出後、愛と美月は夏川さんを呼び出した。二人には夏川さんにどうしても謝罪しなければいけないことがあったからだ。白いカッターシャツの上からアイボリーのベストを着た夏川さんは、膝丈のスカートを揺らしながら愛たちに向かって駆けて来た。待ち合わせ場所はグラウンド付近のピロティだった。普段は運動部の人間で溢れている手洗い場も、今日はがらんとしていた。部活動が全面的に禁止されているからだろう。

「どうしたの？　何か大事な用事？」

小首を傾げる夏川さんの愛らしさは、川崎の死ぐらいでは損なわれないようだった。ハリのある肌に、生気に溢れた瞳。友人が死んだ翌日でも、夏川さんはいつも通りだ。

「ごめんね。実は私たち、夏川さんに渡すものがあって」

「渡すものって？」

「これなんだけど」

美月が二通の封筒を差し出す。宛名はそれぞれに一つずつ。『りおちゃんへ』と『りおんへ』だ。前者が近藤、後者が夏川さんに宛てられたものだった。こうして二つを並べると、彼女たちの名前はよく似ている。

「これなあに？」

夏川さんがますます首を傾げる。気まずい気持ちを堪えながら、愛は簡単に事情を説明した。

「金曜日にね、体育が終わった後、みんなの机に手紙が入ってたんだ。で、どういう内容なんだろうねって美月と話してて……その、中身を見ちゃったの」

「私宛ての手紙を勝手に開けたってことだね？」

「まあ……そういうこと。しかも返すタイミングが見つからなくて、今になって返すことになっちゃったんだ」

「中、見てもいい？」

「あぁ、うん。もちろん」

夏川さんは二通の封筒から同時に便箋を引き抜いた。そこに書かれた文章を一読し、それから彼女は二枚目に描かれた花のイラストを流し見した。紙が擦れ合う音を、愛と美月が無言で聞いている。小柄な夏川さんの表情は俯いているせいで全く見えなくて、どんな反応が返ってくるのだろうかとドキドキした。

「これ、朱音ちゃんからの手紙だったんだね」

封筒に便箋を戻しながら、夏川さんは言った。そうだよ、と愛は上擦った声で答えた。

「川崎からの手紙。あの日ね、川崎はいろんな子を屋上に呼び出してたみたい。夏川さんへの手紙は、そういう内容じゃなかったみたいだけど」

「……そうなんだ」

「あ、あと、封筒にこれも入ってたんだ。屋上の鍵なんだけど」

愛はカッターシャツの胸ポケットから銀色の鍵を取りだした。そこでようやく夏川さんは顔を上げた。彼女の表情は、あまりに普段と変わらなかった。

夏川さんがひょいと愛の手から鍵を取りあげる。

「これ、理央ちゃんのだよ」

手にした鍵を、夏川さんは近藤宛ての封筒にしまおうとした。愛は慌てて補足する。

「あ、その鍵は夏川さん宛ての手紙に入ってたんだけど」

「たぶん間違えたんだと思う。理央ちゃんと私の名前、よく似てるから」

事もなげにそう言い放ち、夏川さんは鞄の中からスティックのりを取り出した。アスファルトのピロティに直で正座し、ノートを下敷き代わりにして、彼女は一度剥がされた痕のあるシールを元通りに接着した。『りおちゃんへ』そう書かれた手紙は一見すると未開封のようだった。

「これ、私から理央ちゃんに届けておくね。ポストにでも入れておくよ」

そのまま夏川さんは近藤宛ての手紙を鞄にしまおうとした。美月が口を開く。

「屋上の鍵が近藤のってどういうこと？」

「そのままの意味だよ。昨日ね、理央ちゃんが話してたんだ。屋上によく行くって」

「なんで川崎が屋上の鍵を持ってたか、夏川さんは知ってるの？」

「それは知らない。でも、朱音がどうしてこの鍵を理央ちゃんに送ったかは予測ついてるよ。多分、持ち主に返そうとしたんだと思う」

二人の会話に、愛は思わず口を挟んだ。

「近藤がこの鍵の本当の持ち主ってこと？」

「ごめんね。それは答えられない。秘密って約束してるから」

にこりと、夏川さんは笑った。相手に有無を言わせない、完璧な笑みだった。ごくりと唾を呑み込んだ愛に対し、美月はただ小さく「あーあ」と呟いただけだった。

夏川さんは鞄のポケットに近藤宛ての手紙をしまい、それからようやく立ち上がった。ソックスについた砂埃を払い、彼女は大きく伸びをする。両腕を突き上げると、夏川さんの細い体軀のラインがはっきりと見て取れた。背の低い夏川さんは、端から見るとまるで子供と変わらない。時間を止める魔法に掛けられたみたいに、彼女はずっと幼さを残したままだ。

腕を組み、美月が険しい表情で夏川さんに尋ねた。

「もしいきなりポストに川崎からの手紙が届いたら、近藤さん驚いたりしない？」

「じゃあ、理央ちゃんに二人から事情を説明できる？　授業終わりに理央ちゃんの机から勝手に手紙を盗っちゃいましたって」

言い返され、美月は閉口した。気まずくなり、愛も自身の頬を掻く。言えるわけがない。愛と美月はただでさえあの女子グループと仲が悪いのだ。その一員である近藤理央に真実を告げれば、きっとあっと言う間にクラス中に噂が拡散されるだろう。愛と美月は他人の手紙を勝手に盗むような人間である、と。

黙り込んだ二人に、夏川さんは快活な声で言う。

「大丈夫だよ。朱音ちゃんから手紙がきたーって、理央ちゃんも喜んでくれるって」

果たしてそうだろうか。死んだクラスメイトから数日遅れで手紙が届くなんて、ホラー以外の何物でもない気がするが。

愛の心情など全く理解できていないのだろう、夏川さんは無垢な眼差しをこちらに寄越した。

「天国からの手紙だよ？　受け取って、喜ばないはずがないよ」

そう朗らかに告げる彼女に、愛は何も言えなかった。


朝が来る。ベッドに横になれば勝手に時間が過ぎていき、目が覚めた時にはすっかり辺りは明るくなっている。砂時計をひっくり返さなくとも時間は勝手に消費されていくし、一日は今日も終わりに向かって静かに進み始めている。

その日、美月の気分は低空飛行だった。日直の役割が回ってきたからだろう。学級日誌の欠席欄に並ぶ名前は、四日連続で同じだった。近藤理央と高野純佳。

「美月、まだ書き終わらないの？」

窓際の席で、愛はマニキュアのボトルを開ける。並んだボトルは二つ。片方は透明で、片方は淡いピンク色をしている。

「もう少しかかる」

「あ、そう」

愛は脚を組み替えた。ちらりと美月の手元に視線を遣れば、与えられたスペースに一日の出来事を書き込んでいるところだった。用意された空欄に、愛は首を捻る。今日は一体何が起こっただろうか。繰り返される毎日は凡庸で、思い出せることをすべて詰め込んでも、こんな小さな枠すら埋められない。

「うわあ、綺麗だね」

何が面白いのか、夏川さんが愛の手元を凝視している。細い刷毛が爪の上を滑ると、薄い爪にピンク色の膜ができる。窓の外に愛が手をかざすと、その爪先は淑女のように上品にきらめいた。

「夏川さんも塗る？」

「見てるだけでいいよ」

夏川さんはニコニコと笑っていたが、やがてその口角は静かに下がってしまった。噛みしめるように、彼女は呟く。

「もし朱音が生きてたら、愛ちゃんと同じことをしたんだろうね。同じマニキュアで爪を綺麗にして、学校に来てたんだろうな」

「どうして？」

「だって、朱音は愛ちゃんに憧れてたから」

そんなことないよ、と愛は手を外気に晒したまま笑った。本当は舌打ちしたい気分だった。

確かに夏川さんの言う通り、川崎は愛に憧れていたのかもしれない。しかし、それは純粋な感情ではなく、もっと狡猾なものだった。あの女は、愛を利用しようとした。元カレなんてものを利用して、愛より自分の地位を高くしようとした。それが、愛にはどうしても許せなかった。卑怯な手段を使う人間が、愛は何より嫌いだった。そう、例えば、今日の掃除時間の時のクラスメイトの奴らみたいな。

今週、愛の班は教室掃除を担当していた。掃除時間を告げるチャイムが鳴るなり、愛は用具箱からモップを取り出す。一クラスは大抵六つの班に分けられているのだが、その中で三つの班が交代で掃除を担当する。今週、愛の班は教室担当だ。窓拭き、黒板掃除、モップ、箒。一番不人気がチョークの粉をかぶってしまう黒板掃除で、人気なのはモップと箒だ。ほとんど手が汚れないから。

「細江いる？」

堂々と二組の教室に入ってきたのは、サッカー部の田島俊平だった。コイツとは中学時代からの友人で、愛は彼の元カノをすべて知っている。

「なに？」

返事をすれば、俊平は嬉々としてこちらに駆け寄ってきた。

「昨日はありがとな。高野の好物教えてくれて」

「それは別にいいけど、私も夏川さんから聞いただけだし。ってか、マジでお見舞い行ったの？」

「行った。女子の家行くのって緊張するよなー」

「高野さん、元気そうだった？」

愛の問いかけに、何故か俊平は顔を赤くした。セットした前髪を人差し指と中指で挟み込み、彼はしどろもどろに口を動かす。

「いや、元気そうじゃなかったけど、その……エロい感じだった？」

「アンタさ、脳みそと下半身が直結してんでしょ」

憔悴している人間に対して何たる言い草だ。呆れを隠さない愛に、俊平が慌てたように両手を擦り合わせる。

「いやいや、違うんだって。そうとしか言いようがないというかさー」

「こっちは真面目に心配してるんだと思ってたんですけど？」

「もちろん真面目にも心配してるって。同じサッカー部の仲間だからさ」

「ふうん？」

「本当だって！」

叫ぶ俊平の姿があまりに必死だったものだから、愛はつい噴き出してしまった。隠そうとはしているが、彼が高野さんに惚れていることは周知の事実だ。

　昔から俊平は良い奴だった。気配りもできるし、誰にでも優しい。しかしその優しさこそが、彼の交際が長続きしない理由でもある。女は優しい男が好きだが、誰にでも優しい男は好きじゃない。

「知ってる？　高野さんって付き合ったことないんだって」

「マジで？」

「モテないよって言ってたけど、あの見た目でモテないわけがないんだよねー。もしかすると彼氏に求めるハードルが高すぎるのかも」

「マジかー」

　こちらの台詞に、俊平が一喜一憂を繰り返す。単純すぎる彼の言動は心情と完全に一致しているから、一緒にいて気が楽だ。

「まあでも、頑張れば上手くいくかもよ？　応援はしてあげる」

「お前に応援されても意味ないだろ？」

「なんでよ。強力な味方でしょうが」

　そう反論したところで、不意に愛の耳に嘲笑交じりの声が聞こえて来た。教室の隅からだ。

「ほんと、細江さんって男が好きだよね」

　唐突に出された自分の名前に、愛の視線は自然とそちらに吸い寄せられた。地味なクラスメイトたちが密集する様は、光に集まる羽虫の群れを連想させる。

「女子じゃなくて男子とばっかり喋ってるもんね」

「感じ悪いよね」

あはは、と弾けるような笑い声が聞こえる。その会話を聞いているうちに、愛は頭に血が集まっていくのを感じた。カッとこめかみに走った稲妻のような衝動が、愛の身体を突き動かす。唇が吐き出した声は、唸りによく似ていた。

「何？」

会話が止まった。少女たちが、一斉に口を噤んだからだった。投げるようにしてモップを壁に掛け、愛は目に付いた女子生徒のネクタイを引っ張った。学校指定のネクタイは生地がしっかりしており、引っ張ったぐらいでは傷まない。醜い顔をした女の目を覗き込み、愛は単刀直入に問うた。

「何が言いたいわけ？」

目の前の女の口が、もごもごと意味もなく動いた。蛇に睨まれたカエルのように、彼女の小さな体軀は萎縮してしまっている。

「やめろよ」

俊平が愛の肩を摑む。その言葉は、叱責ではなく諫言(かんげん)だ。騒動を起こすことで後の学校生活で被害を被るのは相手ではなく愛であることを、彼はよく理解していた。

「文句があるなら直接言えば。陰でグチグチ言うとか、ホント性格悪いよね。そういうの、マジむかつく」

舌打ちし、愛は突き放すようにネクタイから手を放す。クラスメイトは蒼褪めた顔のまま、ゴホゴホと激しく咳き込んだ。

「俊平、ここで話すのは止めよ。外野がうるさい」

足早に教室から抜け出し、愛はどうでもいいことを話し続けた。食堂で買ったお菓子が美味しかったこと、前髪を切ったら不細工になったと嘆いていた友人のこと、志望校を変えなければならなくなった先輩のこと。隙間なく沈黙を埋めようとしたのは、多分、気を抜くと先ほどのクラスメイトたちの不愉快な笑い声を思い出してしまうからだ。傍らを歩く俊平は、愛の話に辛抱強く相槌を打ってくれていた。彼はすべての人間に優しい。だが、愛はそうじゃない。陰口を言う奴は嫌いだし、嫌なところがあれば直接相手に伝える。愛にとって、人間関係とはそういうものだ。だから、あの日も川崎に正直に伝えた。あれは、愛の本心そのものだ。

記憶の中の川崎は、忌々しい顔をしていた。

「ねえ、愛ちゃん」

そう川崎に声を掛けられたのは、彼女が死ぬ一週間前の掃除時間のことだった。窓枠にもたれかかり雑誌を捲(めく)っていた愛に、箒を持った彼女はわざわざ声を掛けて来た。

「なに？」

愛は川崎が好きではなかったので、出した声はついつい険のあるものとなった。ヘアアイロンで巻かれた髪、手首につけられたライトブルーのシュシュ。並ぶ二人には共通点が多く、もしも赤の他人がこの光景を見たら、愛と川崎が仲良しだと勘違いしたかもしれない。

川崎はおどおどと、しかしどこか勝ち誇ったような表情でこちらを見下ろした。彼女の背は、愛より高かった。

「私ね、中澤くんと付き合うことになったの」

「博と？」

「うん」

川崎の唇には、明らかに愉悦が滲んでいた。お前の男を盗ってやった、そういう顔だ。無意識のうちに、愛は雑誌のページを握り締めていた。皺の寄った紙面では、清楚な装いをした女たちが服の値段を競い合っている。

愛は、中澤博に未練はない。以前付き合っていた、顔の綺麗な男。愛の博に対する評価は、とてもシンプルだ。別れた時は悲しかったが、今の愛に彼は必要ない。だから博が誰と付き合おうと全く構わない。ただ、そういうことを面と向かって言われるのは腹立たしい。

　雑誌を閉じ、愛は川崎の方に向き合った。

「なんでソレ、私に言うわけ？」

「いや、一応言っておこうと思って。ほら、私たちって友達でしょ？」

　トモダチ。その言葉を舌の上で転がしてみる。ざらざらして、なんとも不快な響きだった。どうやら友達という単語の定義が、愛と川崎では全く違っているようだ。

「私、アンタを友達と思ったことないから」

　そうハッキリと告げると、川崎は少し怯んだようだった。その顔が蒼褪めたのを見て、愛は胸のすく心地がした。

「愛、食堂行こうよ」

　紅茶の入った紙パックを手にした美月が、気だるげに手招きしている。川崎はまだ何か言いたげにもごもごと唇を動かしていた。それに気付かないフリをして、愛は川崎の横をわざとらしく素通りした。勿論、耳元で舌打ちすることも忘れずに。

　多くの生徒たちが、この時の二人のやり取りを見ていたのは知っている。それをアンケートに書かれたことも、愛は最初から分かっていた。教師は愛が川崎をいじめていたのではないかと疑っていたが、愛と川崎の間に存在していた感情はそんな幼稚なものではない。女同士のマウントの取り合い。川崎は愛の元カレという武器を使ってこちらを打ち負かそうとし、愛はそんな彼女を無視した。ただ、それだけの話だった。

川崎が死んで、もう数日が経った。しかし愛の中には彼女に同情するような気持ちは一切湧いてこなかった。愛には夏川さんのように川崎の思い出を優しくなぞることなどできない。

長い回想を首を振ることで打ち切り、愛は夏川さんに呼びかけた。

「夏川さん、手出して」

その指示に、夏川さんは目を見開いた。美月は未だ学級日誌を書いている。

「手？」

「そうだよ、手出して」

おずおずと、愛の手の上に夏川さんの指先が乗せられる。彼女の右手の中指には第一関節の辺りにぷくりと腫れができている。ペンだこだ。硬くなった皮を指の腹でなぞると、夏川さんは顔を赤くした。

「ごめんね、汚い手で」

「そんなことないよ」

夏川さんの手は愛の手と比べて少しカサカサしていた。爪の甘皮をニッパーで取り除き、その上からベースコートを塗っていく。夏川さんの爪はとても小さく、ひと塗りするだけで透明な液体が爪に浸透した。愛は彼女の指先を持ち上げると、その美しい爪に息を吹きかけた。薬局で売っていたベースコートは早く乾くことを売りにしているだけあり、瞬きするよりも短い時間でその表面は固まった。

「夏川さんの手は可愛いね」

「そういうの、初めて言われた」

「そう？　彼氏とかに言われたことない？」

「彼氏なんてできたことないよ」

くひっ、と夏川さんが笑い声を上げる。喉がひきつったような、独特の笑い方。彼女が恥ずかしそうに身を揺するたびに、リスの尾のように丸まったツインテールが小さく震えた。

「そう？　夏川さん可愛いからモテるでしょ？」

「全然だよ。私、気持ち悪いって思われてるから」

「えー、誰がそんなこと言ったの？　私が男だったら夏川さんに絶対告白してるのに」

「そんなこと言ってくれるのは愛ちゃんくらいだよ」

夏川さんが口元に手を添える度に、薄く塗られたベースコートがきらりと光った。相手の中に自分の痕跡が残ったことに、愛は奇妙な満足感を得る。

「爪、純佳に自慢するね。愛ちゃんに綺麗にしてもらったよって」

そう言って夏川さんは、机の上に置いたままにしていた自身のスクールバッグを肩に掛けた。両手の指をピンと伸ばしたままなのは、ベースコートが他の物に付着することを避けるためだろう。そんなことをしなくても、もうとっくに乾いているのに。

「あれ、高野さんに会う予定あるの？」

「今から家まで行くの。お見舞いに」

「へえ、そうなんだ」

「お土産も悩んだんだけどね、コンビニの卵たっぷりプリンに、カスタードシュークリームに、あとはアーモンドチョコレートとか持って行ってあげようと思ってる。好きな物を食べたら、きっと純佳も元気出るだろうから」

「うわあ、見事に甘いもの尽くめだね」

「美味しいものを食べながらのほうが、お話は上手くいくことが多いしね。明日にはきっと、純佳も学校に来てると思う。それじゃ、二人ともバイバイ！」

ぶんぶんと手を振った夏川さんに、愛も小さく手を振り返した。美月はちらりと顔を上げたが、視線を送っただけで特に反応はしなかった。足音は次第に遠のいていき、やがて完全に聞こえなくなる。愛は椅子を引きずると、美月の机の前に運んだ。背もたれに腕を乗せ、日誌を覗き込む。空欄は既に埋められていた。

「……なに拗ねてるの？　手ぐらいちゃんと振ってあげなよ」

愛の言葉に、美月は頬杖をついたまま顔を逸らした。不機嫌そうに眉根を寄せるその横顔がなんだかいじらしく、愛はクツリと喉を鳴らした。

「夏川さんに嫉妬してんの？」

「そうだけど？」

美月の手が、愛の眼前に差し出される。やすりで磨かれた彼女の爪は、何もつけていないというのに桜貝のような美しいピンク色をしている。

「何？」

「私にも塗って。夏川さんみたいに」

「ふふ、了解」

ボトルの蓋を開け、愛は最初に薬指の爪を刷毛でなぞる。小さく丸みのある夏川さんの手に比べ、美月のそれは全体的に細長い。指も、爪も、全てがシャープだ。

「なんで夏川さんの爪に塗ってあげたの？」

「なんとなくだよ」

「指にさ、口、近付けてたよね？」

「息吐いたら早く乾くかなーと思って」

「しかも男だったら告白するって言った」

「私は今女なんだから問題ないでしょ」

「そういうとこだよ、愛のダメなとこは」

「何が」

「思わせぶりなことしちゃダメって、前から言ってるじゃん」

「はいはい」

十本すべての爪にベースコートを塗り終わり、愛は一度顔を上げた。美月は期待と不安をないまぜにしたような顔で、じっとこちらを凝視していた。その指先を口元に近付け、愛は細く息を吹きかけた。

「これでいい？」

そう問いかければ、美月は険しい表情のまま頷いた。どうやらまだご機嫌斜めらしい。前からそうだ。美月は異様な程に嫉妬深い。

「私、愛のことが好きだよ」

「はいはい、ありがと」

項垂れる美月の髪に、愛はゆっくりと手を伸ばした。絹のような黒髪に指を通すと、美月は自身の指を絡めるようにして愛の手を摑んだ。

彼女は言う。まるで、忠誠を誓う騎士のように。

「私、愛のためなら何でもできる」

知ってるよ、と愛は密やかに囁いた。蜜を溶かしたような、甘さの滲んだ声だった。

第三章
愛を求める女（完）

4. 回答者：夏川莉苑

Q1. あなたは川崎さんについて何か知っていることはありますか。

あまり知らないです。友人だとこちらは思っていましたが、何も相談されなかったので。今回の件に関しては驚きでしたし、腹立たしくも思っています。どうして自殺なんてしたんだろうって。

Q2. あなたは学校内で誰かがいじめられているところを
見たことはありますか。

見たことはないですが、もしかすると気付いていなかっただけであったのかもしれません。

Q3. あなたはいじめに対してどう思いますか。

難しい問題だなと思います。どういう関係をいじめと呼ぶべきか、まだ自分の中でしっかりと定まっていません。暴力はいじめだとハッキリわかるのですが、人間の心となると難しいです。

Q4. 今回の事件やいじめ問題について
学校側に要望がある場合は記入してください。

要望は既に伝えてありますので、それ以上は特にないです。

夏川莉苑にとって、川崎朱音は友人の友人だった。高野純佳と親しくなったのをきっかけに話すようになった、友人の一人。彼女について、莉苑はたくさんのことを知っている。

内側に軽く巻かれた髪に、重めの前髪。シャンプーはいつも桜の香り、寝る前には母親のシートフェイスマスクを勝手に使っている。好きな色はピンクで、嫌いな色はベージュ。好きな食べ物は明太子スパゲッティとデミグラスソースの掛かった半熟オムライス。小さい頃に追いかけられたせいで馬が苦手。お菓子が好きで、特に新作のフレーバーのグミを見掛けるとすぐに購入し、純佳や莉苑に食べさせたがる。SNSはほとんどやっていない。「でもさ」が口癖で、幼馴染の純佳相手だと饒舌になる。

純佳という共通の友人がいたおかげで、莉苑は放課後に朱音と一緒に過ごす機会が多かった。莉苑は朱音のことを友達だと思っている。しかし向こうが莉苑をどう考えていたかは分からない。

だって、朱音はもう死んでいるから。

「愛ちゃん、まだ帰ってこないね」

月曜日。一週間の始まりの日に、莉苑は桐ケ谷美月に声を掛けられた。一緒にお昼を食べないか、と。それが彼女の気遣いであることは明らかだった。莉苑は元々、純佳と朱音と共に昼休みを過ごすことにしていた。しかし、その二人は今日、学校にいない。前者はベッドの中に引きこもり、後者に至っては既に雲の上だ。莉苑は深く考えることなく、美月の誘いに乗った。元々、美月とも愛とも、莉苑は親しい関係だった。

「先生に呼び出されたって言ってたけど、やっぱアンケートの件だろうね」

頬杖をつきながら、美月はお弁当の中身を箸先で突いている。卵焼きの黄、プチトマトの赤、色鮮やかなパプリカと牛肉の炒め物に、ハムで巻かれたズッキーニ。鮭の混ぜ込まれた白米の上には、黒ゴマがささやかに乗っている。莉苑の母は、弁当の中身を見ればその子に対する親の愛情度が分かると言っていた。その理屈で言えば、美月はきっと愛されて育っているのだろう。その理屈が正しければ、の話だが。

「あ、そういえばこれ。頼まれてたやつ」

不意に思い出したように、美月が鞄の中から一冊の事典を取り出した。鮮やかなカラー写真の表紙には、学校名の印刷されたシールが貼られている。図書室の貸し出し期限は一週間、上限は四冊までだ。

「ありがとう。こっちの本も返しておくね」

美月から事典を受け取り、交換のように莉苑は文庫本を差し出す。美月が興奮したように身を乗り出した。

「どうだった？　私、最初にこの本読んだとき、絶対夏川さんが好きだなって思ったんだ。展開に派手さはないんだけど、地の文で結構刺さるところが多くてさ」

「私は四章が一番好き。お母さんが夜中にオムレツを焼いてくれるとこ」

「分かる。描写がさ、すごく美味しそうなんだよね。夜中に読むとつらいもん」

「食べたくなるよね」

「描写が丁寧なんだよ。ほんと、この作家さん好き。デビュー作から追い掛けてるんだよ？　絶対私がファン一号だと思う」

照れたように、美月が笑う。普段はクールな美月も、本の話となると途端に饒舌になった。莉苑と美月が親しくなったのも、本の話題がきっかけだった。図書委員である美月は、しばしば莉苑の本の貸し出しと返却を代行してくれる。

「愛はさ、あんまり本を読まないから。だから身近にこういうことを話せる人ができて嬉しい」

「映画化した小説とかは愛ちゃんでも読んでくれそうだけど？」

「あー、ダメダメ。映像は見る気になっても、三十ページ以上の活字は眠くなっちゃうんだって。脳みそがパンクするって言ってた」

「くひっ、そうなんだ」

咄嗟にこぼれた笑い声は、インコみたいな甲高い音になった。昔からの、莉苑の癖だ。母親からはその癖を直せと言われ続けているが、自分で直せるものでもないので放置している。

「勿体ないね。もし愛ちゃんも本を読めたら、三人で感想とか言い合えるのに」

「ま、無理強いしたら逆効果だから。とりあえず今は私の方が愛に合わせてるの。漫画とか読んだりしてさ」

「そういえば私、漫画って読んだことないんだよね。お母さんがダメって言ってて、買ってくれないの」

「嘘、じゃあ今度持ってきてあげる。貸してあげるよ」

「それは楽しみ」

ベーコンで巻かれたアスパラガスを箸で持ち上げ、莉苑はにこりと笑みを浮かべた。二段式の弁当箱の下の段には、雑穀米が入っている。健康志向の母親は、毎日の娘の弁当にも一切の手を抜かない。スマートホンは高校を卒業するまで禁止、持つのを許可されているのは電話とメールのみが使える機種だけ。漫画、ゲームは当然禁止。門限は夕方、夜の外出は禁止。同世代の子供であれば煩わしいと感じるであろうルールも、莉苑にとっては至極当たり前のものだった。なんせ、幼少期からそうやって育てられたのだ。窮屈さなんて感じない。

「その花言葉事典さ、結構詳しく載ってるんだよ。サイズの割にカラーも多いし」

そう言って、美月は莉苑の机の上に置かれた事典を指さした。先ほど彼女から受け取ったものだ。

「助かるよ。私、あんまりお花には詳しくないから」

「……調べるつもり？」

何を、と美月は言わなかった。言葉にしなくとも、互いに通じ合っていた。

「美月ちゃんはもう調べた？」

「まあね」

美月は箸を置くと、事典へと手を伸ばした。パラパラとページを捲り、彼女はお目当ての花を見つける。

「私の手紙に描いてあったのは紫陽花だった。青い紫陽花」

「花言葉は？」

「いっぱいあったよ。『辛抱強い愛情』とか」

「結構ポジティブな意味なんだね」

「ネガティブなのも勿論ある。『高慢』とか、『あなたは美しいが冷淡だ』とかね」

「そっちの方が美月ちゃんには似合うかも」

「そう？」

「なんとなく、イメージだけど」

桐ケ谷美月という人間は、ひどく整った容姿をしている。幼い頃に読んだ絵本に出てくる女神様は、彼女のような姿をしていた。親しくない人間の前で表情をあまり変えないせいか、美月は周囲の人間から冷淡だと思われている。本当はそうでないことを、莉苑はよく知っているが。

「川崎が何を考えて花を描いたのかはしんないけど、多分この花言葉には意味があるんでしょ」

「普通に考えるとそうじゃないかなって思う。でも、どこまで正しいかは分かんないな。もしかすると、ただ花を描きたかっただけかもしれないし」

「花を描きたいって理由で、ドクゼリは選ばないと思うけど」

「そう？　私はあの花を見て、純粋に綺麗だなって思ったけどな。朱音がどういう想いで手紙に花を描いたのかまではわかんない。でも、あの子が何をしたかったかは知りたい」

「私はやめておいた方がいいと思う。川崎に関わってもろくなことないよ」

「大丈夫だよ。心配しないで」

美月は不服そうに眉根を寄せたものの、それ以上何も言わなかった。無言のまま、彼女が事典を差し出す。それを両手で受け取り、莉苑は机の中にしまい込んだ。美月はきっと、莉苑宛ての手紙に描かれたドクゼリの花言葉を既に調べているのだろう。だから、こんな風に忠告してくれている。彼女の優しさが、莉苑にはくすぐったくて仕方ない。

事典の側面を指先でなぞりながら、莉苑は笑った。

「誰にどう思われようと、私は全然気にならないから」

告げた言葉は本心だった。夏川莉苑という存在を本当に理解できる人間は、自分自身しかいない。他人から受ける中傷は雑音と何ら変わりない。莉苑の耳を通り過ぎていく、無価値な音。だから莉苑は誰に何を言われようと苛立たない。腹も立たない。自分に影響を及ぼすほどの価値が、そこにはないからだ。

「はー、さすが夏川さん」

感心したように、美月が息を吐き出す。なんだか気恥ずかしくなって、莉苑は頰を掻いた。

「まあ、こういうのを教えてくれたのはおばあちゃんなんだけどね。他人から受けた嫌な感情なんてすぐに忘れろ、その代わり他人から受けた恩は一生忘れるなって」

「いい言葉だね」

「おばあちゃん自身は全然この教えを実行できてなかったけど」

「ふふ、そうなんだ」

柔らかに細められた美月の目が、不意に鋭く歪んだ。緩んでいた口元が引き締められ、その視線は冷気を孕む。クラスの女子たちが細江愛について話していることに気付いたからだ。美月は愛のことになると敏感になる。

「あーあ、」

漏れた溜息は、彼女の口癖のようなものだった。不機嫌になると、美月はよく呻くような吐息を漏らす。

「ああいう奴らってホント嫌。なんでわざわざ嫌いな奴の悪口言うのかな。嫌だったら関わらなきゃいいのに」

「どうして揉めちゃうんだろう？　みんなで仲良くできたらいいのにね」

美月は鼻で笑った。

「みんな夏川さんみたいな奴らじゃないからね。他人への許容範囲が狭いの」

「でも、美月ちゃんとか愛ちゃんが本当はどんな子か分かれば、仲良くなれると思うけど」

ムリムリ。内心で莉苑は呟く。そしてその直後、まるっきり同じ言葉が美月の口から飛び出てくる。

「ムリムリ。そもそもアイツらはこっちのことを知ろうともしてないから。大体、こっちも向こうのことを知ろうとは思わないし。ま、お互い様ってやつ」

「せっかく同じクラスになれたのに、喧嘩し続けるなんて勿体ないね」

そう？　と、次に美月は言う。

「そう？　私は今のままでいいと思ってる。馬鹿みたいに愛想笑いしながら周りに合わせるなんて、私には耐えられないから」

「他のやり方もあるんじゃない？」

ないよ。

「ないよ」

即答だった。美月のクラスメイトに対する嫌悪は本物だ。自分の予測とまるっきり同じ反応を示す美月に、莉苑は満足感を得る。

美月は前髪を掻き上げると、諦めたような微笑を浮かべた。

「みんなが夏川さんみたいな子だったら、私も上手くやれたんだろうけど」

「そうかなあ？」

「きっとね」

その黒目が、咄嗟に教室の扉の方へ動いた。愛が戻ってきたのだ。ずんずんと歩く歩幅が大きいところを見るに、相当嫌なことを言われたのだろう。内容はやはり朱音の件か。無意識のうちに、莉苑は机の中の花言葉事典を撫でる。愛の手紙に描かれていたのは、黄色のスイセン。その花言葉は多く存在した。

「おつかれ、長かったね」

まるで何事もなかったかのように、美月は穏やかな表情で彼女へと手を振った。莉苑は愛くるしいと評される表情を維持したまま、目の前の女たちを見た。

桐ケ谷美月は、細江愛を好いている。

帰宅部の莉苑に放課後の予定はない。誰にも咎められず、家に帰ることができる。前までは朱音と共に純佳の部活が終わるのをこの教室で待っていたけれど、今日はその必要もない。莉苑は教科書を鞄の中に押し込み、さらに手のひらでぎゅうぎゅうに押し付ける。ようやく空いたスペースに事典をねじ込み、はちきれんばかりに膨らんだ鞄のファスナーをしめた。

「ふう、」

毎日教科書やノートを持って帰るのは、どう考えても効率的でない。家にいるときに必要になる教科書は限られているし、実際問題、持って帰ったところで使わないものの方が多かった。それなのにどうして莉苑が教科書をすべて持って帰るかといえば、幼少期に染みついた習慣のせいだった。

「夏川さん」

不意に呼びかけられ、莉苑は顔を上げた。近くに立っていたのは、クラスメイトの女子だった。放送部の三人組。彼女たちは気まずそうに互いの顔を見合わせていたが、やがてそのうちの一人がこちらにスマホの画面を突きつけた。

「この動画に映ってるの、夏川さんって本当？」

「動画って？」

「知らないの？　朱音ちゃんが死んだ瞬間の動画だよ」

事もなげにそう言われ、莉苑の首筋はさっと粟立った。指先から温度が逃げていく気がする。ＳＮＳを禁止されている莉苑には、自殺動画が出回っているという情報なんてこれっぽっちも入っていなかった。

「その動画、いま見てもいい？」

莉苑の問いに、少女は頷いた。その指が再生ボタンを押す。

流れた動画は、かなり短いものだった。暗いせいか、画質は粗い。漠然と映し出される校舎。画面は素早く拡大され、一人の少女の姿を捉える。朱音だ。そう確信を持てたのは、莉苑が同じ光景を現場で見ていたからだ。ノイズ交じりに聞こえる少女の悲鳴。これは近藤理央のものだ。あの時も、背後で彼女の悲鳴が聞こえた。朱音が飛び降りる。画面に映りこむ紙片。地上に立つ少女の姿が一瞬見え、そしてカメラは次の瞬間に屋上へと戻る。莉苑が映っていたのは一瞬だったが、それでも知っている人間が見れば後ろ姿だけで誰かは分かるだろう。映っていたのが背中だけだったのは不幸中の幸いか。

「あー、確かに私が映ってるね。理央ちゃんと一緒にいた時の」

「やっぱり噂は本当だったんだ」

そう告げる少女の声は、どこかはしゃいでいるようにも聞こえた。自分たちだけが誰も知らない真実を摑んでいる。そういう優越感が、声に薄っすらと滲んでいる。真ん中に立つ少女が、傍らの二人の顔を見る。仲間がいるというだけで安心しているその姿が、莉苑の目にはひどく滑稽に映った。

「あのさ、聞きたかったんだけど、夏川さんはどうして学校を休まないの？　現場に居合わせたら、普通は休むよね？　理央とか、純佳ちゃんみたいに」

「学校に来るのは当たり前だからそうしてるだけだよ。それとも、三人は私に休んで欲しかった？」

「そういうわけじゃないけど、変だなって思って」

「変って？」

「夏川さんが全然悲しまないのが、おかしいなって。だって、夏川さんは朱音ちゃんと仲良かったんだよね？　毎日放課後一緒にいて、なのにこうして平然と学校に来るなんて、変だよ」

あ、別に責めるつもりはないんだけど。そう付け加えられた台詞に、莉苑は静かに目を伏せた。貴方に敵意はないんですという予防線。そのくせ、彼女たちは莉苑のことを疑っている。

「私は普通にしてるだけだよ。それが気に障ったなら謝るけど」

「そういうことじゃなくて……その、夏川さんはもしかして、朱音ちゃんの死になにか関わってるんじゃないかって思って」

「関わってるよ」

そう答えれば、三人は息を呑んだ。怯えたように身を寄せ合っているのに、開いた瞳孔が興奮を隠しきれていない。彼女たちは、噂話に群がるハイエナだ。朱音の死をいいように利用しているだけのくせに、善人の皮をかぶって他人を糾弾してばかりいる。そしてそのことに、自分では全く気付いていない。

「私だけじゃない。このクラスの女子は、みんな関わってるはずだよ。手紙をもらったのに、屋上に行かなかったんだから」

痛いところを突かれたのか、少女たちは黙り込んだ。莉苑は膨れ上がった鞄を肩に掛けると、にこりと愛想の良い笑みを浮かべた。

「分かるよ、みんなクラスメイトが死んで不安なんだよね？　だから、私に意地悪言っちゃったんでしょ？　でも、私は全然気にしないからね。私を傷付けたんじゃないかって不安にならなくていいから」

じゃあね、と莉苑は手を振った。少女たちは不満げな顔をしていたが、それでも律儀に手を振り返した。面と向かって喧嘩をするほどの覚悟はないからだ。莉苑は彼女たちのそうした臆病さを、賢明さと言い換えてもいいと思っている。学校という狭い空間で人間関係を構築する場合、短気な性格はマイナスに作用することが多い。自分に正直であることは美徳ではない。少なくとも、世の中の大半の人間はそう考えている。大人になるということは、多分そういうことなのだ。

校舎裏のベンチは、今日も空いている。莉苑はそこに腰掛けると、無駄に重いスクールバッグを乱雑に置いた。どすん、とベンチが揺れる。以前に体重計に鞄を乗せたら、十キロを超えていて驚いた。

人が死んだらどうなるのだろう。屋上を見上げ、莉苑はぼんやりと思考した。

朱音と莉苑が話すようになったきっかけは、共通の友人である純佳に誘われたことだった。先月の修学旅行の際、莉苑は純佳と同じ行動班になった。あっと言う間に意気投合した二人は、旅行後も一緒に行動するようになったのだ。

「今日から莉苑も一緒にご飯食べていい？」

純佳の言葉に、朱音は曖昧に微笑んだ。嫌なんだろうな、と莉苑はすぐさま察した。

「うん、勿論いいよ」

そう微笑んだ朱音は、昼休みの間、莉苑とほとんど口をきいてくれなかった。莉苑と朱音が不仲なままでは、純佳も気まずい思いをするだろう。それは良くないと考えた莉苑は、その日の放課後、教室で純佳を待っていた朱音に声を掛けた。

「ねえ、朱音ちゃん」

課題を解いていた朱音は、静かに顔を上げた。清楚さの権化のようなさらさらのストレートの黒髪には、天使の輪ができている。

「あのね、朱音ちゃんから純佳をとるつもりはないから、だから仲良くしてもいい？」

その両目が大きく見開かれた瞬間を、莉苑はよく覚えている。細い喉がコクンと上下し、それから朱音は気まずそうに顔を逸らした。

「別に、私に許可をとる必要はないと思うけど」

「でもね、朱音ちゃんは私より先に純佳と友達になったから。だから、ちゃんと聞いた方がいいのかなって」

朱音は考え込むように黙り込んだ。沈黙が、二人の間に流れる。莉苑は辛抱強く、相手の反応を待ち続けた。数秒後、根負けしたように朱音が咳払いする。彼女は気恥ずかしそうに前髪をいじると、上目遣いでこちらを見上げた。

「私のことも、朱音でいいよ」

え、と目を丸くした莉苑に、朱音は手を差し出した。

「朱音って呼んで。よろしくね、莉苑」

そして二人は、友達になった。

サッカー部のマネージャーである純佳は、大抵部活動の終了時間までグラウンド付近の部室に籠っている。彼女が戻って来るのを待ち、共に帰るというのが朱音の日課だった。莉苑はよく退屈そうにしている朱音の隣りの席に座り、他愛のない会話をもちかけた。

「『銀河鉄道の夜』って知ってる?」

プリントに書きつけた英単語。薄いＡ４の紙に書き込まれているのは、今日の授業で課題として出された英語の作文だった。正面に向かい合わせにした机の上で、朱音はつまらなさそうに欠伸をした。

「そりゃ知ってるよ。宮沢賢治のやつでしょ？」

「私ね、あの話が好きなんだ。朱音、読んだことある？」

「ないよ。昔ちらっと読んだことはあるかもしれないけど、記憶にない」

「じゃ、カムパネルラもジョバンニも知らないの？」

「知らないって。何人（なにじん）なのそれ」

「さあ？　知らないけど、なんとなく声に出して呼びたくなる名前だよね」

かむぱねるら、と朱音が舌の回らない声で復唱した。

「朱音はなんの本で作文書くの？」

「まだ決めてないけど」

「さっさと決めちゃえばいいのに」

「そう言われてもね」

英語の授業で出された課題は、『my favorite book』というとてもシンプルなものだった。簡単に言えば、英語版の読書感想文だ。お気に入りの本を選び、それについて書く。

「逆に聞くけど、なんで莉苑は『銀河鉄道の夜』にしたの？」

「好きだからだよ」

「だから、なんで好きなの？」

「綺麗だから」

即答すると、朱音は「はあ」と曖昧に頷いた。

「話の中でね、窓から外の風景が見えるところがあるの。そこでね、リンドウの花がたくさん咲いてる描写があるんだけど、それがすっごく綺麗なんだ」

想像してみて欲しい。辺り一面に広がる、黄色の底を持ったリンドウの花。風が流れる度に濃い青色がさわさわと揺れ、雨に濡れる海面のように静かなざわめきが広がっていく。その光景はきっと、目が溶け落ちそうになるほど美しい。

朱音は目を細めると、シャープペンシルの先端でコツコツと紙面を叩いた。

「莉苑はリンドウが好きなの？」

「朱音は嫌い？」

「まあ、好きでも嫌いでもないって感じ」

「じゃ、朱音の一番好きな花って何？」

「勿忘草（わすれなぐさ）かなあ」

「へえ、なんで？」

「想い出の花だから。莉苑はない？　そういう、花に纏わる特別な想い出」

「んー、ない！」

「即答しちゃうんだ」

思わずといった具合に朱音が噴き出す。咄嗟に手で口元を覆った彼女の爪先には何度も噛んだような痕が残っていた。記憶の中の朱音がじっとこちらを見つめる。

勿忘草の花言葉を、今の莉苑は知っていた。


鞄を置いたまま立ち上がり、莉苑は先ほど見せられた動画のことを思い出す。左側に壁が映っているところを見るに、あの動画は校舎を左手にして撮影されたものだろう。そこから屋上まで映し出せる場所。アングルが完全に一致する場所。条件を絞り込んでいけば、自然と撮影ポイントは見つかった。

「手洗い場の近くか」

もしかすると撮影者は水道のある場所を探して偶然あの場に居合わせただけなのかもしれない。わざわざ撮影だけして逃げたのは、自分が動画を撮ったということをどうしても秘密にしたかったから。あの日、サッカー部がグラウンドを使用していた。ということは、あの趣味の悪い動画を撮影したのはサッカー部の人間か。

「我ながらテキトーすぎる推理だなあ」

錆び付いた蛇口をぽんと軽く叩き、莉苑は大きく伸びをした。天気のいい日は風が気持ちいい。幼い頃、莉苑は砂遊びが大好きで、砂場の砂を掻き集めては様々なことに挑戦していた。今日のような風の強い日は、砂を手に乗せて遊ぶことが多かった。握りしめた砂を空気中に撒くと、まるで生き物みたいに砂の粒が風の形をゆらりとなぞる。その様が面白く、何度も繰り返しやった。手からきらきらした何かがこぼれ落ちる様子に、莉苑は自分が魔法使いになったかのような気持ちになった。

「目に入るからやめなさい」あの時、莉苑を叱りつけたのは母親だった。彼女にとって莉苑の魔法などどうでもよかったのだ。爪と皮膚の間に入り込んだ泥を見つける度、母親は溜息を吐いた。莉苑は内心で、溜息を吐きたいのはこちらの方だと思った。大人はいつも分かってくれない。まだ幼かった莉苑は、その真実に気付いてしまった。だから、莉苑は大人にはならないと決めた。ずっと子供のままでいるのだ、永遠に。

翌朝、頭上の世界は鼠色をしていた。前日の晴天から一転、今日は雨が降りそうだ。莉苑はノートを鞄に詰め、忘れ物がないかを確認する。

「そういえば、そろそろこの前の模試の結果が返ってくるんじゃない？」

弁当箱におかずを詰めていた母親が、莉苑にそう尋ねて来た。うん、と莉苑は頷く。母親はコロコロと愉快そうに喉を鳴らした。

「きっと莉苑ちゃんが今回も一位ね、お父さんもすごいもんだって誉めてたわよ。塾も行ってないのに一番なんて」

「順位なんて気にしてないよ、勉強が好きなだけだもん」

「そういう勉強好きなところは、お義母さん譲りかもしれないわね。忘れずに挨拶して行きなさいね」

「はーい」

壁に立て掛けられた姿見には、いつも通りの恰好をした莉苑の姿が映っている。短い前髪とツインテールは、小学生の頃から貫き続けている莉苑のスタイルだ。皺ひとつない膝丈までのスカートを手で払い、莉苑はダイニングから和室へと移動する。洋室だらけの家の中で、玄関に一番近い部屋だけが和室風の作りをしていた。襖を開けると、線香の香りがぷんと漂ってくる。その正面にいるのが、莉苑の祖母だ。

「おはよう、おばあちゃん」

フルカラーの祖母は、八年前から全く同じ姿をしている。彼女が亡くなったあの日から、莉苑はこの朝の挨拶を一日たりとも欠かしたことがない。それは、先祖を大切にしろという祖母の教えのせいかもしれない。祖母は常々、莉苑に言った。

『死んだ人のことは、絶対に悪く言ってはいけないよ』


登校しても、教室に純佳の姿はなかった。今日も理央と純佳は欠席だ。仲のいい友人がいないことを心配してか、美月はやたらと莉苑を気遣ってくれる。莉苑は別に、一人でいることが嫌だと思ったことは一度もない。他人といることが嫌いなわけではないが、一人で過ごす時間には友達と一緒にいるときとはまた違った良さがある。だけど、そうした莉苑の考え方に共感してくれる人間は少ない。こちらは困っていないというのに、周りの人間は勝手に邪推して、莉苑の孤独を憐れむのだ。

「夏川さん、次の数学の授業は？」

「発展クラスだから、移動教室」

この学校の国語、数学、英語の授業のうちのいくつかは、学力によってクラス分けされる。発展、標準、基礎の三つが用意され、それぞれの学力に見合った授業を受けることになっているのだ。莉苑のクラスで数学の発展の授業を受けているのは五人。男子三名と、純佳と莉苑だ。普段は純佳と共に教室を移動する莉苑であるが、欠席しているなら仕方ない。

「またお昼休みでね」

そう手を振れば、愛も美月もこちらに手を振り返してくれた。

発展クラスの授業は第三視聴覚室で行われる。席は最初から指定されており、莉苑はいつも廊下側の、前から二番目の席だった。教科書を捲り、前回の授業で受けた箇所を開く。透明の赤い下敷きをノートの間に挟み込み、莉苑は筆箱からシャープペンシルを取り出した。

莉苑は教科の中で数学が一番好きだ。明確な答えは存在するが、それを求めるルートは一つじゃない。出題者が用意した方法以外の解き方を見つけた瞬間、莉苑の脳みそからはじゃぶじゃぶとドーパミンが溢れ出す。

「また問題解いてるの？」

「うん？」

かけられた声に、莉苑は手を動かしたまま顔を上げた。隣の席に腰掛け呆れたようにこちらを見ているのは、他クラスの中澤博だった。

「あぁ、博くん。おはよう」

博と莉苑はクラス替えで同じクラスに振り分けられたことは一度もなかったが、二人とも三教科を発展クラスで受けているため、必然的に顔見知りとなった。学年一位の莉苑と、学年二位の博。二人の仲が険悪ではないかと邪推する生徒も多いが、少なくとも莉苑は博のことを好意的に思っていた。

「おはようって言っても、もう四時間目だけどね。で、夏川さんは何解いてたの？」

「この前の模試の問題。解き方が不十分な気がして、見返してたの」

「へえ？　そういえば、昨日のショートホームルームで模試の結果が返ってきたよ」

「私のところはまだなんだ。あ、もし良かったら博くんがどう思うか今度聞かせてよ。この問題なんだけどさ」

莉苑は冊子状になった問題の一部分を指さした。博の視線が、一瞬だけ鋭く光る。

「あぁ、この問題か。どうやって解いたっけ」

「今度教えて。博くん、私より数学得意でしょ？」

「まさか、俺なんて夏川さんに比べたら大したことないよ」

「そんなことないって」

莉苑の否定の言葉に、博は眼鏡の奥でその瞳を曖昧に細めるだけだった。よくよく観察すれば、その目の下にはうっすらと影がある。隈だろうか。

「博くん、最近ちゃんと寝れてる？」

「いやあ、あんまり」

「しっかり寝たほうがいいよ。顔色悪いし」

「それは分かってるんだけど」

弱々しく微笑する博に、莉苑はそれ以上何も言わなかった。中澤博は、朱音と交際していた。恋人を失った彼の心境がいかほどなものか、いくら色恋に疎い莉苑であっても推察することぐらいはできる。

「授業始めんぞー」

教室の扉が開き、教師がそこから姿を現す。自然と二人の注目もそちらに逸れ、会話はうやむやになってしまった。莉苑は横目で博を見る。やつれたと一目で分かる彼の姿は、さぞ他者の同情を誘うのだろうと思った。


数学の授業では、難関校の二年前の入試問題を解かされた。あまりに内容が簡単だったため、莉苑はノートの端に落書きをする。何を描こうか。そう考えたときに莉苑の脳裏に過ぎったのは、あの日見た白い花だった。ドクゼリだ。朱音からの手紙を見てすぐに花の名が分かったのは、莉苑にとって印象深い花だったからだ。

シャープペンシルの中には、細い芯が入っている。紙に書きつけると先端は柔らかに削れ、きらきらとした粉がノートの上に散った。記憶を頼りにして描いた花は、子供の描き損じのようにぐちゃぐちゃだ。莉苑は昔から、あまり絵が得意ではなかった。それでも、祖母は上手い上手いといつも誉めてくれたけれど。記憶の断片が切っ掛けとなり、するすると記憶が溢れ出す。祖母の皺だらけの手のひらは、いつも白いシーツの上に横たわっていた。

病院は清潔な匂いがする。少なくとも、莉苑の記憶の中ではいつもそうだった。ランドセルを背負った莉苑に、周囲の大人たちは生温い視線を寄越す。微笑ましいと痛ましいがないまぜになったような感情が彼らの表情からは見え隠れしていた。彼らは多分、祖母の病気の名を知っていた。

当時、祖母がいたのは、地元にある私立病院だった。そこには祖母と同じように入院している老人がたくさんおり、皆が似たようなベッドの上で生活していた。その当時、祖父は県外の介護施設に入っていた。祖父はまだ健在だが、莉苑は一度も彼と顔を合わせたことがない。認知症が進み、祖父は孫どころか自分の息子の存在すら覚えていない。施設で祖父が暴れて以来、両親は莉苑を祖父から遠ざけるようになっていた。

「おばあちゃん、来たよ」

あの頃、毎日のように、莉苑は病院に通っていた。病室に入ると、大抵祖母は眼鏡を掛けて本を読んでいた。莉苑の本好きは、祖母の影響だった。

「おばあちゃんは目が悪いの？」

「もう年でね。遠くは見えるんだけど、近くが見えないの」

「変なの！」

莉苑はベッドサイドに置かれた椅子に座ると、ランドセルからノートを取り出した。祖母に勉強を教えてもらうのが、その頃の莉苑の日課だった。祖母はとても教え上手な人で、莉苑は勉強が嫌だと思ったことは一度もなかった。むしろ莉苑にとって、学問とは娯楽の一つに過ぎなかった。楽しいし、取り組んでいるだけで誉められる。こんなに良いことずくめのものが他にあるだろうか。

「莉苑ちゃん、学校は楽しかった？」

「うん、とっても」

「それはいいことね」

祖母はいつも莉苑に学校生活の感想を聞く。正直に言って、莉苑は別に学校が楽しいと思ったことはない。行かなければならないから行っているだけ、空気を吸う行為とほとんど同じだ。呼吸を楽しいと思わないように、学校に行くことだって莉苑にとっては極々当たり前のことだ。だけど、そう答えれば祖母はきっと悲しむから、莉苑はいつもいい子に見えるように振る舞った。純粋無垢な子供を装えば装うほど、祖母は嬉しそうに笑ってくれた。

「あ、そういえば今日はすごく面白いものを見つけた。見て、綺麗でしょう？」

莉苑はランドセルの中から、携帯電話を取り出した。防犯のために母親に持たされている携帯電話は、メールと電話とカメラしか使えない。インターネットは利用できないように設定されているが、莉苑がどこにいても母親にすぐ分かるようにGPSだけは機能していた。

「これ」

そう言って莉苑が見せたのは、小川付近で見つけた白い花だった。小ぶりな花びらが球状の塊を作り、四方八方に弾け飛んでいるように見える。眼鏡をかけ直した祖母は、ぎゅっと眉間に皺を寄せて携帯電話の画面を見た。

「これはドクゼリね。触ったり食べたりしてない？」

「してないよ。お母さんが野草を触ると嫌がるから」

「あんまり触らない方がいいわね。毒があるから」

「えっ、そうなの？」

「そうよ。セリと間違えて食べて死んだ人もいるんだから」

食べてみたいな、と莉苑は思った。死ぬ瞬間、人間はどんな夢を見るのだろう。

「智子(ともこ)さんがいつか私に盛るかもしれないわね。あの人、私のことが嫌いだから」

クスクスと祖母が笑う。まただ、と莉苑は唇を引き締めた。夏川智子。莉苑の母親と祖母は、結婚当初からずっと仲が悪かったらしい。母も祖母も子供である莉苑の前では遠慮せずに愚痴るため、両者の間にいる莉苑は完全に板挟み状態だ。直接顔を合わせていがみ合うことはなかったから、莉苑も気にしないようにはしていたけれど。

「そういえばね、今日学校の先生が言ってたんだ。別の小学校で自殺があったんだって」

「まあ、可哀想にね」

「宿題を忘れたのを先生に怒られて、そのまま窓から飛び降りたんだって。そんなことで死ななくてもいいのに――」

「莉苑ちゃんっ」

こちらの台詞を遮るように、珍しく祖母が声を荒らげた。身を竦めた莉苑の頭を、祖母は皺だらけの手で静かに撫でる。母親の手と違い、祖母の手からは濃い花の匂いがした。多分、普段使っているハンドクリームの匂いだ。

「だめよ、死んだ子を悪く言ったら」

祖母の言葉に、莉苑はゴクンと唾を呑んだ。悪く言ったつもりはないのに。そう思ったが、莉苑の素直な感想が祖母にはきっと悪口に聞こえたのだろう。一度口から飛び出た言葉は、もう自分だけのものにはならない。受け取る人間によって意味を変える。祖母が悪口だと感じたならば、それがきっと正解なのだ。そんな風に聞こえるように言ってしまった莉苑が悪い。

項垂れた莉苑に、祖母はベッドサイドの引き出しの中から飴玉を取り出した。ビニールに包まれたそれは、莉苑が落ち込んだときに祖母がいつも与えてくれる特別な飴だった。

「どうして死んだ人の悪口を言ってはいけないか、分かる？」

「死んじゃって、可哀想だから？」

「違うわ。死んだ人間は、何を言われても反論できないからよ」

いい？　と祖母は莉苑に優しく語り掛けた。

「世界はね、生きている人のためにあるべきなの。死んだ人間のために今生きている人間が犠牲になることは絶対にいけないことよ。だから、誰かの死のせいで生きてる人が不当に傷付けられないよう、人間には真実を曲げる権利がある」

「真実を、曲げる？」

そんなことをしてもいいのだろうか。アニメ好きの同級生は、真実はいつも一つだと言っていた。不服そうな莉苑の表情に、祖母は眼差しを和らげた。

「さっき莉苑ちゃんが見せてくれたドクゼリでたとえ話をしましょうか。たとえばね、野草を摘みに行った子がセリと間違えてドクゼリを持って帰ってしまったとする。それで、先にご飯を食べたおじいちゃんが死んじゃったとするわね。その時に、その子になんて伝えるのが正解か、ということなのよ。貴方のせいでおじいちゃんは死んだのよって伝えるのは簡単よ、でも、それで落ち込んだその子が自殺したらどうする？　悪気がなかったのに、罪の意識を持たなきゃいけないのは可哀想だと思わない？　だったら、おじいちゃんは病気で死んだのよと嘘を吐くのも、私は正しいと思うのよ」

　祖母の言葉に、莉苑は曖昧に相槌を打った。真実が他人を傷付けるなら、それを剝き出しのまま相手に見せるのはひどいことなのかもしれない。

「私たちは嘘を吐く。死んでしまった相手は嘘を吐けない。だから、その子の悪いことを言ってはいけないの。死んだ相手に対して、フェアでないから」

「でも、もし死んじゃった子に対して許せないことがあったらどうしたらいいの？　ずっと我慢しなきゃダメ？」

「そう。相手が死んだ時点で、復讐する権利はなくなってしまう。だから、もしも莉苑ちゃんが本当に許せない相手がいたら、ちゃんと相手が生きてるときに面と向かって伝えなさい。いじめはいけないわ、暴力もだめ。正直に自分の気持ちを伝えるの。それが人間関係ってものだからね」

「分かった！」

　祖母と交わした会話は、幼い莉苑の記憶に深く刻まれた。復讐する権利は、相手が死んだ瞬間に失われる。つまり、復讐は相手が生きている間にしろということだ。祖母の独特な持論を、莉苑は莉苑なりにそう解釈した。

祖母が死んだのは、それから一年後のことだった。あれだけ不仲だった母親も、祖母が亡くなってからというもの、悪口を言うのをピタリとやめた。多分、母が祖母より先に死んだとしても、祖母は同じことをしたのだろうと思う。母親から語られる祖母は、莉苑の記憶の中の姿とはかけ離れていた。そこで浮かび上がる祖母の像が、母親にとって都合のいい形に捻じ曲げられたものであることは明らかだった。だけど、莉苑はそれを咎めなかった。世界は、生きている人のためにあるべきだからだ。

水曜日になっても、純佳は学校に来なかった。今日は天気が悪いせいか、莉苑の自慢のツインテールも妙な方向に飛び跳ねている。

「ごめんなさいね、呼び出して」

「いえ、別に大丈夫です」

生徒指導室に呼び出されたのは、今日が初めてだ。莉苑は普段、品行方正な優等生だから。硬いソファーに腰掛けると、生徒指導の教師は莉苑に冷えたペットボトルを差し出した。緑茶、とパッケージには達筆な二文字が躍っている。

「川崎朱音さんの件で、話を聞きたくて」

「でも、私が知ってることは全部金曜日にお話ししましたけど」

「そうなんだけどね」

溜息交じりに笑いながら、教師は莉苑の向かいのソファーに腰掛けた。きりりと吊り上げて描かれた黒い眉からは、威厳を保とうとする彼女の努力の痕が窺えた。

「夏川さん、高野さんとも川崎さんとも親しかったでしょう？　アンケートを読んでも川崎さんに対する情報がほとんど入ってこなくてね、夏川さんがどんな風に彼女を見ていたのかを知りたいの」

「先生は朱音の死について、随分と知りたがるんですね」

「それはそうでしょう。川崎さんは、この学校で自殺した。何の理由もなく死んだとは考えられない。だとすると、あの子はきっとこの学校で死ぬことで私たちに伝えたいことがあったはずなのよ。それがいじめなのか、家庭の悩みなのか、一体何が原因かは分からない。でも、私は一人の教師として彼女の死を乱暴に片付けたくないの」

「そうですか」

「もう一度聞くわ、夏川さんは川崎さんのことについて何か知っていることがある？」

「すみません。詳しいことは、何も」

莉苑の回答に、教師は落胆した様子で溜息を吐いた。そう、と彼女は短く言った。窓越しに、雨の音が聞こえる。朱音の死を考える度、莉苑の脳裏には長方形のシルエットが過ぎった。クラスの女子全員に送られた、朱音からの手紙。
——川崎朱音が何をしたかったのか、莉苑だけが知っていた。

先週の金曜日、放課後の教室には誰もいなかった。純佳は愛と共に先に帰っており、他の生徒たちもそそくさと逃げるように教室を後にした。テスト週間以外の時期に、生徒たちが教室に残っていることはほとんどない。大抵は部活や委員会、自習室で時間を費やすことが多いからだ。教室の隅で、莉苑は一人数学の問題を解き続ける。記述式の問題をいくらか解き進めるだけで、机の隅にはケシカスが溜まっていく。このまま手で払い落としてもいいのだけれど、せっかく清掃されたことを考えるとなんとなく抵抗感を覚えてしまう。莉苑は下敷きにケシカスを移すと、掃除用具入れの隣に設置されたごみ箱へと近づいた。蓋を開け、ケシカスを流し込む。と、そこでくしゃくしゃに丸まった紙くずが目に留まった。普通のゴミにしては随分と紙質がいい。なんだろう。そう思った時には、莉苑はごみ箱に手を突っ込んでいた。

「手紙？」

丸まった紙を広げると、そこには『愛ちゃんへ』という手書きの文字が並んでいる。どうやらこれは愛宛ての手紙のようだ。捨てられたということは、もうその所有権は愛にはない。

莉苑は何の躊躇もなく封筒を開き、中身を取り出した。折り畳まれた便箋には、シンプルなメッセージが書かれている。

『今日の放課後、北校舎の屋上まで来てほしい。特別な話があります。来てくれないと、私たぶん死にます。　あかね』

二枚目に描かれていたのは、黄色に塗られたスイセンだった。どうやらこれは、朱音が愛宛てに書いた手紙らしい。文面にもう一度目を通し、莉苑は顎を摩った。

「愛ちゃんを呼び出して、何を話すつもりなんだろう」

クリアファイルに手紙を挟み、莉苑は自分の机の中身を確認した。やはり、手紙は来ていない。元々、朱音は愛に憧れている節がある。雑談のために呼び出す可能性もなくはないが、そのためにしては『特別』だの『死ぬ』だの、いささか文言が派手すぎる。もしかすると他の人間にも呼び出しの手紙が届いているのかもしれない。そう思い莉苑は隣の生徒の机の中を覗き込んだが、やはり手紙は入っていなかった。そもそも、愛は既に純佳と共に下校している。だとすると、朱音は屋上で一人相手を待ち続けているのだろうか。

「……あ、」

不意に、教卓に目が留まった。黒板の正面に設置された教卓は、六時間目の日本史の授業が終わって以降、放置されているはずだ。まさかとは思いつつ、莉苑はその中を覗き込んでみた。

「当たりだ」

乱雑に重なったプリントの山の中に隠すようにして、その封筒は押し込まれていた。恐らく、時間差で発見されることを望んでいたのだろう。愛宛てのものとは違う、やや大きめの白色の長方形。裏返すと、そこに書かれていた文字はたったの四つだけだった。

『みんなへ』

みんなとは勿論、このクラスの生徒たちを指すのだろう。慎重に封を開け、莉苑は中の便箋を取り出した。先ほどのものと違い、そこに絵は描かれていない。白紙の便箋には隙間なくびっしりと文字が埋め込まれている。全てに目を通し、莉苑は静かに息を吐いた。

「そういうことか」

その時、莉苑は少女の企みを悟った。朱音は、愛のために死のうとしているのだ。

便箋を封筒に戻し、莉苑は教卓の前で立ち尽くした。二通の封筒は、朱音の死を示唆している。いま屋上に行けば、朱音と何か話せるかもしれない。だが、朱音はそれを望んでいない。それに、この手紙を読んだ今、莉苑には朱音を止めなければならないという気持ちが微塵も湧いて来なかった。朱音には明確な目的がある。愛のために死ぬという、崇高な目的が。だとすれば、自分がそれを止める必要はない。莉苑は目を閉じ、一度大きく深呼吸をした。息を吸えば、肺が膨らむ。胸に触れれば、心臓がトクトクと穏やかなリズムを刻んでいる。

生きているから当たり前だ。そして朱音はその当たり前を今にも捨てようとしている。

「じゃあ、見ておいてあげないと」

人間は死ぬ瞬間、どんな夢を見るんだろう。あの日、祖母の病室で浮かんだ好奇心が、莉苑の胸中でむくむくと芽を出した。莉苑はスカートのポケットに封筒をしまうと、机の上に広げてあった文房具を手早く片付けた。ずっと屋上を観察していても、他人に不審に思われない場所。それを考えると、思いつくところは一つしかなかった。

「やっぱり、北校舎裏がベストかな」

あの日、莉苑が北校舎裏で近藤理央を見つけたのは、本当に偶然のことだった。屋上を見られるベンチに向かうと、そこには膝小僧に顔を埋めて号泣している理央がいた。呻くような鳴き声は一定のリズムを作り、やがてヒッヒッとひきつるような呼吸音に変化した。それを聞いた瞬間、莉苑は彼女が発作を起こしているのではないかと思った。病院にいた祖母も、こんな風に呼吸ができなくなることがあったから。気付けば身体が動いていた。莉苑が理央の元に駆け寄ると、案の定彼女は胸を搔きむしるような仕草をしていた。

「理央ちゃん、大丈夫？」

ベンチの横に座り、無理やりに彼女の背に手を伸ばす。莉苑がこうして背を摩ると、祖母の苦しみは和らいだようだったから。瞳に溜まる涙が、しとしとと音もなく彼女の頰を伝っていく。理央は声を発さず、ただ無言で荒い呼吸を繰り返していた。

「先生、呼んでこようか？」

莉苑の問いかけに、理央はハッキリと首を横に振った。手首を摑み、離れないでとでも言うように彼女は強く莉苑の腕を引き寄せた。

「分かった、ここにいる。大丈夫、とにかく落ち着いて」

理央の息が整うまで、莉苑は彼女の傍らで背中を摩り続けていた。壊れた機械のような呼吸音も次第に鎮まり、普段と変わらないレベルにまで落ち着いた。理央は丸みを帯びた指で自分の目元をごしごしと擦ると、痛々しい笑みを浮かべた。

「ごめんね、莉苑ちゃん。迷惑かけて」

「いいの、それよりもう大丈夫？」

「うん、慣れてるから。昔からこうなんだ、大泣きすると過呼吸になっちゃうの」

恥ずかしそうに頰を押さえる彼女の膝元には、何十通もの封筒が散らばっていた。最初、莉苑はそれを朱音からの手紙だと思った。しかしよく見ると、封をするシールはハート形だし、宛名も何も書かれていない。

「あ、これね、ラブレターなんだ」

莉苑の視線に気付いたのか、理央はますます顔を赤らめた。「ほう?」と莉苑は首を捻る。泣いていた彼女と散らばったラブレターが、莉苑の中では繋がらなかった。

「あのね、私、失恋したの。それで、今まで書き溜めてたラブレターを、全部処分しようと思って」

「じゃあこの手紙は、全部おんなじ相手に書いたものなの?」

「うん、そうだよ。結局、一通も出せなかったけどね」

ふうん、と莉苑は足元にまで散らばっている手紙を拾い上げた。雑貨屋で売っているような、可愛らしいデザインだ。薄桃色の封筒の端には、動物や女の子のイラストが印刷されている。中身が詰まっているらしく、封筒はかなり厚かった。

「莉苑ちゃんは、好きな人いる?」

「いっぱいいるよ。理央ちゃんのことも好きだし」

「ふふ、なにそれ」

スカートの裾を引っ張るようにして伸ばし、理央はベンチに座りなおした。莉苑は屋上を見上げる。まだ、人影は見えない。ここからでは柵ぐらいしか見えないから、実際にはもう朱音はあの場にいるのかもしれないけれど。

「あのね、私、サッカー部の田島くんが好きだったんだ。それで、毎日屋上から見てたんだ。

田島くんのこと」

こちらの問いを待たずして、理央は勝手に自分の恋を語り始めた。多分、彼女は自分の秘密を共有してくれる人間を探していた。秘密を打ち明けて、それを馬鹿にせず最後まで聞いてくれる人間を。

「屋上？」

「そうだよ。北校舎の屋上からだと、グラウンドがよく見えるから。だけど、今日でそれもおしまい。失恋しちゃったから」

びりり、と横から紙が裂ける音がする。視線を向けると、表情一つ変えずに理央が手紙を破いているところだった。シュレッダーのように、彼女は執拗に手紙を細かく裂いていく。予想外の行動に面食らい、莉苑は目を丸くした。

「なにやってるの？」

「撒こうと思って。手紙を」

「なんで？」

「成仏させたいんだ、自分の気持ちを」

紙くずと化した手紙の断片が、理央のスカートの上に山を作る。

「昔ね、おじいちゃんが死んだとき、海に遺灰を撒いたんだ。私、あれをずっと覚えてて。

いいなって思ってた。自分の嫌な気持ちとか、そういうのが全部風に乗って飛んで行ったら、きっとスッキリするだろうなって」

訥々と語られる言葉に、莉苑は自身の胸が高鳴るのを感じた。渡せない恋文をこれだけの量書き溜めるという行動も莉苑には信じられないものだったが、それを相手に渡さずこんなところで破り捨てようとしている彼女の思考回路も、莉苑にはひどく斬新なものに見えた。普段は凡庸な人間の枠に自分を押し込めようとしている少女も、薄い皮膚の下には不思議で面白いものを秘めている。それが垣間見える瞬間が、莉苑は大好きだ。

「告白すればいいのに。伝えてからでも遅くないよ」

「いいの。本当は、告白する勇気なんてなかったから」

答えながらも、理央は紙を破る手を止めなかった。大量に用意された手紙たちは、一体どれだけの時間を費やして生み出されたのだろう。

「だって、私と田島くんじゃランクが違うでしょ」

「人間にランクなんてないよ」

その台詞は莉苑の本音だったのだが、理央には慰めのように聞こえたらしい。彼女は肩を竦めると、自嘲げにその口端を吊り上げた。

「夏川さんには分からないかもね。夏川さんみたいなタイプの人は、何をしても許されるから」

「そんなことないよ」

「そんなことあるって。ほら、例えば、友達とか」

「友達が人間のランクに関係あるの？」

「大ありだよ。夏川さんはきっと、誰かに話し掛ける時に劣等感に襲われたりしないでしょ？　自分なんかがこの子と話していいかとか、周りにどう思われるかなんて、気にもしてない。だから、誰のことも下の名前で呼べて、気軽に話し掛けられる」

「変なこと言うね。理央ちゃんは誰かと話すときに周りを気にするの？」

「気にするよ。嫌われてないかとか、馬鹿にされないかとか、ずっと気にしてる」

力強く、理央が手紙を裂く。積み重なった紙の層は、彼女の膝の上でばらばらにほどけていく。鉛筆で書かれた文字たちは、ところどころ涙で滲んでいた。

「私、本当は女の子が苦手なんだ。女子の集団の中にいるのが好きじゃない。本当は夏川さんみたいに一人で過ごしたい。でも、私がそれをすると、完全に孤立する。夏川さんが一人でいても、みんな夏川さんには何か考えがあるんだろうなって思うでしょ？　夏川さんは特別な立ち位置にいるから排除されることはない。でも、私みたいに顔も頭も取り柄がないやつは、集団の中に上手く溶け込まないといけないの。じゃないと、誰からも相手にされないから」

　びりびりと紙を破く音が響く。徐々に熱を帯びる声音が、校舎の壁に反響した。

「本当は嫌なの。あの集団にいるとね、私は八人の中でも一番下だから。いじられ役っていうと聞こえはいいけど、要は私をサンドバッグにすることで他のメンバーの結束を固めてるわけ。でも、嫌だって言えない。言ったら、仲間はずれにされるから」

「じゃあ、別の子と一緒にいたらいいよ。明日から私と一緒に食べる？」

「無理だよ、今更グループから離れるなんて。それに、私は恵を置いていけない」

　スカートの上に、紙くずがどんどんと増えていく。今立ち上がれば、理央は簡単に地面へと紙くずを払い落とすことができるだろう。だが、彼女はそうしない。彼女にとってはきっと、この大量の紙くずたちは重苦しい枷（かせ）なのだ。

「私ね、あのグループの中で本当に仲がいいの、恵だけなんだ。でも、恵も下の立ち位置だから。もし私がいなくなったら、今度は恵が嫌な思いをしちゃう。それに、いじめられてるわけじゃないから。みんな、いじってるだけ。それを不快に思っちゃう、私の方が悪いんだ。冗談だと思って受け流しておけば、それで丸く収まるのに」

　莉苑はますます首を捻る。嫌だと感じるのならば、ちゃんと嫌だと言えばいいのに。不快な感情に蓋をして、その上から協調性という名の禍々（まがまが）しい色のペンキを塗りたくる。そういうのは、莉苑は嫌いだ。大人みたいで。

「それって変だよ」

莉苑は立ち上がると、彼女のスカートの上から大量の紙くずを掬い取った。呆気にとられたように、理央がぽかんと口を開ける。そこから制止の声が出る前に、莉苑は辺り一帯に紙くずをぶちまけた。吹雪みたいに、薄桃色の手紙の切片が風に乗って飛んでいく。

「夏川さん？」

「理央ちゃんは、本当は自分が下に見られるのが嫌なんでしょう？　じゃあ、少なくとも私の前では、自分が悪いとか言わないで。私、誰にも言わないよ。理央ちゃんが誰が好きとか、何が嫌だとか、絶対に言わない。だから、そうやって変な形で自分をごまかすのはやめて欲しい。嫌なら嫌って、ここでは言ってよ。自分の素直な気持ちを消化するために、理央ちゃんは手紙を破いてるんじゃないの？」

理央の傍らには、手紙の束が積まれている。真っ直ぐに見つめる莉苑の視線から逃れるように、理央はそっと顔を伏せた。

「夏川さんは、私のために言ってくれてるんだよね。ありがとう。すごく嬉しい」

「じゃあ、」

「でも、いいの。私はこれで」

強い風が吹いた。彼女が手紙をちぎるそばから、紙片は風に流される。地面に転がった紙くずは、既に価値を失っていた。意味を失った言葉の残骸たちは、彼女にとってもはやゴミでしかないのだろうか。せっせと紙切れを作り上げながら、理央は大人びた微笑を莉苑に向けた。

「私、夏川さんのこと誤解してた。身構えちゃってたんだ、多分」

「身構える必要なんてないのに」

「そうは言うけど、やっぱり夏川さんってすごい人だから。でも、今日喋ってみて分かった。夏川さんは、私が思ってたよりもずっと純粋で、いい人だった」

流れる髪を押さえ、理央が空を見上げる。世界は青から赤に塗り替えられ、校舎に映りこむ光はすっかり夕焼け色をしていた。

「今日、ここに来てくれたのが夏川さんで良かった。他の子だったら私、もしかしたら手紙を破らずに帰ってたかもしれない。馬鹿にされるかもって、怖くなって」

「馬鹿になんてしないよ」

「私の好きな相手のことも、秘密にしてくれる？」

「勿論、誰にも言わない」

「ありがとう」

赤くなったはずの彼女の目元は、夕日の朱色に溶けてほとんど普段と変わらないように見えた。莉苑はその場でしゃがむと、散らばった紙くずを拾い上げる。これをこのまま放置しておくのは、間違っているように思えたのだ。

「理央ちゃんは手紙を破ってて。私がちゃんと全部拾うから」

「え、でも、」

「理央ちゃんがすっきりするならいいんだよ。手紙、まだいっぱい残ってるんでしょう？ ここまできたら、最後まで付き合うよ。だから、理央ちゃんはそこにいてね」

「うん、ありがとう」

莉苑の言葉を何一つ疑わず、理央は手紙を破り続けた。莉苑は立ち上がると、お菓子を買った時にもらったビニール袋を取り出した。そしてその中に、一枚ずつ紙切れを入れていく。理央が破るたびに紙片は増え、莉苑はそれを拾っていった。最初から袋の中に捨てればいいと、大人たちは言うかもしれない。しかし二人にとって、それでは意味がなかった。理央は手紙を捨てたいわけではない。溜め込んでいた感情を、風に乗せて流したいのだ。

しばらくの間、二人は黙々と作業を続けた。紙切れは随分と遠くまで飛んでおり、莉苑はベンチからかなり離れたところまで拾いに行かなければならなかった。

「――っ」

頭上から、不意に声が聞こえた。顔を上げると、今にも屋上の柵を乗り越えようとしている少女の姿が見えた。――朱音だ。そう気付いた瞬間、莉苑は自身のポケットの中をまさぐった。背後からは理央の悲鳴が聞こえた。朱音の身体が空に舞う。紙片が莉苑の手から吹き飛んでいく。そして、目の前で起こる衝撃音。

沈黙が、場を支配した。心臓がざわめき、自身の血管がドクドクと大きく脈打っている。夏が近付いているというのに、辺りはすっかり肌寒い。吹きつける風に舞い上がる紙片が莉苑の視界にちらついた。そこで、莉苑はようやく冷静さを取り戻す。自分が今、何をすべきか。無意識のうちに開かれた両目が、最善を尽くすのに必要な情報を掻き集める。

彼女の身体はあちこちが不思議な方向に曲がっていて、まるで壊れたおもちゃみたいだった。病室で最後に見た祖母の姿とは明らかに違うはずなのに、二つはとてもよく似ている。朱音は、もう生きていない。死んでしまったのだ。

屋上を見上げると、生徒が蹲ったのが見える。その人物が誰なのか、莉苑の優秀な脳みそが一瞬にして弾き出す。

「純佳、」

屋上には純佳がいて、地上には無残な姿をした朱音がいる。生きているのは純佳で、死んだのは朱音。だとすると、自分はどう振る舞うべきなのか。思考はすぐに一つの結論を導き出す。莉苑は振り返ると、鋭い声で理央を呼んだ。

「理央ちゃん、先生を呼んできて」

しかし、理央からの返事はない。ベンチへ駆け寄ると、彼女はその場に倒れ込んでいた。どうやら気絶しているらしい。莉苑は自身の顎を摩りながら思案した。

もしここで莉苑が教師を呼べば、この場所は封鎖されるだろう。するとどうなる？　破られた手紙はこの場に散らばったままとなる。地面に撒かれた手紙を見も知らない人間が寄せ集めて復元するかもしれない。それはだめだ。絶対にいけない。朱音はもう死んでいる。なら、優先すべきは理央だ。世界は生きている人間のためにあるべきなのだから。

莉苑は比較的大きめの紙片だけを寄せ集めると、それらをビニール袋に入れた。手紙集めに掛けた時間は、ぴったり三分。大体の紙を拾い終えたのを確認し、莉苑は空になったスカートのポケットにビニール袋を突っ込んだ。屋上を見上げるが、純佳の姿は既に見えない。先に教師を呼びにいった可能性もあるが、だとするとまだ先生が来ていないのは不自然だ。やはり自分が職員室に向かうのがいいだろう。理央はまだ、気を失ったままでいる。

莉苑は気合を入れるように両頰を叩くと、職員室へと駆けだした。

莉苑が職員室に駆けこんだとき、教師たちはまだ事件が起こったことに全く気付いていなかった。「北校舎裏で飛び降り自殺がありました」という莉苑の言葉に場は騒然となり、それから室内は慌ただしくなった。倒れていた理央は保健室に運ばれ、後に屋上で泣き崩れていたという純佳も教師と共に保健室へ姿を現した。病院に搬送された朱音が亡くなったという正式な報告を聞いたのは、それから一時間ほど後のことだった。

「夏川さんはどうしてあの場所に？」

養護教諭の問いに、莉苑は口ごもった。保健室には、未だ憔悴している純佳がいた。衝立の奥では、理央が気を失ったままだ。どこまで話すか、莉苑は逡巡した。大人たちは朱音が愛やクラスのみんな宛てに手紙を書いていたことを知らない。道徳的に考えれば、素直に全てを話すだろう、だが――。莉苑は嗚咽を漏らす純佳を一瞥した。幼馴染を失い、彼女は嘆き悲しんでいる。これ以上の苦しみを、莉苑は彼女に与えたいとは思わなかった。

「校舎裏のベンチで読書をしようと思ったら、泣いている近藤さんがいたんです。話を聞いたら、手紙を破きたいって言われて」

「手紙？」

案の定、教師たちの表情に緊張の色が走った。遺書を連想したのかもしれない。莉苑はポケットからビニール袋を取り出すと、その中身の一部を机の上に出して見せた。封をしていたハートのシールの切れ端だ。

「近藤さんは失恋して、それでラブレターを破りたがってたんです。相手は秘密にしたいんですけど。それで、私はその紙を拾う手伝いをしてました」

「ちょっと待って、ラブレターって？」

「多分、近藤さんが倒れていたベンチに何通かの封筒が残っていたかと思います。元々はもっとたくさんあったんですが、破くうちにそれだけになりました。近藤さんは、手紙を破ることで精神的に安心感を得られたようでした。だから私、彼女を励ましたくて、それで……。手紙をいくらでも破っていいよと言いました、私が全部拾うからって。だけど、その判断が間違いでした。私があの時、こんなことせずに早く帰ろうって言っておけば、近藤さんがこんな風に事件に巻き込まれることもなかったのに。私のせいで、近藤さんは傷付いて、私のせいで、」

「大丈夫、夏川さんのせいじゃないわ」

「でも、」

「とにかく深呼吸しましょう。夏川さん、あなたは自分で思っている以上に興奮しているようね。ほら、あたたかい飲み物でも飲んで」

手渡されたマグカップには、ココアが入っていた。一口だけ。そう思っていたのに、自分は予想以上に水分に飢えていたらしい。気付いたら、カップの中身は空だった。

「あの、純佳はどうしてあの場所に？」

「川崎さんに呼び出されたんですって。それで、彼女を止められなかった自分を責めているみたいで……。夏川さんは川崎さんから手紙を受け取らなかった？」

「いえ、私のところには来ませんでした。もし来てたら、私だって朱音を止めに行ったのに。まさか、こんなことになるなんて」

唇を噛み、莉苑は俯く。養護教諭はポットからお湯を注ぐと、再びカップいっぱいのココアを莉苑に与えてくれた。

「今日は大変だったわね。保護者の方には連絡をいれておいたから、もうすぐ迎えが来ると思うわ。とにかく、自分を責めないようにね」

「あの、理央ちゃんが起きるのを待っててていいですか？　私、理央ちゃんに返さないといけないんです」

これを、と莉苑がビニール袋を突き出す。「これ、全部ラブレター？」養護教諭の近くにいた女教師が、唐突に口を挟んできた。生徒指導の先生だ。顔見知りではないが、全校集会などで莉苑もよくその顔を目にしている。

「そうです」

「本当に？」

「疑うんですか？」

「貴方を疑ってるんじゃないわ。ただ、もしかすると近藤さんが別の手紙を破っていたという可能性もあるでしょう。貴方は手紙のすべてに目を通したわけではない、どうしてこれが全部ラブレターだと言い張れるの」

「じゃあ、先生は他にどんなものがあると思うんですか」

「それは分からないけれど、ラブレター以外のものである可能性はゼロではないわよね」

「理央ちゃんも私も、やましいことなんてしてない。なのに、先生は私のことを疑うんですか。私は嘘を吐いてないのに。私は、私は、」

息を浅く、短く吸う。頭に酸素がいきわたらなくなり、指先の感覚が遠のいていく。先ほどの理央の姿を真似るように、莉苑は浅い呼吸を繰り返した。理央が苦しめられていた発作を、莉苑は意図的に誘発する。息を吸っているのに、酸素が肺に入らない。手から滑り落ちたマグカップが割れる。ココアが辺りに飛び散り、養護教諭の白衣を泥色に汚した。

「もういいでしょう、傷付いた生徒をこれ以上責め立てるのはやめてください」

大丈夫よ、と養護教諭は理央の背を摩りながら繰り返した。荒くなっていた呼吸が、次第に収まっていく。過呼吸とはこんなに苦しいものなのか。莉苑は衝立の向こう側で眠るクラスメイトに同情した。

「すみません、余計なことを言いました。夏川さん、失礼なことを言ってしまってごめんなさいね」

生徒指導の教師は、意外にも素直に謝罪の言葉を口にした。頭を下げる彼女に、莉苑は静かに首を横に振る。

「いいんです、信じてさえもらえれば」

「掃除するわね。夏川さんも疲れたでしょう？　ご両親を待つ間、ベッドで待ってるといいわ」

養護教諭の言葉に促され、莉苑は理央の隣のベッドに腰掛けた。目が冴えている。瞼の裏には無残な朱音の姿がはっきりと焼き付いていて、とてもじゃないが眠る気にはなれなかった。


目の前の生徒指導の教師と話したのは、あの日以来だ。回想を打ち切り、莉苑は差し出されたペットボトルのキャップを開けた。朱音が死んで以降、莉苑はできるだけいつも通りの生活を心掛けていた。

夏川莉苑は川崎朱音について何も知らない。

そうした設定を莉苑が律儀に守り続けているのは、それがクラスメイトたちのためになると信じているからだ。愛と美月から手紙を渡されたときにはさすがの莉苑も動揺したが、しかし今ではあれがベストの選択であったと考えている。

「先生、細江愛さんも呼び出してましたよね。もう川崎朱音さんの件は自殺って結果が出てるのに、こうやって調べ続けているのはどうしてですか？　まさか、他殺だったと考えているとか……」

「いいえ。自殺を疑っているわけではないわ」

「だったらどうして、」

「自殺には、理由があるはずでしょう」

組まれた指に、力がこもる。教師の台詞になんと答えていいか分からず、莉苑は曖昧に頷いた。彼女の眉間に皺が寄る。険しい表情は般若（はんにゃ）のお面によく似ていて、彼女が一般生徒から恐れられる理由がよく理解できた。

「私が中学生だった頃、同級生が自殺したの。いじめを苦にして起きた事件だった。だけど、学校側はそれを揉み消した。いじめをなかったことにしたの。それが許せなくて、私は教師になろうと思った。真実を隠すような大人から、子供たちを守りたかったの」

ふ、と教師の鼻から息が漏れる。鬼のような形相から一転、彼女は赤い唇に自嘲じみた微笑を浮かべた。

「でも、真実を追求しようとして、それで生徒を傷付けるなんて、最低よね。あの時はごめんなさい。正直、私、貴方を疑ってしまったの。現場に居合わせた中で、貴方だけが平然としているように見えたから。友人を亡くして、傷付いていないわけがなかったのにね」

「私も、先生にお話しできることがあれば良かったんですが。そしたら、少しは力になれたかもしれないのに」

「いいのよ。その気持ちだけで嬉しいわ」

教師はトートバッグを引き寄せると、その中からファイルを取り出した。恐らく、その中に挟まれているものは先週の土曜日に行われたアンケートの結果だろう。

「アンケートの回答にも、川崎さんがいじめられていたという情報はなかった。細江さんと揉めていたという話はあったけれど、直接話を聞いてみると、あの子が陰湿ないじめをするタイプには思えなかった。もし細江さんが派手にアクションを起こしていたら、周囲の子たちはきっとそれをアンケートに書くと思うのよ。そう考えると、やっぱり川崎さんは学校が原因で自殺したわけじゃないのかもしれないわね」

扉の向こうから、軽やかなチャイムの音が聞こえる。清掃時間が始まったのだ。教師はファイルを閉じると、慌てた様子で立ち上がった。

「あら、ごめんなさい。こんな時間まで話に付き合わせてしまって」

「いいんです。こちらこそ、有益な情報がなくて申し訳ないです」

「もし何か川崎さんに関する情報が見つかったら、教えてもらえると嬉しいわ。川崎さんの死に関する真実を、クラスメイトのみんなも知りたいだろうから。それに、事件がきちんと解決すれば、高野さんの心労も少なくなるかもしれないし」

それからいくつかの言葉を交わし、莉苑は生徒指導室を後にした。廊下では掃除を担当している生徒たちが黙々と与えられた役割をこなしている。

「真実かあ」

窓から顔を出し、莉苑は大きく息を吐いた。朱音の死の真実。そんなものを、第三者が知る必要が本当にあるのだろうか。あの教師は、生きているときの朱音を知らない。大半のクラスメイトだって、朱音と一対一でちゃんと話したことはないだろう。なのに、なぜ真実を追求するのか。その答えは分かりきっている。知りたいと、ただ思ったからだ。ドラマの続きが待ちきれないのと同じで、彼らはドラマチックな物語に飢えている。朱音の死を単なる娯楽として消化しようとする他人たちに、莉苑は強い嫌悪を抱いた。川崎朱音は、名前のない少女Aでは決してない。そのことを、どうして理解できないのだろう。

帰宅して早々、莉苑は自宅に引きこもった。学習机の引き出しから、まずはクリアファイルを取り出す。そこに挟まっているのは、二通の手紙。差出人は朱音だ。一通は、愛に宛てられたもの。そしてもう一通は、莉苑に宛てられたものだった。前者は細かく皺が入っており、後者には皺一つない。

月曜日に美月から受け取った花言葉事典は、彼女の言葉通り、たくさんの花の写真が載っていた。色鮮やかに咲き乱れる花たちは、眺めているだけで楽しい気持ちになってくる。

「愛ちゃんにはスイセン。美月ちゃんには紫陽花。そして私には、ドクゼリ」

あなたは美しいが冷淡だ。美月が莉苑に教えてくれた、紫陽花の花言葉。

あの日、純佳は屋上にいた。と、いうことは、純佳にも手紙が届いているはずだ。彼女の手紙には、一体なんと書かれていたのか。何の花のイラストが添えられていたのか。朱音は手紙に花を描くことで、何かのメッセージを相手に伝えようとしていたに違いない。クラスメイトたちは、それを読み取ることを放棄した。ただの挿絵としか認識せず、手紙の存在を忘却した。莉苑だって絵の解読をするつもりなんて本当はなかった。だが、今ではそういうわけにもいかない。

「ちゃんと上手くやらなきゃ、純佳が学校に戻ってこない」

純佳が学校に来られないのは、やはり朱音の死に対して罪悪感を抱いているからだろう。だが、朱音はもう死んだのだ。純佳がいくら嘆こうと、二度と生き返ることはない。世界は朱音の死を内包したまま、平然と回り続けている。自分たちにできる最良の選択は、友人の死を乗り越え、普段と変わらない生活を続けることに違いないのだ。真実なんて、必要ない。

朱音という存在を美しい記憶に塗り替え、神様を仰ぎ見るみたいに時折その余韻に浸るだけにすればいい。

「スイセン……『自惚れ』『自己愛』『神秘』『尊重』」

朱音が愛に込めたメッセージは、この中の一体どれだろう。まるで国語の試験問題みたいだ。国語で高得点をとる秘訣は、作者の気持ちを考えることではない。問題出題者の意図を読み取ることだ。用意された解答がいくら的外れでも、試験ではそれが正解となる。

莉苑は事典のページを捲ると、とあるページに付箋を貼った。小さな青い花弁が密集した、鮮やかな写真だ。勿忘草。明朝体で書かれた花の名前を、莉苑はそっと指先で撫でる。私を忘れないで。シンプルに並んだ文言は、今の朱音に相応しいもののように莉苑には思えた。

5. 回答者：中澤博

Q1. あなたは川崎さんについて何か知っていることはありますか。

細江愛を揉めていたて
本人から聞きました。

Q2. あなたは学校内で誰かがいじめられているところを
見たことはありますか。

実際には見ていませんが、細江愛が
いじめのような行動をとっていたのではないかと
思っています。

Q3. あなたはいじめに対してどう思いますか。

ガキのやることだと思います.
そういうことをやる奴は馬鹿だ。

Q4. 今回の事件やいじめ問題について
学校側に要望がある場合は記入してください。

出回っている自殺動画を消して欲しいです。
不愉快です。

中澤博にとって、川崎朱音は恋人だった。二週間前に彼女から告白されたのをきっかけに、二人は交際を開始した。彼女の柔らかな笑顔が、博は好きだった。その細い手首も、薄い体軀も、長い髪も、穏やかな性格も。博は、彼女を構成する要素全てを好意的に捉えていた。だからこそ、川崎朱音が自殺したという一報を耳にしたとき、博は大いに涙した。

数学の計算式は、無駄がないほど美しい。決められたルートを辿り、一つの答えを導き出す。鈍器として使えそうなほど厚みのある問題集は、解説編と合わせると相当の重さになる。ページの間に挟まれた付箋は、期末テストの課題範囲を博に教えてくれていた。

火曜日の数学の授業は、博にとっては特別な時間だ。この学校の一般的な授業の進度は、予備校よりも遅い。そのため、大抵の授業は復習の場と化してしまう。しかし学力順に分けられたこの発展クラスでは、教科書の範囲内の授業に加え、難関校の過去問などを解くことが多い。授業時間に退屈しのぎのために予備校の課題を解く必要がないというわけだ。

「この問題は、二年前に出されたものだ。閃きがあれば簡単に解けるが、思いつくまでが厄介だ。十五分後に解説をするから解いてみろ」

教師が配布したプリントには、記述式の問題が一問だけ載っている。どこかの過去問集から印刷したものだろう、右端に学校名が記されている。日本の端に位置する、国立大学の名だ。博はシャープペンシルを手に持ち、問題文に目を通す。このパターンなら、この前ちょうど予備校で解いたところだ。解答に書かれていた思考プロセスを辿りながら、博は解を導き出す。今回はなかなか速かったのではないだろうか。そう思ってちらりと横を窺うと、夏川は真剣な面持ちでノートの端に得体の知れない何かを描いていた。ブラックホールにも見えるし、落下する隕石にも見える。

「嫌味な奴」

口内の呟きは、きっと誰にも聞こえていない。手を止めている博に気付いたのか、数学教師はこちらに歩み寄って来ると、博のノートを覗き込んだ。

「お、さすが中澤。解くのが速いな」

「ありがとうございます」

「この前の模試も頑張ってたな、入学してからずっと数学は一位だもんな」

数学は。相手の悪気のない一言に苛立ってしまうのは、自分の心が未熟だからだろうか。

湧き上がる苦い感情を奥歯で嚙み潰し、博は「はは」と曖昧に愛想笑いを浮かべた。隣の夏川はこちらの話など気にした様子もなく、黙々と落書きを続けている。肩に掛かりそうなツインテールに、短く切りそろえられた前髪。子供っぽいデザインの靴下に、童顔の印象をますます強めるぱっちりとした双眸。一見すると、夏川莉苑という人間は、幼さを追求するその辺の馬鹿な女と似たり寄ったりな見た目をしている。幼さという言葉を彼女たち風に言い換えると、可愛さと呼んでもいいかもしれない。基本的に、博は女子がそうしたものを追い求める姿は嫌いではない。愛玩動物を遠くから眺めるのと同じで、『可愛い』と無責任な誉め言葉を相手に投げかけることができる。だが、夏川はダメだ。彼女がそうした幼稚な振る舞いをする度に、胃の底からムカムカと吐き気が込み上げてくる。思い返せば、最初からそうだった。一年生の春、入学式。新入生代表として壇上に上がった彼女の姿は、博に強い嫌悪を抱かせた。

「久しぶりじゃん」

記念すべき高校生活一日目の帰り道。博が帰路についていると、ちょうど向かいの歩道を田島俊平が歩いてくるところが見えた。彼とは家が近いため、幼い頃からの顔見知りだった。小学校の頃は放課後になると一緒に遊ぶことも多かったが、中学に入ってからはクラスが別だったこともあり、自然と接点がなくなった。同じ塾に通ってはいたが、選択したコースが違ったために顔を合わせることもほとんどなかった。田島俊平という名前を見るのは、せいぜい模試の順位表が廊下に張り出されたときぐらいだ。俊平は頭が空っぽそうな派手な人間とつるんでいることが多かったが、彼自身の成績はかなり良かった。「俺って地頭がいいんだよなー」と冗談めかして話しているのを聞いたことがある。

「まさか中澤と同じ高校に入れるとはなー。俺、先生から受かる可能性ほぼないぞって脅されてたんだよ」

ブレザーに右手を突っ込んだまま、俊平はひらりともう片方の手を振った。彼はわざわざ博が横断歩道を渡り切るのを待つと、何食わぬ顔で隣に並んだ。こういうところは相変わらずだな、と博は思う。俊平は他人との距離をつめるのがやたらと上手い。

「なんであっちから来たの？　学校の方向とは逆だけど」

「友達と向こうのコンビニ寄ってたから」

博の問いに、俊平はあっけらかんと答える。「へえ」と博は平淡な声で相槌を打った。

「中澤は高校で部活入んねーの？」

「入るつもりはないかな、勉強する時間が減るし。田島君はまたサッカー部？」

「たぶん。ま、ゆるくやれるとこならどこでもって感じ」

俊平は白シャツのボタンを校則よりも一つ多く外していた。開いた襟からは黒のインナーが覗いている。ワックスでセットされた髪は中学よりも茶色が強くなっていた。地毛と言い張れるギリギリの色だ、計算した上で染めたのだろう。

俊平が僅かに視線を下げる。笑顔の形のまま固まった唇が、小さく動いた。

「俺、学年トップってお前だと思ってた」

だから何？　咄嗟に言い返しそうになった台詞を、博はなんとか呑み込んだ。壇上に立つ夏川の華奢な体軀が、博の網膜には今なお焼き付いている。答辞を読み上げる彼女の性格は、いかにも大人しそうだった。絵に描いたような真面目な優等生。努力することだけが取り柄の、つまらない人間。進学校ではそういう女は特に珍しくなかった。暗記ができるってだけで、勉強が得意だと思い込んでいる女たち。そういう奴らは確かにテストでは高得点を取るけれど、それが真の賢さであると博は思わない。テストができることと勉強ができることは全然違う。ああいう女は大抵前者に当てはまる。テストで点を取るということに特化した能力。どうせ記述式の模試なんかになれば、すぐにボロが出る。特に、数学は。女にはできない科目だ。

「ほら、中澤っていっつも塾で一位だったからさ。なんというか、意外で。まさかお前が一位以外になるなんてな」

俊平の声音には、明らかにこちらを揶揄するような響きがあった。冗談の延長線上。無自覚のまま、俊平は地雷を踏み抜いていく。

「でも、やっぱ上には上がいるもんだよなあ。夏川、塾とか行ったことないらしいぜ。独学だってよ」

「……へえ、詳しいね」

「夏川と同じ中学の奴がたまたまクラスにいたんだよ。美人系っていうよりは可愛い系って感じだよな」

「重要なのは見た目じゃないでしょ」

「じゃあ中身？　さすが、中澤クラスになると余裕があるな。細江レベルと付き合うにはそれぐらいの心根が必要ってわけ？」

軽い調子で出された名前に、博は思わず足を止めた。

「誰から聞いたの？　俺と愛のこと」

「ん？　普通に細江からだけど。あ、もしかして俺が彼女と話してたから怒ってる？」

「そういうわけじゃないけどさ」

ただ、付き合ってることは秘密にするって約束していたはずなのに。不満の矛先は目の前の男にではなく、自然と愛へと向かっていった。細江愛。同じ中学に通っていた、バスケ部の女。長い黒髪を一つに束ね、ハキハキした口調で話す。整った顔立ちをしており、男からも人気がある。博の恋人はそういう女だ。隣を歩いているだけで、他の男から羨ましがられる。

「いいよなあ。俺も細江レベルの女子と付き合ってみてーわ」

「田島君は今彼女いないの？」

「いたら中澤にこんな風に絡んでないって。もっと自分の彼女を自慢してる」

自虐的に笑いながら、俊平はひらひらと手を振った。彼はさも自分がモテない男であるかのように振る舞っているが、中学時代から地味なタイプの女子に人気があったことを博は知っている。よく言えば、優しい。悪く言えば、八方美人。男子に免疫のない少女たちは、全方位に向けられた彼の優しさを自分だけに与えられた特別なものだと勘違いしてしまうのだ。

「田島君なら彼女ぐらいすぐ作れると思うけど」

「『ぐらい』って簡単に言うけどさ、ハードル高いって。俺的には草食系としか思えない中澤がなんでそんなにモテるか分からない」

「モテないよ。ただ、俺なんかのことを好きになってくれる子がいるだけ」

「うわっ、なんだそのイケメンにしか許されない発言。鳥肌立つわ」

大袈裟に顔をしかめ、俊平は自身の二の腕を何度か摩った。このオーバーなリアクションが、彼なりの処世術であることを博は知っている。

「田島君だってモテるでしょう？　中学の頃、笹原さんとか本田さんとかが田島君に告白したって噂聞いたことあるけど」

二人とも美術部に所属する大人しめな女子生徒だった。小学生の頃からの友達だったようだが、意中の相手が被ってしまったことで仲違いしたらしい。

「あー……」

俊平は気まずそうに頬を掻くと、ごまかすようにヘラリと笑った。

「ほら、そういうのはなんか、ちげーじゃん。告白って言ってもさ」

「そういうのって？」

「やっぱさ、付き合いたいって思わない相手からいきなり告白されても困るっていうか、まあ、そういう感じ」

つまりは、どうでもいい相手から告白されても迷惑だということだろう。彼にとって、告白とは自分のお眼鏡に適う女子からされる行為のことなのだ。だから、その他の女子から好意を告げられても、それは告白としてカウントされない。無条件に優しく、無自覚に残酷。それが、田島俊平という男の本質だ。

「あ、俺、夏川に話し掛けてみよっかな」

話題を変えたかったのか、俊平はさも今閃いたという顔をして口を開いた。夏川。その名を聞くだけで、博の眉間に皺が寄る。

「やめなよ」

咄嗟に出た声は、思ったよりも険しかった。つま先が舗装された道路の亀裂に引っ掛かり、俊平は前へとつんのめる。

「なんで？」

傾いた身体を立て直し、彼はこちらを振り返った。尋ねられたところで、具体的な理由はなかった。ただなんとなく、夏川をそういう対象として見るのは間違っているような気がした。

「夏川さんは、可愛くないから」

発した言葉は、自分の意図とは明らかにかけ離れていた。俊平が首を捻る。

「えー、可愛いだろ。お前、評価が厳しすぎね？」

「見た目の問題じゃなくてさ、なんというか、中身が」

「中澤って夏川のこと知ってんの？」

「いや、知らないけど。でも、自分より成績いい女を可愛いって評価するのは違う気がしない？」

「全然？」

「あ、そう」

家の前に到着し、俊平は自然と足を止めた。新しい制服は彼の身体にすっかり馴染んでいて、ついこの間まで中学生だったようには到底見えなかった。彼はいつもそうだ。新しい環境に、あっという間に適応する。

「またな」

手を振った俊平に、博は会釈だけを返した。また会いたくはないな、というのが博の素直な感想だった。


火曜日の図書室は他の曜日に比べて少しだけ人が少ない。図書室が一番混雑するのは金曜日、多くの生徒が休日に読む本をまとめて借りていくからだ。

「あ、中澤君。今日は早いね」

入ってすぐの場所にある棚に新刊を並べていた司書の先生が、博に向かって微笑み掛けた。一週間のうちの火曜日と金曜日の二日間、図書室には司書がやって来る。若く可愛らしい女性で、大学を卒業してからまだ数年しか経っていないらしい。博が入学したのと同じタイミングでこの学校にやってきた彼女は、本当は英語の先生になりたいのだという。

「今日はたまたま授業が終わるのが少し早かったので」

「そうなの」

ふふ、と彼女は笑った。リップの塗られた唇の横には、小さくえくぼができている。人見知りを自称する彼女は、図書委員の生徒の名前をすべて完璧に覚えていた。帰宅部である博が他者と強制的にかかわりを持つのは、図書委員の仕事の時ぐらいだった。

「毎日勉強するのは偉いけど、無理だけはしないようにね。遊ぶのも学生の仕事のうちなんだから」

ありがとうございます、と博は口先だけの謝礼を述べた。俺にはそんな暇ないけど、と心の中で毒づきながら。


図書室の奥へと進み、空いている席に腰掛ける。振り返ると、司書の先生が返却された図書を棚に並べている姿が見えた。若く小柄な彼女のことを、多くの男子生徒が可愛いと評する。低ランクの私立大学を卒業しており、処理能力が低い。彼女が自分の担任教師でなくて本当に良かったと、博は密かに思っていた。

机に置いた鞄から、博はファイルを取り出す。薄いプリントに印刷された数学の問題は、難関校の過去問を教師がまとめたものだった。ノートを開き、博は問題を解き始める。シャープペンシルの先が紙面を擦り、鉛色の粉が溢れていく。解答集を写したかのような、無駄のない途中式。xとyの値を求めたところで、博は忙しなく動かしていた手を止めた。

『博くん、私より数学得意でしょ？』

気を抜くと、先ほどの夏川の声がリフレインする。神経を逆撫でするような、どこか舌足らずな声。挑発的に持ち上げられた睫毛の下では、黒々とした瞳がこちらを見つめている。

「くそっ」

回想に苛立ち、博は短く舌打ちした。授業の終わりを知らせるチャイムが鳴ってから、もう随分と時間が経つ。先ほどまで閑散としていた図書室も、気付けば多くの生徒で溢れていた。カウンターに視線をやれば、見知った顔をすぐに見つけた。澄ました表情のまま、淡々と業務を行っている図書委員――桐ケ谷美月だ。一年生の時には一緒に業務を担当したこともあった。二年生になり、博が彼女と同じ曜日に仕事をすることはなくなったが。

桐ケ谷がいるということは、アイツもいるのか。周囲を見渡せば、すぐ近くの席で細江愛が問題集を解いているのが見えた。

「中澤のこと、好きなんですけど」

人気のない塾の教室に、愛の声がぽつりと落ちる。あれは中学三年生の九月。夏休みを終え、多くの生徒たちが高校受験を実感し始める時期のことだった。

中学生の時、博は学校で一番賢かった。単なる妄言ではない。返却される度に目にする校内一位という数字が、それを真実であると裏付けていた。学校でも塾でも、博は特別扱いだ。

「……この分なら本番も余裕だな」

先ほど返された模試の結果を眺めながら、博は安堵の息を吐いた。博の志望している高校は、県内屈指の進学校だった。公立校でありながらしっかりとした学習設備があり、競争倍率は毎年とんでもない数字になる。学校名の下にある欄にはアルファベットの最初の文字、『A』がハッキリと刻まれている。博はこれ以外の文字を志望校判定の欄で見たことがない。

模試の評価シートを几帳面に折り畳み、博はクリアファイルに仕舞い込んだ。少人数用の教室は、トップクラスの成績を誇る生徒だけが使用できる。パーテーションで区切られた自習室も嫌いではないけれど、本当に集中したいときはできるだけ人がいない場所がいい。狭い室内の隅に設置されたごみ箱には、下級生のものと思われる模試の結果表がくしゃくしゃに丸めて捨てられていた。

「中澤、ここにいたの」

響いた声に顔を上げれば、愛が扉から姿を現したのが見えた。長い黒髪を後ろの位置で結わえた彼女は、夏の大会まで女子バスケ部の副キャプテンをしていた。一年生の頃から塾には入っていたものの、特別進学クラスに振り分けされたのはつい最近のことだ。元々頭が良かったのだろう。部活動を引退し、勉強に専念するようになった彼女は、瞬く間に成績を上げた。

「何か用？」

彼女が自分を探す理由が見つからず、博は首を傾げた。塾で同じクラスになってからも、博は彼女と一度も話したことがなかった。ハキハキと明るい彼女の性格は自分とは真逆で、なんとなく近寄りがたさを感じていた。

「いや、用ってわけじゃないけどさ、中澤と二人になりたくて」

後ろ手で扉を閉めた愛に、博は幾ばくかの不信感を抱いた。話したこともない人間と一対一になりたいという心境が、博には全く想像できなかった。自分では無自覚の内に彼女の恨みを買っていた……なんて事態にならなければいいのだが。過去に起きた人間関係のトラブルを思い出し、博の視線は自然と遠くなった。自分ではいつも穏やかな性格であろうと心掛けているというのに、博のことを疎む人間は少なくなかった。多分、頭脳も容姿も他人に比べて格段に優れている博を前にすると、多くの人間は劣等感に苛（さいな）まれてしまうのだろう。

「どうして？」

さりげなく鞄に荷物をしまい込み、博は柔らかな声で彼女に問いかけた。いざとなったら力ずくで教室から逃げ出そう。愛の背中にある扉の鍵が開いていることを確認し、博は鞄の取っ手を固く握る。

　愛は言い淀むように俯くと、もじもじと足を交差させた。膝より少し上にあるプリーツスカートは、きちんと手入れされているのか皺ひとつなかった。顔を下に向けたまま、愛は絞り出すように言葉を発する。

「あのね、」

「うん」

「いや、たいしたことじゃないんだけど」

「うん」

「中澤のこと、好きなんですけど」

「……へえ」

　動揺が隠し切れず、声が喉に詰まった。唾を呑み込むと、自身の喉が音を立てて上下したのが分かった。

　愛は、伏せていた面を静かに上げた。

「へえって、それだけ？」

「それだけって？」

「他に言うこと、ないの」

短く切り揃えられた爪先を擦り合わせ、彼女は掠れた声でこちらに問いかける。緊張しているのだろうか、その指が小刻みに震えていた。揺れる瞳には薄い涙の膜が張っており、蛍光灯の光を反射してはきらりきらりと砕けた水晶のように輝いた。

「他に言うことがあるのは、細江さんの方じゃない？」

わざと意地悪なことを言えば、愛は唇を軽く噛んだ。何も塗られていない唇が横一線に結ばれる。自分の一言によって、相手の心情は簡単に左右される。喜ばせるも悲しませるも、全ては自分の掌の上。そう考えると途端に目の前の少女が愛らしく思え、博は口元を綻ばせた。自分よりも劣っている女は好きだ。素直に可愛いと思えるから。

「その、」

短くそれだけ言って、愛はゆっくりと目を伏せた。胸に手を当て、彼女は大きく深呼吸する。

「もし良かったら、付き合ってくれませんか」

悪いけど、受験に専念したいから。テンプレートのような断り文句が、喉元まで迫っていた。話したことのない女子からの告白なんて、普段なら絶対に断っている。しかし、先ほどの授業で冗談交じりに塾講師から告げられた台詞が、博の判断を鈍らせた。

『受験前に付き合うカップルってのは大抵、女だけが受かって、男は落ちる』

十五人しかいない教室のあちこちで、含み笑いが起きた。心当たりのある人間がいたのかもしれない。塾講師によると、付き合っても女は合理的に行動し、男は浮かれて羽目を外すらしい。偏見に満ちた考えだが、周囲の学生たちはさもあらんという表情で講師の言葉に頷いていた。

女は賢く、男は馬鹿。小学校の低学年の頃には刷り込まれている、一種の先入観だ。ふざけ合う男子を見て、女子たちは大人ぶった口調で言う。ほんと男って馬鹿ね、と。それを誉め言葉のように受け取る周りの男子たちに、博はいつも苛々させられた。男の方が人間として優れているはずなのに、どうして女に見下されなければならないのか。自分は周りの馬鹿とは違う。真に優秀な男は、どんな状況でも最高のパフォーマンスを示すことができる。そう、博は他者に示さねばならない。

「いいよ、付き合おう」

博の答えに、愛は見る間に破顔した。彼女は目を丸くしたまま、両頰を自身の手のひらで挟み込んだ。

「嬉しい。私、絶対無理だと思ってたから」

「どうして？」

「中澤って、勉強に専念するために誰とも付き合わないって噂出てたもん」

「まあ、そう言って普段は断ってるけど」

「じゃあ、どうして私とは付き合う気になったの？」

はにかみながら、愛がこちらの顔を覗き込む。講師の台詞に苛々したから、なんてことはさすがに言えるはずもなく、博は質問に質問を返した。

「細江さんは、どうして俺を好きになったの？」

「愛でいいよ。名前で呼んで」

少し日に焼けた彼女の手が、博のシャツの裾を摑む。

「だから、私も中澤のこと、博って呼んでいい？」

上目遣いにこちらを見上げ、愛は小さく首を傾げた。きっと、彼女の中ではこれが一番自分が可愛く見える角度なのだろう。博は曖昧に微笑みながら、その手をそっと相手の方に押しやった。

「うん、勿論だよ」

「嬉しい。私、ずっと博のこと好きだったから」

「さっきも聞いたけど、それってどうして？　俺、細江さんと話したことなかったと思うんだけど」

若干冷めたような響きになってしまったが、告白に成功した彼女は浮かれていて、こちらの声の微妙な差異など気付きもしないようだった。

愛はうっとりと博の顔を見上げながら、弾んだ声で答えた。

「初めて見た時から、一目惚れだったの」

それって結局顔が好きってことだよね？　漏れそうになった本音を呑み込み、博は感謝の言葉を述べた。愛と博のやや不健全な交際は、その日から始まったのだった。


合格発表の日、愛はホワイトのダッフルコートに薄いブルーのマフラーを巻いていた。彼女はいつのまにかポニーテールを止め、長い黒髪を下ろすようになっていた。休日にはうっすらとではあるがその顔に化粧が施されるようになった。僅かにダマの付着した睫毛や瞼の上に引かれたアイラインを見る度に、そんな余計なことはしなくてもいいのにと思ってしまう。

「ほら」

鼻先まで覆うマフラーを人差し指で下にずらし、もう片方の手で彼女は博にスマホ画面を見せつけた。志望校のホームページには合格した受験生の番号一覧がデータとしてアップロードされていた。愛が受験した高校は、博の第一志望と同じだった。

「私、博と一緒の高校に通えるんだね」

愛の手が伸び、博の指先を握り込んだ。つめた、と彼女が小さく息を漏らす。博の指先は氷みたいに冷たかった。冷え性なのだ。運動が得意な愛の体温はいつも博より温かくて、カイロを薄い皮膚で包み隠しているみたいだった。

「俊平も受かったんだって。ま、正直アイツはマグレ合格みたいなもんだけど。志望校判定もずっとEだったらしいし。同じ塾から三人も合格者が出るなんてって、先生たち喜んでたよ」

冬だというのに剝き出しになった彼女の太腿は、随分と寒そうだった。童貞を捨てた博は、その肌の甘い感触を既に知ってしまっている。

「私、結婚して博の子供を産みたい。博の遺伝子を残したいの」

結婚という単語は、博にとって遠い未来を表す言葉だった。熱に浮かされたように何度も同じ言葉を繰り返していた愛にとっても、それは多分同じだった。あまりにも現実味のない単語だからこそ、彼女は軽々しくそう言えたのだ。

博の指を握っていた愛の手が、唐突にその肌の色を変えた。うっすらと日に焼けた健康的な肌色は消え失せ、透き通るような白に塗り潰される。長い袖によって厳重に包み隠された手首。スマホを握っていたもう片方の手が、博の眼前へと伸ばされる。愛の声とは明らかに違う、甘ったるい声音が博の鼓膜をくすぐった。

「ねえ、中澤くんは私が好きだよね？」

両手で心臓を握りつぶされたような、そんな感覚が全身に走った。どっどっ、と自身の動悸が激しさを増すのが分かる。ここにいるのは、誰だ。認識するのが恐ろしくなり、博はその場に立ち竦んだ。頭の先からつま先まで、金縛りにあったように動かない。足裏が地面に縫い付けられる。冬の透明な風は、いつのまにか梅雨のじっとりとした空気へと変わっていた。足元にはありふれた雑草であるメヒシバが生い茂り、すらりと伸びた茎の先端から細い穂を放射状に広げている。雨露に彩られ、葉の緑はいつもよりもずっと濃いように見えた。地面から立ち上がる茎が、博のふくらはぎに絡みつく。顔の見えない少女が、博の眼前にスマホをかざした。

「細江さんなんかより、私の方が好きだよね？」

長方形の液晶画面には、あの日の空が映っていた。屋上から落ちる少女の、校舎に映りこむシルエット。耳障りな甲高い悲鳴に、全てを喰らい尽くそうとするような夕日の赤。胃の奥から突き上げてくる強烈な臭気に、博は咄嗟に目を瞑った。見たくない。こんなもの、見られるはずがない。

「ねえ、」

伸びて来た手が、博の首を掴んだ。細い指が骨に食い込み、こちらから酸素を奪おうとする。喘ぐように開いた口から、ヒュウヒュウと吹雪に似た音が漏れた。少女の手が、博の息を止めようとする。ねえ、と彼女は再び博に呼びかけた。反射的に瞼を持ち上げると、涙に滲む視界に数日前に死んだ恋人の顔が映り込んだ。

「どうして助けてくれなかったの」

川崎朱音が、冷ややかな眼差しでこちらを見下ろしている。これは夢だ、と博はそこで初めて気が付いた。

「――中澤君、起きて」

世界が揺れる。背中に感じる振動と、降って来る若い女性の声。咄嗟に身を起こすと、目の前に広がった風景はすっかり暗くなった図書室だった。司書の先生が心配そうにこちらを見下ろしている。

「もう下校時間よ。魘(うな)されてたみたいだけど、大丈夫だった？」

はい、大丈夫です。そう答えようとしたはずなのに、口の中が乾ききっているせいで声が上手く出なかった。いつの間にかぐっしょりと汗を掻いていて、水分を吸ったカッターシャツが背骨に隙間なく張り付いていた。

「ちょっと、嫌な夢を見て」

ごまかすように愛想笑いを浮かべると、先生はますます顔をしかめた。

「辛いときは無理に普段通りにしなくていいからね。休むことは悪じゃないんだから」

「ありがとうございます。でも、本当に大丈夫ですから」

机の上に散らばったままの文房具を慌ただしく掻き集め、博は席から立ち上がった。壁に掛けられた時計の針は、すでに七時を過ぎていた。

朱音が死んだあの日から、大人たちの博に対する態度は生温い優しさに満ちていた。憐れみを滲ませる眼差しに、過剰な称賛。そんなもの、博はこれっぽっちも求めていないのに。


帰宅する博を待っていたのは、いつものように美しい母親と、いつものように気難しい顔をした父親だった。食卓に並んだ色とりどりの食事は、栄養にやたらとこだわる母親によって作られている。

「今日は遅かったわね」

「残って勉強してたら、つい寝ちゃって」

「あら、疲れが溜まってるんじゃない？　ちゃんと眠れてる？」

「うん、大丈夫」

明るい茶色の髪を、母親はくるくると派手に巻いている。シースルーの黒シャツに、膝上の丈のスカート。露出の多い服装は華やかな顔立ちの彼女によく似合ってはいるのだが、思春期の息子としては年甲斐もなくみっともないと思わずにはいられない。大手企業に勤める父親と専業主婦の母親には、学歴に大きな開きがある。脳みそに詰まった中身の量も、かなりの差があるのだろう。博の中にある典型的な女のイメージというのは、自分の母親を基盤としている。

「そういえば、模試はどうだったんだ？　この前の」

険しい面持ちのまま、父親が博に問いかける。怒っているかのような印象を与えるその表情が、彼にとっては普通であることに気付いたのは、博が随分と大きくなってからだった。

「返ってきたよ」

「見せなさい」

クリアファイルごと模試の結果表を手渡せば、父親はわざわざ離れたところにある棚の中から老眼鏡を取り出してきた。近いものが見えにくいと父親が言い出したのは、つい最近の出来事だ。

「学年二位……また女に負けたのか。情けない奴だな」

押し黙る博を庇うように、母親が慌てて口を挟む。

「今どきは賢い女の子だっているわよねぇ。それに、二位でも立派じゃない」

「この程度で誉めてどうする。俺が学生の頃は、一位以外の成績を取ったことはなかった」

「貴方は貴方、博は博でしょう」

「お前のそういうところがダメなんだ、甘やかすな」

「貴方は博に厳しすぎるのよ」

母親の言葉に、父親はフンと鼻を鳴らしただけだった。

「気にしなくていいのよ」

そう言って母親は慰めるように博の背を摩ったが、正直なところ、博は父親の台詞に全く傷付いていなかった。彼の厳しい言動は、全て博に対する期待の裏返しだ。つまるところ、これは彼なりの息子に対する激励なのだ。

「父さん、次は頑張るから」

博の言葉に、父親は鷹揚に頷いた。その眼差しが僅かに和らいだのを見て、博の頬は自然と緩んだ。二人のやり取りを眺めていた母親だけが、納得いかないわ、と不満そうに愚痴っていたが、博はそれを右から左に聞き流した。

入浴を終えた博は両親のいるリビングから離れ、自室へと戻った。ベッド脇にそびえるようにして備え付けられている本棚には、参考書の他に海外のミステリー小説がずらりと並んでいる。全て幼少の頃に父親から譲り受けたものだ。不愛想で冷淡な人ではあるが、博は自分の父親を尊敬している。彼に認められるためにも、博は模試で夏川に勝たなければならない。

模試の結果表には、自身の解答したテスト用紙を縮小したものが付属していた。学校で受けさせられる大手塾の運営する模試では、どこで間違ったかを見返せるようになっている。

『もし良かったら博くんがどう思うか今度聞かせてよ。この問題なんだけどさ』

満点に近い解答用紙を上から順に眺めていると、空っぽな意識の中にするりと夏川の声が滑りこんできた。休み時間、彼女は模試のとある問題を指さしていた。記憶の中の彼女の指先に視線を重ね、手元にある用紙を見る。そこには赤い線で描かれた、大きな丸が存在していた。

「解けてる」

解説をコピーしたかのような、完璧な解答だった。この模試を受ける前に、予備校で似た問題を偶々(たまたま)解いていたのだ。解答例を脳内に蓄積することは、記述式の数学では重要だ。適切な公式を導き出すには、適切な思考の流れが必要だから。

「俺は、解けてる！」

数学は、数学だけは、自分は夏川より勝っている！　そう確信した瞬間、身体中から力が抜けた。ベッドにもたれ込み、そのまま折り畳まれた掛布団へと顔を埋める。

日本史や世界史のような記憶力ばかりを試すテストは本当の学力を示さない。人間の思考力が最も表れるのは、数学だけだ。だから、数学で一位だった自分の方が、夏川よりも本当は優れている。

あいつは暗記ができるだけで、賢いってわけじゃない。

『中澤くんは、私が今まで会ってきた中で一番賢い人間だよ』

瞼の裏に、弱々しく微笑む朱音の顔が浮かんでくる。彼女は博の欲しい言葉を、的確に与えてくれた。川崎朱音は、可愛かった。夏川莉苑とは全く違う。こちらの自尊心を満たしてくれる、理想的な女だった。

コホン、と口から咳が飛び出した。全身が気怠く、視界も朦朧としている。博の水曜日の朝は、残念なことに素晴らしいものとは言えなかった。

「今日は休みなさい」

母親の指示に反論する理由もなく、博は大人しくベッドで眠ることにした。あの日からずっと気を張ってたものね、なんて訳知り顔で母親は話していたが、博自身は学校で誰かの風邪をもらったのではないかと推測していた。

一人の部屋は静かだ。布団に包まれたまま、博はスマートホンをいじる。連絡するときに不便だからと無理やりにダウンロードさせられたSNSのアプリには、俊平からのお見舞いのメッセージが届けられていた。当然のことながら、夏川からの連絡はない。博は溜息を漏らすと、画面を隠すようにスマホを裏向きに置いた。

時計の針がメトロノームみたいに一定の音を刻んでいる。博は両腕を大きく伸ばし、ただ茫然と天井を眺めた。海水を部屋に注いだみたいに、室内は青っぽく見える。カーテンの色のせいだ。静寂が空気の塊となって、布団越しに博の身体にのしかかる。メッセージの通知がある度に身体が強張ってしまうのは、金曜日に起こった出来事が今でも博の胸を抉り続けているからだろう。あの日、自宅で勉強していた博の元に届いた知らせは、微塵も予期せぬものだった。

『この動画、見たか？』

並んだ文字の下にある、アップロードされた動画データ。差出人は幼馴染である田島俊平だった。

自室で学習していた博の集中は、スマホの通知音のせいで呆気なく途切れた。腹立たしく思いながら画面を開けば、メッセージが浮かび上がる。俊平からのシンプルなコメントに、博は思わず眉間に皺を寄せた。俊平とは昔からの仲だが、こんな風に流行りの動画を共有するほど親しくはない。一体どういうつもりかと再生ボタンを押すと、どうやら同じ学校の女子生徒の自殺現場を捉えたものらしかった。自殺動画なんてものはネットをやっていれば特段珍しいものでもない。大騒ぎで連絡するほどのことでもないだろうに。

『いきなりどうしたの』

少し悩んでから博はメッセージを送る。返信は速かった。

『お前知らないのか？　川崎朱音が自殺したって』

カラン、と何かが机にぶつかった。見下ろすと、手の中にあったスマートホンが落下していた。なんだよ、と思いながらスマホを拾い上げれば、今度は画面に浮かぶ文字が小刻みに震えている。ウイルスにでも感染したのかと画面を操作しようとし、そこで博は震えているのが画面ではなく自身の身体であることに気が付いた。

『さっきの動画、川崎の死んだところだって。すげー出回ってる。お前、このこと知ってんのかなって思って。てか、電話していい？』

博が文字を打ち込もうとしたときには既に、着信画面へと切り替わっていた。田島俊平。アドレス帳に登録された通りの名前が、真っ暗な画面に浮かび上がっている。動揺する心を鎮めようと、博は軽く目を瞑った。唇を犬歯で強く嚙むと、鋭い痛みが走る。尖った歯の先端が薄い皮を突き破り、ぬるりとした感触が皮膚の上を滑った。舌で舐めると、口の中に生臭い味が広がった。

「……もしもし、」

「あ、中澤？　お前いまどこだよ！」

通話ボタンを押すと、機械越しに慌ただしい俊平の声が響いた。そのあまりの剣幕に、博は反射的に言葉を返した。

「家だよ」

「家か。良かった」

何が良かったの。朱音が死んだってどういうこと。問い質したいことはたくさんあるのに、何故だか思考がまとまらない。小学四年生の時にクラスメイトが病気で亡くなったときも、中学一年生の時に顔見知りの塾生が交通事故で亡くなったときも、自分は一度たりとも動揺したことなんてなかった。だから、勘違いしていたのだ。自分は他人の死を前にしても、冷静でいられる人間であると。

「学校はいま結構な騒ぎらしくてさ、野次馬は校舎に入れないようになってるらしい。俺も家でゴロゴロしてたらいきなりこの動画が回って来てさ、それでびっくりして、まずお前に色々と聞かなきゃと思って、」

一体どこにいるのか、通話越しに車が走る音が聞こえる。カーテンを開けると、雲一つない夜空に煌々と月が輝いていた。立ち並ぶ街灯のせいだろうか、星々の弱々しい光は地上の輝きに掻き消されている。

「お前、川崎の彼氏だろ？　なんか聞いてないの？　相談とかされてた？　ほら、川崎と仲良かった高野とか夏川とかは今学校にいるらしいからさ。彼氏だったお前も多分学校に呼び出されて色々話を聞かれると――」

「聞いてないよ、なんにも」

俊平の言葉を強引に遮り、博は勢いよくカーテンを閉めた。カーテンが豪快に滑り、シャーと威嚇するような音を立てる。

「どういうこと、自殺って」

紡いだ声は、自分の耳には普段通りのものに聞こえた。そのことに、博は安堵する。自分よりも馬鹿な人間に弱った姿を晒すほど恥ずかしいことはない。俊平が「うーん」と短く唸る。

「俺も詳しくはしんねーけど、校舎から飛び降りたって。遺書はまだ見つかってなくて、何が原因かも分かってないらしい。心配なんだけどさ、俺も」

夜に鳴り響くには不似合いなインターホンの呼び出し音が、室内と耳元で同時に鳴った。自室の扉を僅かに開けると、階下で母親が来客に対応している姿が見えた。

「もしもし？」

スマホに呼びかけるが、返事はない。まさかと思っていると、母親が不意にこちらを見上げた。

「博、お客さんよ。俊平君」

スリッパに履き替えた俊平が小さく会釈する。母親は一見すると愛想のいい笑顔を浮かべているが、その眉尻は吊り上がっていた。こんな夜中に家に来るとはなんて非常識な子なんだ、と内心では腹を立てているのだろう。

「田島君、こっち」

階段の上から手招きすれば、俊平は静かに指示に従った。よほど急いだのか、その呼吸はまだ整っていない。博はクローゼットからクッションを取り出すと、それをカーペットの上へと放り投げた。

「どうぞ、座って」

「ありがとう」

俊平の中に遠慮という二文字はないようで、彼はクッションの上に堂々と胡坐を掻いた。

室内着に着替えている博とは違い、俊平は制服のままだった。博がいつものようにデスクチェアに浅く腰掛けると、自然に目線は見下ろすような形となった。

「で？」

「でって？」

「どうして来たの」

博の問いかけに、俊平は困ったように自身の髪を掻き混ぜた。彼の傍に置かれたエナメルのスポーツバッグには、恐らくサッカー部で使う荷物が入っている。

「俺もわかんねーんだけどさ、来た方がいいと思って」

「なんで」

「だってお前、友達いないじゃん」

あっけらかんと告げられた言葉に、博は唖然とした。なんて失礼な台詞なんだろう。よく一緒にいた小学生の時ならいざ知らず、中学生以降の博を相手はよく知らないはずなのに。どうしてそんな決めつけのような言葉が出てくるのだ。

「いるよ」

博はこれまで人間関係の中で孤立したことは一度もない。動物に懐いてもらうには、それらが求める振る舞いをすれば良い。それと同じだ。俊平のような低レベルな人間にだって、博は合わせることができる。皆が博のことを穏やかで優秀な学生だと評した。皆が博のことを尊敬した。皆が、博のことを友達だと言っていた。

「でも、川崎のことは知らなかった」

「それは、」

「お前を心配して連絡する友達もいなかったんだろう？　もし俺が連絡しなきゃ、お前、川崎が死んだってことすら知らなかったじゃん」

バレてんだよ、と俊平は真面目な顔で言った。

「お前が周りに壁作ってるってこと。だから、顔見知り程度の友達しかできねーんだよ」

「いきなり来てなんなの？　説教しに来たわけ？」

思わず声を荒らげた博に、俊平は口ごもった。彼は視線を自身の足へと落とすと、「ちげーよ」と小さく呟いた。

「お前に友達がいないから。だから、俺が来たんだろ。一応、心配だから」

その台詞を耳にした瞬間、頬にカッと熱が走った。煮込み過ぎたカレーみたいに、腹の底でぐつぐつと不快感が煮えている。

「同情してんの？」

「そんなんじゃないけど、」

「俺が朱音の自殺を知らなかったことが、そんなに嬉しい？　彼氏なのに、なんにも聞かされてなかったよ。相談すらされなかった。お前の電話で初めて朱音が死んだって知ったよ。それで？　そんな俺を田島君は笑いに来たわけ？」

立ち上がると、椅子の背もたれがゴンと机にぶつかった。俊平が傷付いたように、目を見開いて固まっている。被害者ぶったその表情に、博はますます腹が立った。

「馬鹿にしてんのかよ。君が来なくたって、別に平気だったよ。今だって普通にしてるだろ。平気なんだよ、俺は。君が信じないなら、証拠だって見せてあげるよ」

博はスマホを取り出すと、先ほどの俊平とのやりとりが残るＳＮＳ画面を開いた。三角の再生ボタンを押せば、朱音が自殺する決定的瞬間を捉えた動画がすぐさま開始されるだろう。博は込み上げる怒りに身を任せ、再生ボタンを押そうとした。――が、伸ばした人差し指は、液晶画面になかなか触れようとしなかった。自分の手が情けないほどに震えているのが分かる。額から噴き出す汗に、博は地団駄を踏みたい衝動に駆られた。

「なんで、」

つい数分前に、再生した動画だ。画面に映った少女が朱音だったとしても、同じことを繰り返せばいいだけだ。再生ボタンを押して、それを見る。たったそれだけのことなのに、指先が凍ってしまったかのように言うことを聞いてくれない。

「泣くなよ」

狼狽(うろた)えたように、俊平が立ち上がった。「泣いてない」と即答した声は、明らかに湿っていた。慌てて手の甲で目元を拭うが、自分の意志とは裏腹に次から次へと涙が溢れてくる。

――男のくせに泣くな。

幼い頃、泣き虫だった博を父はいつもそう言って叱りつけた。昔から、父は女と男というものを強く意識して生きているようだった。父に称賛されるような人間になりたい。それは幼い頃から博が胸に強く抱いていた願望であり、人生を生きるための指標のようなものでもあった。

「ごめん、俺も言い過ぎた。同じ学校の奴が死んだって聞いて、冷静じゃなかったんだと思う。余計だったよな、はは……」

言い訳めいた俊平の声は、次第に尻窄(しりすぼ)みになっていった。しゅんと項垂れるその姿に、博の罪悪感はチクチクと刺激される。コイツのこういうところが大嫌いだ。ずっと前から嫌いだった、だけど今この瞬間に、嫌いから大嫌いに格上げした。他人の領域に土足で踏み込んで、それを優しさだと勘違いしている。昔から俊平は、自分より下に見ている人間に対してのみ図々しく親切心を発揮する。

「田島君が良かれと思って俺にわざわざ会いに来てくれたのは分かる。でも、それは俺が君の親切心を受け入れなきゃいけない理由にはならないよね」

目が赤いままだったから不格好だったかもしれない。それでも博は、はっきりと拒絶の意志を言葉にした。

「迷惑なんだよ」

俺を下に見るな。同情するな。それは、お前の自己満足だ。

「普通だよ、俺は。朱音がいなくても、なんにも変わらない。いつも通り接して、それが一番だから」

「そうは言うけどさ、」

俊平が未練がましい視線をこちらに寄越す。歯がゆそうに嚙みしめられた唇に、博の眉間の皺はますます深くなった。そのお節介がどれほど相手の心を傷付けるのか、どうして彼は理解できないのだろう。苛立ちに身を委ね、更なる暴言を相手に浴びせようとしたところで、階下にいる母親の声が響いた。

「博、学校から電話よ。今日、学校で事件があったみたいで、その件に関してですって」

俊平は困惑した様子で母親の言葉を聞いていたが、やがて毒気が抜かれたかのように大きく息を吐いた。ガシガシとその大きな手のひらで頭を掻き、彼は笑った。

「ごめん。俺、帰るわ」

へにゃりと垂れ下がった眉端に、目尻にくしゃりと寄った皺。彼はきっと、他者から愛されるために生まれて来た。もしも自分がそのお人好しな性格を素直に受け入れられるような奴だったら、二人の関係は一体どうなっていたのだろう。馬鹿げた仮定を振り捨てるように、博は静かに頭を振った。

「玄関まで送るよ」

おう、と俊平は答えた。この日、二人の会話はこれっきりで終わった。

あれから博は、一度だけ俊平と会話した。月曜日の掃除時間、偶然に廊下で彼と鉢合わせしたのだ。普段ならば無視してその横を通り過ぎていただろう、博と俊平は会う度に談笑をするほどの仲ではなかったから。しかし、あれだけの会話の後ではさすがの博も俊平に対して気まずさを覚えてしまう。不自然に俯いた博に、俊平はニッと白い歯を見せていつも通り笑った。

「模試、どうだった？」

「は？」

予想外の台詞に目を丸くしていると、俊平は先日のことなど何らなかったかのような面付きで、博の肩を馴れ馴れしく叩いた。

「模試、もう返ってきたって風の噂で聞いたけど」

「あー、まあ。言うほどでもない感じだよ」

「へー、何位？」

「……二位」

「なんだ。いつも通りじゃん。夏川さんに負けてるなんてダッセー」

あははと笑いながら、俊平は三組の教室へと入っていった。その背中を呆けたように眺めていた博は、我に返ると足早にその場を去った。「いつも通り接して」。妙なところで真面目な彼は、その言葉を律儀に守っているのだろう。

「……そういうところが嫌いなんだよ」

呟いた声は、やけに子供っぽい響きになった。


重い瞼を持ち上げると、天井の木目が滲んでいた。瞬きすると、音もなく涙が目尻からこぼれていった。博はもぞもぞと布団の中で寝返りを打つと、枕に顔を押し付けた。布が気道を塞ぎ、息が苦しい。そしてその苦しさだけが、博の心を救ってくれた。

朱音が死んだあの日から、博はよく悪夢を見る。ベッドに入るとなかなか寝付けないのに、気が付けばスコンと意識を失っている。浅い睡眠は脳から忘れたい記憶を引きずり出し、丹念に博の心の傷を抉っていく。

「はあ、」

枕の横に置いたスマホを手繰り寄せ、博は肺から息を絞り出した。あの日から博は朱音の自殺動画を一度も再生していない。ボタンを押そうとする度に吐き気が止まらないのは、色々なものに責め立てられているような気がするからだ。

『どうして助けてくれなかったの』

夢のなかで聞いた朱音の罵声。こちらを見下ろす彼女の姿は、博の記憶の中のものと大きくかけ離れていた。あれは多分、博の願望の表れだ。朱音が博に救いを求めて来たことなど、一度だってなかったのだから。

目を瞑り、博は再び眠りに就こうと努力した。思考を空っぽにしようと試みるが、睡眠を意識すればするほど記憶の断片が次々に溢れ出してくる。一体どうしてこんなことになったのか。現在と過去。その繋がりを繙かせようとするかのように、博の脳内シアターには色褪せた過去の回想が流れ始めた。

細江愛が、廊下で待っている。博が帰りの支度をするのを、教室の外で待っている。胸元まで伸ばされた髪は気付けばこげ茶色に染められ、入学時は膝丈だったスカートも、今では彼女の太腿の半分程度しか隠せていない。高校でびゅー、と彼女は間の抜けた声で笑った。

「可愛くなったでしょう?」そう上目遣いに問われたのは、一体いつのことだったのか。醜くなったよと内心で呟いたのは、つい最近のことのような気がするのに。

高校一年生の夏、一学期の期末テストの二日目。実施科目は英語と倫理と数学で、特に数学のテストはかなりのボリュームがあった。長丁場の試験を終え、周囲の生徒たちは皆晴れやかな表情をしていた。そんな中、博は一人苛立ちを隠せずにいた。数学の最終問題で、ケアレスミスをしたからだ。

「あ、中澤君。彼女さんが外で待ってるよ」

クラスメイトの女子がそう言って、からかうように廊下側の窓を指差した。それを軽く受け流し、博は筆箱を鞄に押し込めた。県内屈指の進学校は、少なくとも博にとっては居心地のいい場所だった。頭がいい子供たちは、いじめのようなくだらないことはしない。個々の意思を尊重し、どんなあり方も許容してくれる。少なくとも、博の目には周りの人間はそう映っている。

「博、遅いよ」

廊下に一歩足を踏み出した途端、声を弾ませたまま愛がこちらに駆け寄ってきた。黒髪に長いスカート。真面目そうな見た目の女子生徒が多い中で、愛は明らかに浮いていた。

「あぁ、ごめん」

別に、一緒に帰りたいって言ったことは一度もないけど？　不意に脳裏を過ぎった一言は、思いのほかずしりと手応えを持って響いた。だって、詐欺みたいなものじゃないか。博が愛と交際してもいいと思ったのは、彼女がきちんとした身なりをしていたからだ。もしも最初から茶髪だったら。もしも最初から化粧で自分の顔を華美に飾り立てるような女だったら。そしたら、博は愛と付き合わなかった。

「ね、今日私の家に来ない？」

親、いないの。そう囁く彼女の胸元に、博の視線は吸い寄せられる。第三ボタンまで開かれたシャツは、角度によってブラジャーの白いフリルが覗き見える。愛がこうして博を家に誘うことは特に珍しいことではなかった。

「明日もまだテストなんだから、無理だよ」

「そうだけどさ」

不服そうに、愛は唇を尖らせる。思春期の男女二人が集まれば、やることなんて決まっている。そうでないと思う人もいるだろうが、少なくとも愛の中ではそうであるようだった。彼女は気持ちいいことが好きだったし、よりよい快楽を得ることに貪欲だった。

「今日は一人で勉強させて。今日の数学で計算ミスしちゃったし、明日のテストは完璧にしたいんだ」

「普段から勉強してるんだから、今日ぐらいダメ？　テスト週間に入ってから、一回も家に来てくれてないじゃん」

「それはさあ」

「ねえ、どうしてもダメなの？　博が大事にしてくれないなら、私、浮気しちゃうよ？」

腕に柔らかい感触が当たって、それだけで吐きそうな気分になる。バスケ部を辞めた辺りから、愛のブレーキは壊れてしまった。自制ができないのか、そもそも自制するつもりがないのか。やんわりと彼女から腕を引き剝がそうとしていると、廊下の向こう側から提出用のノートを抱えた夏川が歩いて来た。くるんと丸まったツインテールが、彼女の歩みに合わせて微かに揺れている。

「あ、」

声が出たのは無意識だった。顔を凝視されたせいか、夏川がきょとんと眼を丸くした。その両目は間近で見るとやたらと大きくて、彼女の小さな顔の大部分を占めているかのような気がした。

夏川。そう呼びかけようとして、そこで博は夏川が自分のことを認識していないことに気が付いた。よくよく考えれば、入学時から今に至るまで夏川と博に接点など一つもない。知られていると思う方がおこがましい。自分の無自覚な傲慢さが恥ずかしくなり、博は咄嗟に目を伏せた。人違いとでも思ったのだろう。夏川は訝しげに首を傾げたものの、歩く速度を変えないまま二人の横をすり抜けていった。目だけでその背を追っていると、横から強く腕を引かれた。

「ねえ、博ってば」

鬱陶しい。そう博が胸中で呟いたのと、両耳が自分の声を掬い上げたのは全く同時だった。こちらを見上げる愛が、その唇をわななかせている。大きく見開かれた二つの瞳に、口を半開きにした自分の顔が映っている。それを見て、博は気付いた。どうやら本音が声に出ていたらしい。

「なんでそういうこと言うの？　私のこと嫌いになった？」

そんなことないよ、大丈夫。本当はそう言ってなだめるべきだと分かっているのに、博の口を衝いた台詞は彼女をさらに傷付けるものだった。

「別れよう」

あれから一年近くが経ち、博には川崎朱音という新しい彼女ができた。だけど、愛に恋人ができたという噂は聞かない。別れを切り出した博に、愛は激しく抵抗した。人通りのある廊下で泣き喚く愛の姿は、当然のことながら多くの生徒に目撃され、二人が破局したという情報はあっと言う間に周知の事実となった。愛が未だに彼氏を作らないのは博に未練があるからだという噂も、あの時の彼女の往生際の悪さから発生したものだ。噂の信憑性の有無を確かめることはできないが、博はあながち間違ってないのではないかと思っている。そうでなければ、性に奔放な彼女が未だに恋人を作らないとは考えにくかった。

「付き合ってください」

そう朱音に告白されたのは、今から二週間前のことだ。登校すると机の中に一通の手紙が入っており、放課後に空き教室へ来いという旨が書かれていた。その指示に素直に従い、そこで博は朱音と初めて出会ったのだった。

「私、ずっと中澤くんのことが好きでした」

開口一番、彼女は博に好意を告げた。正直に言うと、博は大学受験まで誰とも付き合うつもりはなかった。女という生き物は愛でこりごりだと思ったから。

ごめんなさい、迷惑です。用意していた文句は、博の喉奥でつっかえた。柔らかに伸びる彼女の髪は日の光に透けて茶色を帯びている。細い体軀に、短いスカート。その白いシャツは第三ボタンまで開けられていた。その露出度は愛と大して変わらないはずなのに、目の前の少女の場合は下品さをあまり感じない。化粧が濃くないからだろうか。はにかみながら微笑むその顔をよくよく見ると、どこかで見覚えがある。確か、何日か前に夏川と一緒にいた奴だ。そう認識した瞬間、博は首を縦に振っていた。

「いいよ、付き合っても」

その返事に、朱音は嬉しそうに笑った。


朱音との交際は順調だった。少なくとも、博にとっては。川崎朱音は可愛い女だった。夏川とは全然違う。従順で、常にこちらを立ててくれる。博より明らかに学力が劣っていて、だけど並んで歩くと周囲の男たちが羨望の眼差しを送って来る。

博にとって、恋人とは愛玩動物によく似ている。知能的に劣っていて、可愛らしい。朱音は、恋人にするには理想的な女だった。

「中澤くん、愛ちゃんと付き合ってたときはどういうことしたの？」

放課後、二人きりの教室で朱音は博の膝に乗ってきた。朱音は普段は控えめな女だったが、人気のない場所ではいやに積極的になった。

——ねえ、愛ちゃんってどんな子だった？　どんな場所に行った？　一緒に何をしたの？　どうしたら私は愛ちゃんに勝てるかな。

日常生活の中で、朱音は度々愛のことを尋ねてきた。彼女の嫉妬深いところが嫌いなわけではなかったが、付き合い始めて二週間が経つ頃にはさすがの博もいい加減飽き飽きしていた。元カノのことが気になる女子は多いというが、ここまで執拗なのも珍しい。

「どうやってキスとかしたの？」

「そんなに知りたい？」

「嫌なら、言わなくてもいいけど」

彼女はいつだってそう言って、こちらの反応を窺っていた。

「……する？」

「うん」

朱音のいちいちの動作は、時折ぞっとするほど粘着質だった。まるで愛の痕跡を掻き消しているみたいだ。そんな気すらした。

「なんでだろう」

ぽっかりと浮かんだ疑問が、自分の喉をずるずると這いずる。半開きになった口からようやく出た自分の声は、乾燥のせいでひび割れていた。

「なんでなんだろう」

窓の外は既に暗く、一日は音もなく終わろうとしていた。手の甲を自分の額に押し当てると、皮膚の下には熱の塊が眠っている。暑いのに、寒い。身体の震えを抑え込むように、博は布団を自分の身体に巻き付けた。

朱音は博のことが好きだった。告白してきたのは向こうからだし、元カノである愛に嫉妬することも珍しくなかった。そんな彼女の好意を博は心地よく思っていたし、もしも何かあれば助けてやろうと考える程度には、博も彼女のことを大切にしていた。

だけど、朱音は死んだ。恋人である博に何も言わず、校舎から飛び降りた。

スマホの電源を入れると、真っ暗な部屋が蒼白い光に満たされた。ＳＮＳに投稿された動画。投稿ページの端に書かれた『いいね』という三文字。その傍らに寄り添う数字は、ここ数日で爆発的に増えていた。

休み明けの学校は、少しだけ行き辛さを感じる。上がった熱が一日で下がることはなく、博は結局二日も学校を休んだ。教室の扉を開けた途端に突き刺さる、生温い視線たち。クラスメイトたちは訳知り顔で、博に慰めの言葉を掛けた。

「大丈夫だった？」「川崎さんが死んでから、中澤君無理してたもんね」「辛かったらすぐ保健室行けよ。困ったことがあったらすぐに言ってね」

優しさを押し売るクラスメイトたちに礼を述べ、博は窓際の自分の席に避難した。彼らが心から博を心配してくれていることは分かっている。だが、今の博にはそれらの気持ちは煩わしいものでしかなかった。

「あ、今日は学校に来たんだね」

発展クラスの教室に入った途端、一番前の席にいた夏川がすぐさまこちらを振り返った。その真後ろには、高野純佳の姿もあった。視線に気付いたのか、高野が小さく頭を下げる。その手に文庫本が収まっているところを見るに、どうやら今は話しかけるなということらしい。夏川の方に視線を戻すと、いつにもましてにこにこしている気がした。高野が学校に来たことがよっぽど嬉しいのだろう。

「博くん、風邪？」

「まあ、そんなとこかな」

「手洗いうがいはちゃんとしないとね」

夏川はそう言って、ごしごしと手を擦り合わせるジェスチャーをした。定位置である彼女の隣の席に着き、博は筆記用具を乱雑に並べる。

「そういえば私のクラスも模試返ってきたよ。あの時の数学の問題、説明が足りないって途中で減点されちゃった」

「どんな風に解いたの？」

「こんな感じ」

夏川がノートをこちらに向かって差し出してくる。ありふれた大学ノートには、切り取られた模試の問題があちこちに張り付けられていた。夏川はいつも分からない問題を一冊のノートにまとめている。こうすることで、自分の分からなかった問題だけが詰まった最高の参考書が出来上がるのだと、以前彼女は話していた。

会話が気になっているのか、先ほどから高野がちらちらとこちらの様子を窺っている。なんだかこの光景、既視感を覚える。そう意識した途端に、博の脳裏には二週間前の会話が蘇ってきた。


「博くん、朱音と付き合ってるんだね」

数学の授業が始まる直前の休み時間。いつものように博の隣の席に座った夏川は、ぐりんと勢いよく顔だけをこちらに向けた。その口元は三日月形に歪んでいて、持ち上がった口端からは小さく整った歯列が覗いていた。上機嫌な彼女の迫力に押され、博は思わずたじろいだ。

「あ、うん」

「私ね、昨日見ちゃったんだ。二人が手を繋いでるところ。ラブラブなんだね」

いかにも楽しげな夏川の様子に、博は何故だか自身の手がみるみるうちに冷えていくのを感じた。夏川はなんとも思っていない。自分が朱音と付き合いだしても、何も気にしていない。その単純な事実が、博の心を掻き乱した。

本当にいいのか？　朱音と付き合って、恋人を作って、それで、俺が学業を疎かにしても。お前のライバルがこんなふざけたことをしているのに、お前は悔しがらないのか。

湧き上がる不満が理不尽なものであることは、博だって自覚していた。夏川にとって、博の恋愛はただの話題の一つでしかないのだ。博たちがこの学校に入学してからいくらか経つが、彼女の学年トップの座が揺らいだことは一度もなかった。

くひっ、と夏川が奇妙な笑い声を上げる。

「こんなこと言ったら怒られるかもだけど。朱音、本当に博くんのこと好きなんだね」

「どうして？」

「だってね、朱音って愛ちゃんの真似ばっかりなんだもん」

そう言って、夏川は両手を軽く重ね合わせた。

「きっとね、朱音は中澤君のことが大好きで、だから少しでも好きになってもらおうとして、愛ちゃんの真似してるんだよ」

「いや、真似はしてないと思うけど」

「そう？　最近、二人って似てきたような気がするけどな」

首を捻る夏川の頭上で、ポンと小気味よい音が響いた。後ろの席にいた高野が、丸めた紙を使って夏川の頭を叩いたのだ。

「こら、莉苑。余計なこと言わない。中澤君にちゃんと謝って」

「ゴメンゴメン」

高野に促され、夏川は素直に頭を下げた。別に謝るほどのことではないと博は思ったが、高野がそう言うならその判断が正しいのかもしれない。授業の時だけ掛けられた、ノンフレームの眼鏡。真っすぐの黒髪に、一番上まで留められたシャツのボタン。高野純佳は、どこからどう見ても優等生だ。中学の頃から学級委員や生徒会役員を任されていた、生真面目な女子生徒。朱音とは昔からの幼馴染らしく、二人きりの時でも朱音はその名を口にしていた。

目が合うと、高野は真っすぐにこちらを見つめ返してきた。博にとっては夏川のおまけ程度の認識だが、向こうにとってはそうではないらしい。視線がぶつかり合い、ばちりと火花が散った気がする。目を逸らしそうになった博に、高野はその眼差しを和らげた。

「朱音のこと、よろしくね」

「あ、勿論」

思わず頷いた博に、高野はほっとしたように口元を綻ばせる。女子同士の友情というものは博にはよく分からないが、やはり親友の彼氏がどんな人間かは気になるものなのだろう。

あの日、高野が複雑そうに瞳を細めた意図を、博は未だ摑めていない。


「――でね、途中のここまで計算したときに、あれ、こっちの公式使っても解けるんじゃないって閃いてね、それでこっちのやり方でやってみたの」

夏川の指先が、コツンとノートの表面を弾く。その声ではたと我に返れば、夏川は未だに自分が解答に至った思考回路を懇切丁寧に語っていた。聞いていませんでしたと言えるはずもなく、博は慌てて夏川の解答に目を通す。びっちりと並んだ文字列に沿って目玉を左右に動かせば、複雑な計算式が次から次へと現れた。模範解答の解き方とは明らかに違う、彼女独自の計算式。

「解説の方法がスマートなのは分かるんだけど、でも、模試の時間中に思いついちゃってね。時間足りなくなるってわかってたけど、それでも自分のやり方で解けるか、どうしても試してみたくて。家に帰ってやってようやく解き終えたんだけど、答えは同じになったんだよ」

図形に書き込まれた補助線は繰り返し消された跡があり、彼女が試行錯誤していたことが容易に察せられた。もしも自分だったら、こんな風に一つの問題にこだわったりはしないだろう。この一問に固執するよりも、他の問題の見直しを優先する。そちらの方が、きっと得点が伸びやすい。

「面白い解き方だね、初めて見た」

ノートを差し出しながらそう答えれば、夏川は満足そうに破顔した。その顔を見ているだけで、心臓をぎゅっと鷲摑みにされたような心地になる。

「博くんって、数学が得意でしょ？　だからね、博くんならどう考えるかなって参考に聞きたかったんだ」

「まあ、テストだと閃きよりもいくつパターンを知ってるかってのが重要だから」

「でも、模試ってあくまで模擬の試験だし、この解き方でどこまでいけるか試す方が大事だって思っちゃったんだ。だめだね、私。暗記とかも苦手でさ、こういう考えるテストの方が楽しいからテンション上がっちゃうんだけど、正確さに欠けちゃうんだ」

「まあ、自分の仮説を試すのもいいけど、それじゃテストでいい点とれないし。この時にはこの解き方って覚えるのが大事って、いう、か……」

舌が徐々に重くなり、やがて呂律が回らなくなる。違う、こんなのは違う。動揺を隠すように、博は頰の裏側の肉を嚙む。自分が数学を一番好きな理由は、暗記力だけを問われないからだ。他の教科のように、何かを暗記するだけでは絶対に高みには到達できない。女にはできない。数学は、男の教科だ。だから、博は数学が好きだった。数学が得意である自分が、誇りだった。

「やっぱり、博くんってすごいね」

無邪気な声が、博の鼓膜に突き刺さる。すごいね。その四文字が、純粋な称賛の言葉であることぐらい、博には理解できていた。それなのに、言葉がでない。そんなことないよ、そうテキトーに謙遜しておけば済む話なのに。

手を伸ばして、彼女のその細い首をへし折ってしまいたい。へらへらと笑うその表情が凍り付くところを見てみたい。すごいなんて安っぽい称賛の言葉はいらない。顔も見たくない、そう言って自分に怯える彼女が見たい。圧倒的な力の差に絶望する、夏川の顔。それはきっと、博の乾いた自尊心をさぞ満足させてくれるのだろう。

「莉苑、」

突然耳に飛び込んできた第三者の声に、博は瞬時に冷静さを取り戻した。なあに？　といつも通りの声で夏川が後ろを振り返る。立っていたのは高野だった。

「中澤君と話してるところ悪いんだけど、授業がどこまで進んだか教えてくれない？　私、確認するの忘れてて」

「そういえば言うの忘れてたね。えっとねえ、昨日はここまでやったんだけど、途中で期末テストに出すぞって問題を先生が言ってくれてね、」

夏川の意識はすっかり高野へと逸れたようで、博は思わず安堵の息を吐く。助かった。そう、素直に思った。そして、そんな風に思ってしまった自分が惨めで仕方なかった。

授業を終えるチャイムの音と共に足早に図書室に駆け込み、本棚と本棚の隙間にしゃがみ込む。昼休みが始まってすぐの図書室は、皆が昼食を摂るために普段よりもずっと人が少ない。司書の先生はおらず、カウンター担当の図書委員が退屈そうな顔で頰杖をついていた。

ノートの間に挟んでいたクリアファイル。そこには、先日返却された模試の結果表が挟まれている。学年二位。この高校に入学してから、博に与えられた不動の順位。

「なんで、」

なんで自分は夏川に勝てないのだろう。なんで夏川は自分に嫉妬してくれないのだろう。なんで自分はこんなにも夏川を気にしているのだろう。なんで、なんで。

ふつふつと沸き立つ疑問に、答えなんて求めていない。ただ、自分という存在がひどく恐ろしいものに思えて、博は今にも全てから逃げ出したくなった。

びりり、と手の中で何かが壊れる音がする。いびつな円のようにも見える、成績を示すレーダーチャート。『A』が並んだ真四角の枠。それらがすべて、自分の指一つで散り散りになっていく。シュレッダーのように、細かく。模試の結果表は、気付けば残骸へと変化していた。

「細江さん、よく何食わぬ顔で登校できるよねー」

図書室の隅に設置された小型のゴミ箱は、既に三分の一ほど紙片で埋め尽くされている。

「あの日さあ、朱音ちゃんからの手紙、細江さんってばゴミ箱に捨ててたんだよ」

朱音。耳に飛び込んできた恋人の名前に、博は息を呑んだ。棚の隙間から向こう側を覗き込めば、ぱっとしない見た目の女子生徒たちが囁くようなボリュームで噂話に花を咲かせていた。

「えー、ひどくない？」

「まあでも、細江さん的には清々したんじゃないの、朱音ちゃんが死んでさ。まだ未練があるんでしょ、元カレに」

「えっ、まだ？　別れて一年ぐらい経つのに？」

「ま、私も本人に聞いたわけじゃないけどさ。そういう噂だよ、みんな言ってる。じゃないと新しい彼氏作ってるでしょ、あの子モテるし」

「うわあ。じゃあ、朱音ちゃんが死んだのは細江さんのせいだったりして」

「普通にそうでしょ。ひどいこと言われたんだって、絶対」

「朱音ちゃんカワイソー」

細江愛。それが、全ての根源の名だ。朱音が死んだのも、博が上手くいかないのも。ルールを守らずに平然とする、アイツみたいな奴がいるからだ。その思考がひどく歪んだものであることを、博だって本当は気が付いていた。なのに、先走る欲求が、理性を遥かに凌駕した。明瞭な悪が欲しい。善悪が入り混じるワケの分からない状態を続けるのは、もうたくさんだ。疲労が思考を蝕み、博の世界を狭くする。残った紙くずをすべてゴミ箱へと突っ込み、博はその場から脱兎のごとく駆け出した。向かう場所は二年二組。川崎朱音が在籍していた、ごくありふれた普通の教室。

「中澤君、どうしたの？」

血相を変えて室内に飛び込んできた博に、周囲から好奇の視線が突き刺さる。未だ息を切らす博をクラスメイトから隠すように、高野純佳が眼前に立ち塞がった。驚きの滲む問いかけに答えようと、博はその場で軽く深呼吸する。その傍らでは、夏川が菓子パンの袋を開けようと躍起になっていた。

「愛は？」

「愛ちゃんなら体育館近くの自販機にジュースを買いに行ったけど」

「そっか、ありがとう」

博はそのまま踵を返す。教室から体育館まではやや距離があったが、そんなことは全く気にならなかった。体操服姿の生徒たちが群れを成して中庭を通り過ぎる。目が覚めるような鮮やかな青のハーフパンツに、白のシャツ。夏が近付き気温が高くなっているせいか、女子生徒の半数ほどは半そでのシャツを身に着けていた。そういえば、朱音は絶対に長袖以外の服を着ようとはしなかった。その理由を追及したことは、一度だってなかったけれど。

「愛、」

ようやく見つけたお目当ての相手は、間の抜けた顔で自販機の前に突っ立っていた。化粧で飾られたその両目が大きく見開かれる。踏み潰された彼女の上履きは、踵部分がボロボロだった。

「なんの用？」

警戒心が露になった愛の声は、博が聞きなれたものとは程遠かった。付き合っていた頃の彼女は、博への好意を隠していなかったから。

「朱音からの手紙を捨てたって、本当？」

博の問いに、愛は皮肉めいた笑みを浮かべた。マニキュアの塗られた爪で、彼女は髪を軽く引っ張る。

「なにそれ。そんなこと聞きに来たわけ？」

「そんなことって、その言い方はないだろ」

「私にとってはどうでもいいことだから」

腕を組み、彼女はツイと顎を上げた。見下すような眼差しに、博は思わず渋面になる。

「人が死んだのに、そんな言い方ある？」

「だって、私にとっては他人だもん」

「クラスメイトだろ」

「同じクラスになっただけの他人だよ」

「俺、愛がそんなひどい女だとは思わなかった」

「あっそう。ま、別れてから一年経つしね。性格だって変わるでしょうよ」

博の嫌味も、愛は鼻で笑うだけですぐに受け流してしまう。まるで手応えのない押し問答に耐え切れず、博は彼女の地雷を意図的に踏み抜いた。

「愛はさ、朱音に嫉妬してたの？」

「は？」

初めて、彼女の声が震えた。澄ましたその顔がくしゃりと苛立たしげに歪んだことに、博はひどく満足した。

「俺と付き合ってたから。だから、朱音に嫉妬してた。違う？」

「馬鹿じゃないの。嫉妬なんて」

「でも、そうじゃなきゃ他人からもらった手紙を捨てたりなんかしないよ」

気圧されたように、愛がごくりと唾を呑む。刺さった。そう、博は確信した。図星を突かれたのか、愛は何も言わない。その目を間近に見つめ、博は問うた。

「愛はまだ、俺のことが好きなんでしょ」

ファンデーションで覆い隠された彼女の肌が、じわじわと朱に染まる。潤んだ瞳を隠すように、彼女は博から顔を背けた。あともう少し。決定打を叩き込もうと、博は一歩足を踏み出す。近付いた距離に、愛はあからさまに動揺しているようだった。彼女は昔から、博の顔に弱い。

「ねえ、俺はただ何があったかを知りたいんだよ」

リップの塗られた艶やかな唇が、一文字に結ばれている。さらにダメ押ししようと博が愛へと手を伸ばしたその時、背後から冷ややかな声が響いた。

「あーあ、呆れた」

第三者の声に、博は咄嗟に振り返った。見遣ると、桐ケ谷美月がそこに立っていた。

「美月、」

浮気現場を目撃された女みたいに、愛はその黒目をキョロキョロと左右に揺らした。動揺を隠そうとしているのか、その手は自分自身の手首を強く握り締めている。桐ケ谷はこちらの様子を無表情でじっと眺めていたが、やがて呆れたように大きく溜息を漏らした。

「愛、ジュースなら私が買っておくから。先に教室に戻ってて。高野さんと夏川さんも待ってるだろうから」

「でも、」

「私、中澤に話があんの。だから、二人にさせて」

愛は逡巡するように黙り込んでいたが、やがてこくりと頷いた。いい子、と桐ケ谷が笑う。その声の甘ったるさは同性の友人に掛けるには不似合いなように博には思えた。

「じゃ、先戻るから」

博の体軀からすり抜けるようにして、愛がその場から去っていく。阻止しようと伸ばした博の腕を遮ったのは、桐ケ谷の冷え切った指先だった。

「その腕、邪魔」

短い台詞に込められた、明確な敵意。その鋭さに、博は無意識の内に背を丸める。目の前に立ちはだかる人物は、氷点下を思わせる冷ややかな視線をこちらに向けている。

「アタシさあ、川崎のこと大嫌いだったんだよね」

出し抜けに、桐ケ谷は言った。無表情のままで。

「ああいうかまってちゃんってマジうざいじゃん」

「かまってちゃんって言い方はないんじゃない？　普通のいい子だったと思うけど」

思わず反論した博を、桐ケ谷は鼻で嗤った。

「アンタさ、マジで頭おめでたいよね。見てる周りはみんな分かってんのに、自分だけは悲劇の王子様気取り。本気で川崎がアンタのこと好きだったとでも思ってるの？」

「何言ってるの」

告白してきたのは向こうの方だ、博のことを好きだったに決まっている。博は自分が優位に立てる関係しか結びたくない。もしも朱音が自分のことを好きでなければ、自分が告白を受けるなんてことはあり得なかった。

でも、本当は？

なぜ朱音は博に何も言わずに自殺した？　もしも本当に自分のことが好きだったなら、彼氏に相談するのが普通ではないか。足元が揺れるような感覚。これまで見て見ぬふりをしてきた疑問たちが、一斉に腹の底から噴き出してくる。抱え込んだ疑問たちの答えを、目の前の相手は持っているのか。

「川崎はさ、自殺する日に呼び出しの手紙をクラスの女子全員に書いてたの。屋上に来てくださいって内容を、私ももらった。愛もそう。ただ、愛はその手紙を捨てちゃったけど」

初耳だった。川崎朱音は何の言葉も残さずに自殺した。そう、博は学校側から伝えられていたから。なのに、桐ケ谷美月は平然とその認識を覆す。

口内に溜まっていた唾を呑み込み、博は問いを口にした。

「クラス全員に手紙を？　遺書があったたってこと？」

「違う。ただの呼び出し文。ま、律儀に応えたのは高野さんだけだったみたいだけど」

「でも、俺にはそんな手紙来てない。もし朱音が死ぬ前に誰かを呼び出したいと思うなら、俺を選ぶはずじゃない？」

死ぬ前に会える人間を決めるなら、恋人を選ぶのが当然だろう。しかし、博には手紙は来ていない。愛にも桐ケ谷にも、手紙は届いた。なのに、博はそれを受け取ってすらいない。

「なんでわかんないかなー」

博の反論に、桐ケ谷は苛立たしげに呟いた。長い前髪を掻き上げる彼女の爪は、愛と同じ色をしていた。

「川崎にとってアンタはどうでもいい存在だったの、クラスメイト以下。だからアンタに相談しなかった。川崎はね、」

桐ケ谷の指が伸びる。博の首元から吊り下げられたネクタイが、気付けばその手の中にあった。まるで首輪に繋がれたリードのように、ぐいとネクタイが引っ張られる。引かれるがままに首を突き出した博の耳元に、桐ケ谷は勝ち誇った表情で囁いた。

「アイツは、愛より上に立つために、アンタを選んだの。あの子が執着してたのは愛であってアンタじゃない。アンタは愛に勝つために、川崎に利用されてただけ。そして、必要なくなったから、こうしてあっさり捨てられた」

――だってね、朱音って愛ちゃんの真似ばっかりなんだもん。

不意に蘇ってきたのは、揶揄するような夏川の話し声だった。もしも朱音が愛に勝つために博に告白してきたのだとしたら。そうだとしたら、朱音が愛のことばかりを気にしていたのにも説明がつく。だが、認められなかった。認めたくなかった。

「それは君の単なる推測だろ」

ネクタイをさらに引かれ、至近距離に近付く顔。じっとこちらを凝視する桐ケ谷の双眸から、博は顔を背けなかった。目を逸らしたら負けだと思った。博は女には屈しない。それが、博のポリシーだからだ。

不意に、桐ケ谷が力を緩める。解放されたネクタイの先端は、握られていたせいで皺まみれだ。桐ケ谷は黒髪を耳に掛けると、ふ、と静かに息を吐いた。

「推測って思うんなら、それでもいいよ」

ただささ、と彼女は言葉を続けた。

「愛は、私にとって特別なの。アンタのせいであの子が引っ掻き回されるの、耐えられないんだよね」

だからこれ以上愛には近付かないで。そう言い放ち、美月は博に背を向けた。自販機に硬貨を入れ、彼女は飲み物を選択する。ゴトン、ゴトン。取り出し口に響く、二人分のペットボトルの落下音。それを呆然と眺めていた博は、慌ててその肩を掴んだ。言われっぱなしではいられなかった。

「あのさ、何で桐ケ谷にそんなこと言われなきゃいけないの。君にそんな権利ないと思うんだけど」

細い腕にボトルを抱え、彼女は小馬鹿にするように鼻で笑った。

「嫌な男から好きな子を守りたいって思うのは、当然でしょ？」

「は？」

こちらの反応に、桐ケ谷が呆れたように肩を竦める。その瞳が、緩やかに弧に歪んだ。

「アタシと愛、付き合ってんの。だから愛を傷付ける奴は、私が許さない」

その言葉は、虚言か真実か。冷静に真意を見極めようとする自分が脳の隅にいる一方で、間違いなく正しいと確信している自分もいた。黙り込む博に、桐ケ谷は一本のボトルを押し付けた。あげるよ、これぐらい。子供の駄々に付き合うような口ぶりで、彼女は博が求めてもいないペットボトルを差し出す。

「川崎が死ぬ前日ね、私アイツに告白されたの。『愛ちゃんと付き合ってるなら、私とも付き合って』って」

朱音がそんなこと言うはずがない。そう叫ぼうとしたはずなのに、博の喉はピクリとも動かなかった。そうかもしれない。朱音なら、そう言うかもしれない。強引に握らされたペットボトルが、博の手から抜け落ちる。乾いたコンクリートの上に、細かな水滴が散乱した。

「だから言ったでしょ？」

そう言って、彼女は笑った。

「あの子が執着してたのは、愛であってアンタじゃないってさ」

第五章
男は道化で
あることを
悟る（完）

6. 回答者：高野 純佳

Q1. あなたは川崎さんについて何か知っていることはありますか。

昔からの幼馴染でした。
彼女が飛び降りるところも見ました。
知っていることは先生に直接お話ししました。

Q2. あなたは学校内で誰かがいじめられているところを
見たことはありますか。

ありません。
朱音がいじめのせいで死んだとは思っていません。

Q3. あなたはいじめに対してどう思いますか。

許されないことだと思います。

Q4. 今回の事件やいじめ問題について
学校側に要望がある場合は記入してください。

たくさん配慮して頂き、感謝しています。
ありがとうございました。

　高野純佳にとって、川崎朱音は大切な幼馴染だった。母親同士が友人だったために、物心がつく頃には一緒にいるのが当たり前になっていた。同じ幼稚園に通い、同じ小学校に行き、同じ中学校に進学し、そして、同じ高校に入学した。

「この子、大人しくてなかなか友達ができないの。もし良かったら、仲良くしてあげてね」

　初めて会った時、朱音の母親はそう言って、幼い娘の頭を撫でた。その頃の朱音は人見知りが激しくて、どこにいくにも母親の脚にぴったりと張り付いていた。そのせいか、朱音の幼い頃を思い出そうとすると、純佳の脳裏にはいつも朱音の母親が穿いていたジーンズのデザインが思い浮かんだ。

「朱音ちゃん、遊ぼうよ」

　差し出した手に、朱音がおずおずと手を伸ばす。その丸みを帯びた小さな手が、純佳の指先をぎゅっと握った。まあ、仲良しね。と朱音の母親は安堵したように微笑んだ。良かったわ、二人がお友達になれて。と、純佳の母親も笑った。

　朱音と純佳の付き合いは順調に続いた。困っている子がいたら助けられるような、優しい人になりなさい。そんな母親の教育方針に沿って育てられた成果か、純佳は真っ直ぐな心根を持つ子供に成長した。引っ込み思案で友達のできない朱音と、面倒見のいい優等生の純佳。二人の相性はぴったりで、小学生の時も中学生の時も、二人は一緒に過ごしていた。純佳の母親はそんな子供たちを見て、喜んでいるように見えた。だけど、純佳は知っている。自分の母親が、何故機嫌が良かったのかを。彼女は単純に、悦に入っていたのだ。自分の娘が、友人の娘より出来がいいという事実に。


　目を覚ますと、既に一時間目の授業は終わっている時間だった。普段は六時には鳴るはずの目覚まし時計も、今日ばかりは空気を読んで沈黙しているのだろうか。純佳は掛布団から手だけを突き出すと、枕元にあったスマホを手繰り寄せた。ＳＮＳのアプリを起動させれば、多くの友人たちから連絡が入っていた。その数の膨大さに、純佳は少しほっとする。良かった。自分は今日も、誰かに求められている。

　三日前の金曜日、川崎朱音が死んだ。自殺だった。学校は大騒ぎとなり、休日には緊急の全校集会も行われた。いじめに関するアンケートが実施され、学校側は真相を究明しようと全力を尽くしてくれた。欠席していた純佳も、家へやって来た担任にアンケート回答をお願いされた。

幼馴染を失った純佳に多くの大人たちが優しくした。授業の遅れに関しても便宜を図ってくれるという。同情から生まれる特別扱いは傷付いた純佳の心をゆっくりとではあるが癒してくれた。

朱音の通夜は、翌日の土曜日に行われた。身内だけの、ひっそりとしたものだった。部外者ではあるが、純佳も参加した。朱音の母親から強い誘いがあったせいだ。遺影を抱いた朱音の母親はすっかりやつれていたが、その両目は雨上がりの空のようなどこか清々しい光を帯びていた。

「ありがとうね、純佳ちゃん。あの子と友達でいてくれて」

朱音の母親は、いつだって優しい。黒のスカートから覗く脚は思い出の中のそれと同じ形をしている。額縁を支える彼女の爪先には、薄いベージュのマニキュアが塗られている。急いで塗ったのか、よく見ると液体が爪からはみ出し、乾燥したマニキュアが皮膚へと浸食してしまっていた。

「あの子、きっと純佳ちゃんにはずっと感謝してたと思うの。だからね、気に病まないで。純佳ちゃんがいつも通りに生活してくれることが、おばちゃんにとっては一番嬉しいことだから」

はい、と純佳は頷いた。蚊の鳴くような声になってしまったのは、喉がひりひりと焼き切れるように痛かったからだ。朱音の両親とも、随分と長い付き合いになる。その複雑な心情も、純佳には容易に推し量れてしまう。

――安心しましたよね、朱音が死んで。

心の中での囁きは、きっと朱音の母親には伝わっていた。彼女は朱音を愛していた。だけど、それと同じくらいの強さで、彼女は朱音を疎んでいたから。

カーテンの隙間から差し込む日光が徐々に弱まった頃、純佳はもぞもぞとベッドから這い出した。月曜日、週の一番初めの曜日。高校に入学してから今までずっと皆勤だった自分が、まさかこんな風に学校を欠席する日が来るなんて夢にも思わなかった。普段ならば既に五時間目の授業が終わっている時間帯だ。

自室を出て、リビングに向かう。平日は働いているはずの母親が、今日は仕事を休んでいた。純佳が心配だから、と彼女が父親に話していたことを純佳は知っていた。

「……ごめんね、寝すぎちゃって」

純佳が母親に声を掛けると、ワイドショーを眺めていた母親は慌てたように立ち上がった。

「体調は大丈夫？　まだ寝ててもいいのよ」

「でも、寝すぎても体に悪いし。それに、お腹空いたから」

「そう？　何が食べたい？　昨日はほとんど食べてなくて胃が弱ってるだろうから、お粥でも作ろうか？」

「うん。ありがとう」

いつもならばパジャマから着替えろと指摘してくる母親も、ここ数日は小言一つ言わない。純佳は椅子に腰かけると、背もたれに身体を預けた。セットしていない髪の毛はボサボサだったが、それを整える気力もなかった。

「やけどしないようにね」

そう言って母が出してくれたのは、卵粥だった。白磁の皿に溶け込んだ黄色に、純佳はごくんと生唾を呑む。ほんのりと上がる柔らかな湯気が、純佳の頬を仄かに温めた。木製の匙をその中に放り込めば、とろみのついた白米は開いた隙間に沈み込んだ。

「……美味しい」

熱いけど、という余計な一言に、母親は微笑んだだけだった。なんとなく気恥ずかしくなり、純佳は無言で粥を食べ進める。熱々の粥が食道を通るたび、器官が無言の悲鳴を上げた。口を開けると、自分の唇からも白い湯気が漏れている。

「学校は、純佳が行きたくなってからでいいからね」

「……うん」

朱音が死んでから、世界は純佳に優しくなった。壊れやすいガラス細工を扱うような繊細さで、大人たちは純佳を真綿の檻に閉じ込めた。傷付かなくていいんだよ、と彼らは言う。心の傷を直視する必要はないんだよ、と。

「純佳はいい子ね」

母親の手からは、高級そうな保湿クリームの香りがした。黒髪の上を滑る優しい手の動きに、純佳は無言で咀嚼を続けた。母親はいつも、純佳がいい子であると誉めてくれる。純佳の通知表には、いつだって誉め言葉ばかりが並んでいた。ルールを守り、弱者に優しい。学級委員という役職を難なく務める純佳のことを、皆がいい子だと持て囃した。その言葉を聞く度に、純佳は内心でひっそりとこう思うのだ。

私がいい子じゃなくなったら、世界は一体どうなってしまうのだろう。

部屋に戻ると、スマホの通知はさらに増えていた。夏川莉苑。画面に浮き出た四文字に、純佳は咄嗟にメール画面を開いた。

『大丈夫？　純佳が学校に来るの、待ってるからね』

今時メールでメッセージを送ってくるのは莉苑くらいだ。親の教育方針から、彼女はSNSを禁止されている。

『ねえ、莉苑は朱音についてどう思う？』

打ち込んだ文章を、相手に送る前に自分の指で消去する。金曜日、保健室にいたのは純佳だけではなかった。莉苑と、近藤理央。大して接点のなさそうな二人は、偶然にも朱音の落下地点に居合わせてしまったのだという。ハキハキと話す莉苑とは対照的に、近藤さんはずっと保健室のベッドに横たわっていた。死体を見たのは初めて、蒼褪めた顔のまま近藤さんは呟いた。そうか、朱音は死体と呼ばれるようになったのか。と、どこか他人事の思考が脳裏に流れたのをよく覚えている。

夏川莉苑は、純佳にとって特別な存在だった。彼女はとにかくスペシャルだった。女子同士で群れることもせず、かといって男子の輪に交じるわけでもない。彼女は孤独だった。なのに、そこに悲愴感は欠片（かけら）もない。誰と一緒にいても違和感がなく、一人でいても自然に見える。夏川莉苑とは、そういう子だった。

「えっと、ここの席でいいんだっけ」

修学旅行の一日目、バス移動の際に純佳の隣の席を指差した莉苑は、こちらの目を真っ直ぐに見つめてそう尋ねた。修学旅行の行動班はくじ引きによって決められたグループであるが、細江さんと桐ケ谷さんのように誰かに無理やり変わってもらって同じ班になる人たちもいた。

「うん。ここだよ」

「そっかー。私、窓側かー」

「代わる？」

「大丈夫、窓の外が見たいから」

そう言って、莉苑は強引に前の席と純佳の膝との隙間に押し入り、窓側のシートに着席した。彼女は背中からぶら下げていたリュックサックを膝の上に置くと、その中から京都の観光ガイドを取り出した。色合いの派手な表紙には、雪の積もった金閣寺が写っていた。学校から配布されたパンフレットによると、二日目の団体行動の際に行くことになっている。

「あれ、もしかしなくても、純佳ちゃんの手の中にあるのは英語の単語帳じゃない？」

「う、うん。そうだけど」

退屈凌ぎのために広げていた単語帳を覗き込み、莉苑は唇を尖らせた。正直に言うと、莉苑と二人で話し続ける自信がなかったため、気まずい空気をカモフラージュしようとこうして単語帳を持って来たのだ。純佳は莉苑のことが嫌いではなかったが、苦手ではあった。学年一位という肩書きに気後れした部分も勿論ある。しかしそれ以上に、夏川莉苑という人間の摑みどころのなさが、何か得体の知れないものに対峙した時のような肌寒さを純佳に感じさせた。

「修学旅行の日に勉強なんてダメだよ。これは没収ね」

ひょい、と莉苑の手が純佳から厚みのある単語帳を取り上げた。学校指定のこの単語帳には、五千ほどの英単語が収録されている。修学旅行が終わった翌週には、この英単語帳一冊分が出題範囲となった単語テストが予定されていた。

「没収って、」

それは困るよ。そう反論しようとした純佳の声を、教師の点呼が遮った。全員が車内にいることを確認し、貸し切りバスは校庭から出発する。京都に着くまでに数時間は掛かる。その間、莉苑とどのように接すればいいのだろう。手持ち無沙汰になった手のひらを意味もなく座席の前に押し付け、純佳は莉苑の方を見遣った。

「夏川さんは、普段どうやって勉強してるの？」

ガイドブックを熱心に読みふけっていた莉苑は、そこで一度ページを捲る手を止めた。

「うーん、特に変なことはしてないよ。予習して、復習する。それだけ」

「何時間ぐらい？」

「そんなのテキトーだよ。必要な時に必要な分をやってる。純佳ちゃんは？」

「私？　私はほら、部活もあるし、あんまり遊んでる暇もないから。時間があるときに勉強してるよ」

「でも、今日ぐらいは勉強なんてしなくていいんじゃない？　せっかくの旅行なんだし」

ほら、と莉苑が開いた状態のガイドブックを純佳の鼻先に突き出してくる。勉強なんて。悪気なく告げられた莉苑の言葉に、純佳は自分の自尊心が引っ掻かれたような気持ちになった。彼女にとって、勉強とはその程度のものなのだ。

「純佳ちゃんは京都で行きたいところある？　私はね、ここのお店の抹茶パフェが食べてみたいかも。たい焼きパフェも気になるよね。あとは、家族へのお土産にお守りを買おうと思ってるんだよ。でもいろんなとこを回るから、どこで買うか悩んでるんだよね」

莉苑の舌はぺらぺらとよく回った。多くの生徒は朝だというのに興奮しており、バス内に充満する空気は熱を帯びていた。饒舌な莉苑の声は喧騒によく馴染み、その唇から吐き出される音の粒たちは周囲の雑音に交じりながらも純佳の耳元に確かに届いた。

「夏川さん、兄弟いるの？」

家族というキーワードをつい突っついてしまったのは、これまで彼女が自分のパーソナルな部分について話しているところを聞いたことがなかったからだ。彼女はいつも明るく口数が多いが、そこから落ちる情報量は限りなく少ない。

「私、一人っ子なんだ。お土産はお母さんとお父さん用ね。純佳ちゃんは……うーん、妹がいる？」

「いないよ、一人っ子」

「へー、意外。前々から純佳ちゃんって面倒見がいいなーって感じてたから、てっきりお姉ちゃんなんだと思ってた。ほら、いつも合同授業とかで余ってる子がいたらフォローしてるでしょ？　積極的にグループに誘ったり。私、毎回凄いなって感心してたんだ」

「え、あ、ありがとう」

浴びせられた称賛に気恥ずかしくなり、純佳は思わず目を伏せた。屈託のない声で告げられた言葉は、純佳が密かに誉められたいと願っている箇所をピンポイントで突いていた。

昔から、純佳は弱者に敏感だった。クラスの中に一人はいる、気弱なせいで輪に入れないか弱い子供。多くの人間が見て見ぬふりで片付けてしまう存在を、純佳はどうしても看過することができなかった。だから、ただ一緒に寄り添った。相手に他の友達ができるまで、純佳はまるでカウンセラーのように相手の弱い面を受け入れ続けた。小学校、中学校、そして高校に至るまで、純佳のこうした振る舞いは続いている。正義感が強いんだねと幼い頃から揶揄されることも多かったが、実をいえば純佳の根底にあるのはそんな美しい感情ではなかった。

ただ、文句も言えないような弱い子供が虐げられているところを目にするのが嫌なのだ。

「それにしても、うちのクラスはそういう余りものみたいな子がいない仲良しなクラスで良かったよね。みんな、誰かしら仲良しな子がいるでしょう？」

余りもの。その単語を聞いた瞬間、自然と視線は目の前の人物に吸い寄せられた。コトリ、と莉苑が不思議そうな顔で首を傾げる。

「どうしたの？」

まさか、貴方が余りものだと思っています、なんて当人に言えるはずもない。純佳は慌てて首を横に振った。

「なんでもない」

「そう？」

「うん」

大体の話、彼女に余りものや独りぼっちといった単語はあまりに不似合いだった。皆と親しく、皆と疎遠。それが、純佳が莉苑に抱いていた印象だった。

「あ、あのさ、ちょっと聞きたいんだけど、」

「うん？　なあに？」

「夏川さんの仲良しな人って誰かなって思って」

「えー、そんなの決まってるじゃん。みんなだよ」

「みんな？」

「うん。私、みんなと仲良し」

まるで子供のような答えだと思った。現実を知らない、夢想的な答え。あ、と莉苑が何かに気付いたように両手を合わせる。ぱちんと響いた音は、いやに間が抜けているような気がした。

「でもでも、私、特別に仲良くなりたい人ならいるよ？」

「誰？」

「純佳ちゃん！」

捕まった。瞬時にそんな実感が胸を掠めたのは、一体どうしてだったのだろう。星を砕いて撒いたような、きらきらと輝く彼女の双眼。夏川莉苑が、自分を見ている。自分だけを認識して、自分だけに特別を与えようとしている。その事実が、純佳の心臓を優越感に震わせた。

「せっかく修学旅行で純佳ちゃんと一緒のグループになったんだもん。私、純佳ちゃんとはもっと仲良くなりたいなって思ってたんだ」

くひっ、と莉苑が独特の笑い声を上げる。こんな風に好意を表現されて、嫌な気持ちになる人間なんていないるはずがない。

「私も仲良くなりたいって思ってたよ。夏川さん、入学式の時から目立ってたし。なんたって、新入生代表でしょう？　うちの高校って偏差値高いし、その中でもトップなんて凄いなーって」

「えー、凄くないよ。あと、夏川さんって呼び方は他人行儀だからやめてよ。莉苑でいいって」

彼女の小さな手のひらがシャツ越しに純佳の二の腕に触れた。ゼロになった距離に、不快感はなかった。彼女はいつも皆のことを下の名前で呼んでいたが、よくよく考えれば彼女のことを下の名で呼んでいる人間はいない。莉苑。舌の上でその名を転がしてみれば、どこか甘美な響きがした。

「ね、莉苑。私のことも、純佳って呼んで」

「呼び捨てで呼ばれたい派なの？　分かったよ純佳」

バスに乗り込んだ時に感じていた莉苑への気まずさは、この瞬間には跡形もなく消えていた。

火曜日の朝も、純佳の目覚めは遅かった。もはや朝ではなく昼だ。生理的に浮かぶ涙に目をこすり、純佳はクローゼットの中から制服を取り出した。記憶の中の莉苑の姿は、現在とほとんど変わっていなかった。朱音が死んだことでショックを受けているのは莉苑も同じだろうに、彼女は学校を欠席していないという。夏川莉苑という人間は信じがたいほどに聡く、自分の感情を取り繕うのが上手い人間だった。だから、きっと無理して平気なフリをしているに違いない。

シャツを着て、スカートを穿く。肌寒さを感じたのは、きっと雨のせいだった。校則通りの長さのスカートを揺らし、純佳は姿見に映った自分の顔を見つめた。泣き腫らしたせいで赤くなった目元は、お世辞にも綺麗だとは言えなかった。部屋にあるブラシを使い、後頭部に向かって髪を引っ張り上げる。量の多い髪は気を抜けばすぐに手からこぼれてしまう。咥えていた赤いヘアゴムできつく髪を縛れば、項辺りの皮膚が引っ張られてスッキリした。

久しぶりの外の空気は、じっとりと重たかった。昼間であるせいか、電車内の人影は疎らだ。七人掛けのシートの、一番端に座る。普段ならばこうした空き時間に英単語を暗記するのが日課だったが、さすがに今日ばかりはそんな気分にならなかった。顔を上げると、同じ形をした輪っかがずらりと吊り下がっている。混雑時には必要不可欠な存在である吊り革も、閑散とした車内では何の役にも立たない。だからといって、吊り革を役立たずとして切り捨てるのは浅はかな行為であると誰にでも分かるはずなのに、これを人に置き換えた途端、多くの人間は正しい判断ができなくなる。そして、そうした人間の中には、勿論自分も含まれる。

——あの日、朱音を切り捨てたのは正しかったのか。

電話越しに聞こえた彼女の声は、いやに生々しい実感を持って今でも純佳の鼓膜に張り付いている。便箋に描かれた、美しいリンドウの絵。夜を水で溶かしたような鮮やかな青色は、くしゃくしゃに丸められたまま自室の引き出しの底で眠っている。

ガタン。電車が揺れる。アナウンスされた駅名は、純佳たちが通っていた中学校の最寄り駅だった。開いた扉から、うつむきがちに女子生徒が乗り込んでくる。早退だろうか。小さな頭に、大きなヘッドホン。うっすらと漏れ聞こえる低音は、まるで心臓の鼓動のようだった。ドッ、ドッ、と不明瞭なリズムが、空気に紛れて振動する。音漏れを指摘する気にもならず、純佳は目を瞑った。自分があの子と同じ制服を着ていた頃、世界はまるで平和だった。


「純佳、一緒に帰ろう」

中学生の頃、朱音と純佳はいつも一緒に帰っていた。紺色のブレザーに、赤のチェックスカート。朱音のブレザーは体に比べてやや大きく、それが彼女をより一層華奢に見せていた。

「手、」

「はいはい」

当然のように、朱音がこちらに手を差し出してくる。純佳は肩を竦め、いつものようにそれを握り返した。

昔から朱音は、純佳に対してだけスキンシップの激しい子だった。手を繋ぐ、腕を組む。そうした行為は二人にとって当たり前のものだった。

朱音には友達がいない。引っ込み思案の彼女は中学生になってもあまり他人と接点を持とうとせず、結果的に純佳と一緒にいることが多かった。入学と同時に入ったテニス部はなかなかに楽しかったのだが、受験に向けて勉強するとなると練習の多さがネックになった。部活は所詮部活だ。自分の進路より優先する必要はない。そう判断し、純佳は一年生の冬に退部した。その時、朱音も一緒に部活を辞めた。

「純佳がいないと部活なんて意味ないもん」

退部した理由を聞いた純佳に、朱音はそうあっけらかんと答えた。一人で部活を辞めることに心細さを感じていた純佳にとって、朱音という味方がいることはひどく心強かった。朱音は絶対に純佳を裏切らなかった。どんな時も純佳と一緒にいてくれた。

ガタン。電車が揺れ、そこで純佳は我に返る。中学生の姿はもう既になく、駅名を告げる車掌の声がホームから響いていた。高校の最寄り駅の、一つ手前の駅だった。年季が入っているせいか、大手予備校の看板が掛かったフェンスには濃い緑色をした蔦が巻き付いていた。『目指そう、難関大学』『志望校を憧れで終わらせない』シンプルなスローガンの下には、合格実績と称して昨年度の合格者の数字が羅列されている。もし、自分が無事に大学生になったら。その時は、自分の存在もまた、あの看板のように合格実績という数字の一つとして組み込まれてしまうのだろうか。いなくなったのが川崎朱音でも高野純佳でも、世界にとってはどうでもいいことなのか。

扉は閉まり、やがて電車は走り出した。見覚えのある風景が近付いてくるにつれて、純佳は自身の胃がチクチクと刺激されるのを感じた。酸素を運ぶための器官が詰まり、肺の辺りに不快な空気が溜まっている。吐きそう。純佳は思わず顔を伏せた。頭が痛い。湿気を含んだ空気が、純佳の身体を下へ下へと押さえつける。脳が膨れ上がるような、ジンと世界が滲む感覚。足先の感覚を確かめるように、純佳は指を丸める。ローファーの中で縮こまる自分の足の指は、しっかりと五本ずつあるようだった。

降車駅を告げる、アナウンスの声が聞こえる。立ち上がらなければいけないはずなのに、身体が痺れたように動かない。手のひらを額に押しつけると、いつもよりどこか熱っぽかった。沈黙の後、扉が閉まる。電車は再び走り出し、揺れに合わせて座席が震えた。駅が完全に視界から消え去った後、純佳の全身からどっと力が抜けた。

「はあ、」

吐き出した息は、馬鹿みたいに軽かった。瞼の上から軽く眼球を押さえると、光の残滓が暗闇の中で点滅した。学校に行かなければ、そう自分から考えたはずなのに、いざ校舎が近付いてくると自然と足が竦んでいた。胃の奥から突きあがる強烈な嫌悪感。意識と肉体が乖離し、身体が勝手に現実を拒絶した。学校に行きたくない。本能的な忌避は、一体どこから湧いたものなのか。沈黙した純佳の耳を、不意に柔らかな声がくすぐった。

「嘘吐き」

幻聴だとすぐに分かった。何故ならその声の持ち主は、今ではもう純佳の記憶の中にしか存在しないのだから。

「……朱音」

噛みしめるように、純佳はそっと幼馴染の名を呼んだ。当然、返事はなかった。

そのまま逃げるように帰宅した純佳を、母親が責めることはなかった。

「紅茶でも飲む？　純佳、あそこのケーキ屋さんのクッキー好きでしょう？　一緒に食べようと思って買ってきたの」

朱音が死んでから、母親は明らかに純佳に気を遣っている。心配を掛けていることに申し訳なさを感じながらも、純佳には莉苑のように平静を装う余裕はなかった。

母親が茶葉をいれたポットに湯を注いでいる間、純佳はじっとソファーの上で丸まっていた。もしかすると、明日も学校には行けないかもしれない。明後日も、ずっとその先も、今日みたいに学校から逃げ出したくなるかもしれない。そうなったら、一体どうしたらいいのだろう。自分はこれから一生、学校には行けないのだろうか。

「ほら、ここの紅茶は美味しいから」

悶々と繰り返されていた思考を遮ったのは、母親の声だった。紅茶の注がれたカップを差し出され、純佳は素直にそれを受け取る。生まれてから今に至るまで、純佳は母親から渡されるものを拒否したことは一度もない。誕生日に渡された丸襟のワンピース。クリスマスツリーの下に飾られていた流行りのキャラクターを模したぬいぐるみ。

そして、あの日紹介された、たった一人の幼馴染。

「クッキーも食べる？」

「うん、ありがとう」

本当は食欲なんて微塵も湧いてこなかったけれど、それでも純佳は頷いた。母親の気遣いを無下にしたくなかったからだ。バターのたっぷりと練り込まれた人気のプレーンクッキーも、今の純佳には粘土の塊のようにしか感じられなかった。味覚がおかしくなったのはあの日からだ。だけど、そのことを純佳は誰にも言っていない。これ以上、母親の心労を増やしたくなかった。

「母さんね、純佳が転校したいならそうしてもいいと思ってる」

ぽつりと漏らされた言葉に、純佳は俯いていた顔を上げた。

「転校？」

「えぇ。もし、純佳がそうしたいって言ったらの話だけど」

そう言って、母親はカップに口をつけた。

「純佳、朱音ちゃんと仲が良かったでしょう？　これから先ね、学校に行くことになったら、きっと朱音ちゃんのことを嫌でも思い出すと思うの。もしそれが純佳にとって辛ければ、それを避けるというのも一つの選択肢だと母さんは思うのよ。勿論、純佳がそれを望めばの話だけど」

「……うん」

純佳の母親は、いつも純佳の意見を尊重しようとしてくれる。なのに、それを捻じ曲げてしまうのはいつだって純佳自身だった。母親はきっと純佳がこうすることを願っているのではないか、こんな風に動いて欲しいと考えているのではないか。凝り固まった推察はいつの間にか純佳を縛る枷となり、やがては純佳のアイデンティティーの一部となった。純佳はいい子だ。母親にとって、永遠に。

水曜日の朝は、激しい雨音で目が覚めた。カーテンを僅かに開けば、空に引かれた電線から水滴が滴り落ちるのが見えた。正面の家に咲く紫陽花の花弁は、雨に濡れてより一層その色を濃くしていた。赤色が密集する花壇は、美しいを通り越して少し不気味だ。

スマホを見ると、アプリを通してメッセージが来ていた。サッカー部の次期部長である吉田幸大からだった。こちらへの配慮を忘れない丁寧な文章に、純佳は無意識の内に口元を綻ばせた。自分は部に必要とされている。その事実が、純佳の心を少しだけ軽くした。皆でお見舞いに行きたいという旨のコメントに、純佳は了承の返事を送った。

メールも届いており、差出人は莉苑だった。純佳が学校を欠席するようになってから、莉苑はこうして毎日何かしらの文章を送ってくれている。その中に核心をつくような内容が無いのは、彼女なりの優しさだろうか。

スマホを切り、純佳は再び掛布団の中に包まった。サッカー部マネージャー、二年二組の学級委員。学校という枠の中で純佳に与えられた、明確な立ち位置。それらは純佳にとって、自分がどう振る舞うべきかの指針となった。役職というのは、見せたい自分像を固定するのに便利だった。

「純佳ってさ、なんで学級委員に立候補したの？」

そう莉苑に尋ねられたのは、数週間前だっただろうか。あの修学旅行以来、純佳と朱音に加え、莉苑が一緒に行動することが多くなった。人見知りが激しい朱音は、最初は不満そうな顔をしていたが、やがては状況を受け入れた。朱音が三人でいることを許してくれたのは、やはり莉苑の性格が大きいのだろう。物怖じしない莉苑は積極的に朱音にも話し掛けていくことが多く、最後は朱音も根負けしたようで、気付けば「莉苑」と彼女のことを下の名で呼ぶほどの仲になっていた。

莉苑と朱音は放課後になると、二人仲良く純佳の部活が終わるのを待っている。朱音がそこに合流し、三人で帰宅するというのがいつもの流れだ。三人という人間関係は壊れやすいというのが定説ではあるが、純佳にとってこの一連の流れは歓迎すべきものだった。朱音と二人でいるのは良くない。そう、本当は分かっていたから。

「学級委員になった理由？　まあ、強いて言うなら習慣みたいなものかなあ。小学生の頃から、結構そういう役職に就くことが多かったから」

「へえ、偉いね。私はそういうのやったことないよ。一番好きなのは飼育係だし」

純佳の言葉に、莉苑が感心したように頷いた。朱音が肩を竦める。

「純佳は莉苑と違っていい子だからね」

「私だっていい子だよ？　朱音が知らないだけで」

「自分でよく言うよね」

「だって自分が言わなきゃ誰も言ってくれないんだもん」

朱音と莉苑の会話はテンポがいい。普段はあまり他人と話したがらない朱音も、莉苑の前では饒舌だ。多分、相当気を許しているのだろう。

「朱音は中学の時はなんの係やってたの？」

「私はまあ、大したことはやってないかな。押し付けられたものをやってただけだし」

「ふうん。朱音が自主性がないのは昔からなんだねえ」

「あんまりそういうの、好きじゃないから。人と関わるとか」

「でも、元々純佳と一緒でテニス部だったんでしょ？　友達は多かったんじゃないの？」

莉苑の問いに、朱音はちらりとこちらを振り返った。真っすぐに落ちる黒髪が、動きに合わせてさらりと揺れる。量の多い髪の隙間から、耳だけが小さく覗いていた。長い睫毛を上下させ、朱音は意味深に目を細める。

「私の友達は、純佳だけだったから」

含みのある声だった。純佳は意味もなくシャツの襟元に手を掛けると、一番上のボタンがきっちりと閉まっていることを確認した。シャツが喉を軽く圧迫して息苦しいが、その息苦しさこそが純佳の心に解放感をもたらした。

莉苑がぴょこんと前に出る。

「朱音って、ずっと純佳と二人でいるの？　小さい時から？」

「そうだよ？　幼馴染だからね」

「高校もわざわざ同じ高校を選んだの？」

「うん。純佳が私に合わせてくれたの」

そうなの、と莉苑は目を丸くした。一人で行動することになんの抵抗も感じない彼女にとって、進路を他人に合わせるという行為はひどく不可解なものに思えたらしい。

「なんのために？」

「それは……」

口ごもった純佳の腕に、朱音の腕が絡まった。腕、肘、指先。長袖のシャツは肩から手首に至るまで朱音の皮膚を完全に包み隠している。肌寒さの残る今の時期は勿論、真夏になっても彼女は人前で決して半袖姿にはならない。朱音が皮膚を見せるのは、純佳の前だけだ。

強引に押し付けられた彼女の身体を、純佳は苦々しい面持ちで見下ろす。こちらを上目遣いで見上げる朱音の口元は、笑みの形に歪んでいた。

「それはね、純佳が私を好きだからだよ」

インターホンのベルは、いつだって二回鳴る。騒がしいサッカー部の三人組は、純佳に土産の品を渡しただけですぐに帰っていった。ごく普通のレジ袋の中には、ごく普通にコンビニで売られているプリンが入っている。純佳は扉の鍵を閉めようとドアノブに手を掛け、そこでもう一度扉を開いた。それは扉越しに見える外の風景を見たかったからかもしれないし、あるいは帰って行く三人にどこかで名残惜しさを感じていたからかもしれない。扉を開けた瞬間、手首に掛けたレジ袋がガサガサと音を立てた。その瞬間、三人の内の一人が気配に気づいたように振り返った。ニヒルを気取る彼の目には、あからさまに軽蔑の色が浮かんでいる。他でもない一ノ瀬祐介だ。目が合った。そう思ったのは、きっと純佳の勘違いではないだろう。彼には、何か別のものが見えている。まさか、彼は気付いているのか？他の二人とは違う。朱音の死に、純佳が関連しているという真実に。呼吸が荒くなる。トクトクと早鐘を打つ心臓の音が徐々に左胸から迫り上がり、ついには純佳の聴覚を奪った。外の空気を遮断するように、純佳は勢いよく扉を閉める。手首に吊り下がるレジ袋が、何故だかやけに重かった。

「純佳、学校から電話よ。お母さんが出ていいの？」

母親の声掛けに、純佳は曖昧な返事をする。先週の金曜日以降、担任は毎晩夜の八時になると純佳の様子を確認する電話を掛けて来た。それに受け答えするのは大抵母親で、純佳が代わることは滅多にない。ソファーの上で体育座りの姿勢となり、土産として受け取ったプリンを食べ進める。レジ袋に入っていたプラスチック製のスプーンは、家にあるスプーンよりも掬う部分が平べったい。滴り落ちるカラメルソースをどうやって完璧に食そうかとカップを凝視していると、母親のいつもより少し高い声が聞こえた。

「せっかくだから先生とお話ししなさい」

プリンを半分ほど残したまま、純佳は教師の電話を取った。久しぶりの会話といっても特に話すことはない。気遣いの言葉を掛けてくる相手に、純佳は優等生らしく返答する。大丈夫です。ありがとうございます。平気です。心配をお掛けしてすみません。ハキハキとした純佳の言動に安心したのか、教師の声も和らいだものになっていく。

「ごめんなさいね、先生がなんの力にもなれなくて。一番辛いのは、大好きな友達を目の前で亡くした高野さんなのに」

「先生が私のために色々とやってくださるおかげで、本当に助かっています。なんの力にもなれないなんておっしゃらないでください」

社交辞令に、受話器越しの教師は鼻を啜った。泣いているのか、その声は震えていた。

「ありがとう、高野さんは本当にいい子ね。私みたいな教師にまで気を遣ってくれて。クラスのみんなも高野さんが学校に来るのを待ってるから、あんまり自分を責めないようにね。高野さんはなんにも悪くないんだから」

「……はい」

予想通りの会話を終え、純佳は受話器を元の位置に戻した。もういいの？　という母親の問いに、純佳はただ頷いた。半分ほど残ったプリンを容器ごとゴミ箱へと突っ込み、純佳は自室へと戻る。母親は何も言わなかった。

あの日起こったことに関して、多くの大人たちは純佳を責めなかった。貴方は悪くない。大好きな友達が亡くなって悲しいでしょう。口々に投げかけられた台詞に、他意がないことは分かっている。それでも、純佳はつい思ってしまうのだ。もしも純佳が罪を抱えていると知っても、それでも彼らは純佳のことを『いい子』と呼んでくれるのだろうか。

過去の話だ。今からほんの二年前、純佳と朱音は中学三年生だった。幼い頃から一緒に勉強していたせいか、二人とも成績はいい方だった。進学校でも余裕で狙えると教師に言われ、二人は同じ志望校を目指すことにした。今通っている、この高校のことだ。母親もこの進路には大賛成してくれた。偏差値が高く、難関大学合格者が多い。柄の悪い生徒もおらず、自分の娘が過ごすにはぴったりな場所だと彼女は判断したようだった。

純佳にとって、進路とは母親が敷いたレールを辿るだけのものだった。他者が良いと判断したものに従っておけば大きな間違いを犯すことはない。膨大な可能性を一つずつ吟味していくのは時間の浪費でしかなく、最初から他人がベストと認定してくれているものを選ぶに越したことはない。それが純佳の考え方の基本であり、そういった性格のおかげで純佳が母親とぶつかったことは一度もなかった。

「純佳だったらこっちの高校の方がいいかもよ？　語学勉強に力を入れてる学校で、修学旅行が海外なんだって！」

そう、クラスメイトの一人が言った。中学三年生の一月、受験間近というタイミングだった。彼女がこちらに見せて来たのは、近くにある私立高校のパンフレットだ。偏差値的には少し劣るが、イベントやフィールドワークに力を入れようとする学校方針は純佳には魅力的に見えた。ここでいいかもしれない。そう思ったのは、長い受験勉強に嫌気がさしていたからだろう。私立高校の受験は、公立高校よりも先に行われる。つまり、私立高校を受験するほうが勉強から解放される時期は早まるのだ。それに、ワンランク下がる学校に敢えて行き、そこでトップを狙って名門大学に進学するのも一つの手だろう。突発的な思いつきではあったが、純佳にはこれが名案に思えてならなかった。

学校からの帰り道。通学路を歩いているのは二人だけで、ガードレールで区切られた道は並んで歩くには少しだけ余裕があった。パンフレットを広げ、純佳は何げない口調で切り出した。

「だからね、ここの高校もありかなって思ってるんだ」

その時の朱音の顔を、純佳は今でもよく覚えている。つい先ほどまで楽しげに緩んでいたその表情は、一瞬にして凍り付いた。拡大した瞳孔は光を通さず、先の見通せない夜道のように惨憺たる空気を纏っていた。

「それ、本気？」

発せられた声の冷ややかさに、純佳は困惑を隠せなかった。彼女なら応援してくれるとばかり思い込んでいたからだ。

「本気って？」

「本気でそっちの高校に行くつもりなの？　一緒の高校に行くって約束したのに？」

「いや……単なる思いつきっていうか、まだ本気で決めたってわけじゃないけど」

「ただの思いつきを今の時期に話す必要ってある？　私は高校も純佳と一緒に通おうと思っ

て、第一志望を決めたんだけど。純佳の考えはそういう私の気持ちを馬鹿にしてるとしか思えないよ」

ツンとそっぽを向いた彼女の横顔は、純佳にとって見慣れたものだった。彼女は不機嫌になると、相手に顔を見せようとしない。マフラーに埋もれた黒髪は、絞り出されたホイップクリームみたいにふわんと弛(ゆる)んだシルエットをしていた。

「ごめん、軽率だった」

「別に、謝るようなことじゃないと思うけど。ただ、純佳はそういう人なんだなとは思った」

「そういう人って？」

純佳の問いに、朱音は無表情のまま答えた。

「すぐ、私を裏切る人」

そんなことないよ、咄嗟に否定した純佳に、朱音は素っ気ない態度を崩さなかった。不機嫌になった彼女は面倒くさい。長年の経験からそのことを知っていた純佳は、機嫌を取るように彼女の手を取った。

「もー、朱音ってば怖いって。さっきのは本当に思いついただけだから。これ以上勉強するのヤダなーって思って、それで言っただけ」

繋いだ手に力を込めれば、ようやく朱音はこちらを見た。手袋もつけず、雪のちらつく空気の中で剝き出しのままだった二人の手は、どちらも同じくらい冷えていた。互いの体温が低ければ、相手の皮膚がいかに冷たいか気付かない。熱を分かち合って、少しずつ凍った指先を溶かしていけば良かったのに。なのに、朱音は純佳から手を離した。

「朱音ちゃんが、自殺しようとしたって」

母親からそう告げられたのは、その日の夜のことだ。風呂から上がり、純佳は長い髪をドライヤーで丁寧に乾かしているところだった。尋常ではない声に慌ててリビングの扉を開くと、蒼白い顔色の母親と目が合った。狼狽える母親に、純佳は冷静な声で尋ねた。

「もう一回言ってくれる？」

拭いきれなかった水滴が、毛先からぼたぼたと零れ落ちていた。室内着であるグレーのパーカーには雨に打たれた跡のように、いくつもの黒い染みができている。

「だからね、朱音ちゃんが自殺しようとしたんだって」

乾いた唇が紡ぐ台詞は、先ほど純佳が耳にしたものと同じものだった。朱音。自殺。二つのキーワードは到底素直に呑み込めるものではなく、異物として吐き出してしまいたくなった。

「それ、ほんと？」

「ええ、今は入院してるみたい。すぐに会いに来て欲しいって連絡があって」

パジャマの上からロングコートを羽織った母親は、純佳にダウンジャケットを差し出した。連絡というのは朱音の母親からだろうか。

「お父さんが車を回してくれてるから、一緒に病院に行きましょう」

母親がそっと純佳の背中に手を回す。ファスナーを一番上まで引き上げると、ヒュウーと嵐のような音がした。


朱音が入院しているという病院は、地元で一番大きな大学病院だった。四階の廊下を進んだ突き当たり、ナースステーションから一番離れた場所に朱音のいる病室はあった。個室だった。真っ白なベッドに横たわったまま、朱音は凜とした眼差しをこちらに寄越した。

「ごめんね、純佳ちゃん。この子がどうしてもって言って……」

朱音の母親は泣いていた。なんと言っていいか分からず、純佳は顎を小さく引いた。ゴクン。自分の唾を呑み込む音が、やけに大きく聞こえた。

「お母さん。私、純佳と二人で話したいの」

朱音の指示に、「そうね、そうね」と彼女は何度も頷いた。

「純佳ちゃん、いい？」

「あ、はい。大丈夫です」

「ごめんね。純佳ちゃんは本当にいい子ね」

憔悴した朱音の母親を見兼ねてか、純佳の両親は彼女を連れて病室の外へと消えていった。朱音の父親は今日も遠く離れた土地にいるのだろうか。大手企業に勤める朱音の父親は、数年前から単身赴任中だった。

「夜に呼び出してごめん」

二人きりになったことを確認し、朱音は静かに身を起こした。その左手の甲には点滴がぶら下がっていた。左手首に巻かれた白い包帯。あの下に眠っている傷は、どんな形をしているのだろう。

「ビックリしたよ、自殺未遂って聞いて」

純佳の言葉が気に障ったのか、朱音はそっぽを向いた。ベッドサイドに設置された棚には、まだ何も入っていない。

「別に、親が大騒ぎしただけ。お風呂場で手首切っただけだし」

「そりゃお母さんもビックリするでしょ。なんでそんなことしたの」

カクン、と朱音の頭が不自然に傾いた。壊れたロボットのような、機械染みた動きだった。流れた前髪の隙間から、彼女の双眸が覗いている。帰り道で見たのと同じ。瞳孔の開いた、黒々とした目。

「死にたかったから」

そう、彼女は言った。単刀直入すぎる言葉に、純佳は気圧されたように黙り込んだ。朱音は純佳から目を逸らさない。こちらを責め立てるように、彼女は乾いた唇を動かした。

「純佳が違う高校に行くって聞いて、死にたかったの」

「そんなことで――」

「そんなことじゃないよ」

朱音の淡々とした声が、純佳の台詞を遮った。点滴が繋がったままの左手で、彼女は小さく拳を作る。皮膚に深々と突き刺さる針に、純佳は衝動的に目を塞ぎたくなった。想像するだけで、皮膚の表面にピリピリとした痛みが走った。

朱音は言った。

「純佳と高校で離ればなれになるなんて、私、耐えられないよ」

「家は近所のままなんだから、離ればなれとかそういうのとは違うでしょ」

「違わないよ。別々の学校に行ったら、きっと今みたいには一緒にいられない。私はずっと、純佳の一番の友達でいたいのに」

「は、」

無意識の内に漏れた息は、何故だか嘲笑に似た響きになった。朱音は無表情のまま、左手で枕を振り下ろした。真っ白なそれが床に叩きつけられ、衝撃で点滴のスタンドがふらつく。危ない。そう思った時には、純佳の身体は動いていた。スタンドを両手で押さえ込み、なんとか倒れないように支える。彼女の手の甲に繋がる管は、僅かに揺れただけだった。

「……純佳はさ、いつもそうだよね」

枕を床に放置したまま、朱音はぽつりと呟いた。その背中がゆるりと曲がる。朱音は前かがみの姿勢になり、自身の顔を両手で覆った。

「いつもって？」

「そうやって、結局はいつも私のために行動してくれる」

朱音の声に、僅かに嗚咽が交じり始めた。スンスンと鼻を啜る音に、純佳は思わずポケットからティッシュを差し出した。朱音は右手で顔を隠したまま、左手だけをこちらに伸ばした。ティッシュを摑むと思われたその手が、強引に純佳の腕を引いた。あ、と思った時には、ティッシュは床に落ちていた。引き寄せられた身体に、朱音が勢いよく抱き付く。その体温は温かく、まるで子供のようだった。

「純佳ぁ、私、純佳と離ればなれになりたくないよ。ずっと一緒にいたい。お別れなんて、そんなのやだぁ」

先ほどまでの冷淡な態度から一転し、朱音はじたばたと駄々っ子のように泣き叫んだ。舌足らずな声が、純佳の名を連呼する。

「純佳、ごめんね。本当に。私、ちゃんとわがままだって分かってるんだよ。本当はちゃんと純佳の進路を応援してあげなきゃって分かってる。でも、だめだったの。わがままでごめんね。私みたいな奴、早く死ねばいいんだよね。純佳の足ばっかり引っ張って、本当にごめん。ごめんなさい」

しがみつかれた手を、引き剝がすことなんてできるはずがなかった。昔から誰とも仲良くなれない、可哀想な朱音。彼女を助けることができるのは、ずっと前から純佳一人だけだった。朱音は、純佳のために死のうとした。それぐらい、純佳のことが好きなのだ。

ドクドク、とこめかみが強く脈打っている。泣き喚く彼女の背中を撫でていると、純佳は自分自身の心が仄暗い喜びで満たされていくのを感じた。哀れな子。同い年で、同じ環境で育ってきたはずなのに、純佳とは全然違う。弱くて、脆い。独りぼっちの朱音。

彼女を助けてあげられるのは、世界中で自分だけ。

「朱音が謝らなくていいよ。私こそ、勝手に進路を変えようとしてごめん」

「謝らないで。私が全部悪いの。純佳は悪くない」

「自分を責めないでよ、悪いのは私の方なんだから。私、やっぱり前と同じ志望校のままにするよ。二人で同じ高校に合格して、一緒に通おうよ。それで、毎日一緒に帰ろう？　今みたいに」

「……本当？」

朱音が大きく目を見開く。その瞳に、光が差した。うん、と純佳は大きく頷く。その途端、くしゃくしゃに歪んでいた朱音の顔が柔らかに綻んだ。目尻からこぼれ落ちる涙を、純佳はそっと指で掬い上げる。

「私と朱音は、これからもずっと友達だもんね」

人生に分岐点があるとするならば、きっとここだった、そう今となっては分かる。あの一件により、純佳と朱音は同じ高校を受験し、そして無事二人とも合格した。制服の採寸も入学前の説明会も、全て一緒に行動した。新しい環境に踏み込むのはやはり勇気がいる。そんなときに身近に知り合いがいるという事実は、純佳にとって心強いものだった。高校指定の制服は、柔らかな雰囲気の朱音によく似合っていた。中学校の時も、高校の時も。彼女はいつも純佳と同じ制服を着ていた。同じ学校に通うとは、そういうことだった。

「高校生活はどう？」

入学して数日が経つ頃、夕食の支度をしていた母親が純佳に尋ねてきたことがあった。曖味な返事をする純佳の頭を一撫でし、彼女は言った。

「朱音ちゃんには純佳しかいないんだから、ちゃんと仲良くしてあげなさいよ」

「うん」

「困ってる子を助けてあげられる人になりなさいね」

母親の言葉は、呪いのようだ。純佳を縛る、美しい鎖。彼女の言葉はこれまで何一つとして誤っていたことがない。彼女が常に正しい指標を与えてくれるから、純佳は合理的な判断の下、それに従うのだ。

朱音が自殺未遂したのだって、自分の浅はかな考えのせいだった。向こう見ずな思いつきが、朱音の想いを踏みにじった。もう、あんな思いをするのは嫌だ。朱音は純佳がいないと生きていけない。だから、純佳が支えてあげなければならないのだ。弱い子を見捨てるのは絶対にダメ。だって、純佳はいい子だから。

『死にたい』

スマホ画面に浮かぶメッセージに、思わず溜息を吐くようになったのは一体いつからだったか。純佳が朱音の家に行くと、彼女は今日も手首を切っている。白い皮膚に走る、夥しいほどのミミズ腫れ。群れを成すように密集する赤い線に、今日もまた新しい仲間が加わった。ぱっくりと開いた箇所からは、血液が染み出している。

「また切ったの」

純佳の問いに、朱音は静かに頷いた。ぐすぐすと鼻を啜る彼女の手を強引に摑み、純佳は傷口に処置を施す。

「やめなよ、こうやって自分で傷を増やすの。大体、こんな傷じゃ修学旅行とかどうするの？　お風呂入れないよ」

「生理って言えば個室のお風呂入れるし、大丈夫だよ」

「そういう問題じゃないでしょ。私やだよ、朱音が傷付くの見るの」

「だって、我慢できないんだもん」

朱音は弱い子供だった。どうしようもなく、弱かった。恵まれた環境にいるはずなのに、わざわざ自分から辛いことを探して、それで現実を憂えていた。彼女は多分、不幸でいることが好きだった。

一年生の時も二年生の時も、二人は同じクラスだった。クラスが変わってからの最初の一週間で、行動するグループというのは大体決まる。文科系の部活に所属する子たちが見る間に結束していくのを、純佳は少し離れたところで眺めていた。純佳には朱音がいる。常に二人で行動する純佳たちのことを、周囲の人間は仲良しだと判断した。純佳も朱音もクラスから浮いていたわけではない。ただ、特別親しい人間が他にいなかっただけだ。

　時間が経つにつれ、朱音の癇癪（かんしゃく）は悪化していった。死にたい、死にたい。そう、彼女は何度も繰り返した。メッセージが来る度に純佳は朱音の元に向かった。「私はいつも朱音の味方だから」とお決まりとなった台詞を聞かせる度に、朱音は満足そうな顔をした。

　夏になっても、彼女は頑なに長袖のシャツを着続けた。手首を隠したかったのだろう。なのに、二人きりでいる時は肘の辺りまでシャツを捲った。

「二人でいるときは袖を捲れるから涼しいよ」

　そう、朱音は笑った。本当は見せつけてるくせに。喉元まで迫っていた言葉を、純佳が発したことは一度もない。もしも彼女を傷付けるようなことを言えば、面倒なことになるのは目に見えていたから。

　そんな二人の関係の転機となったのは、二年生時の修学旅行の後だった。莉苑が仲間に加わったのだ。朱音は莉苑の前では絶対に手首を晒さなかった。死にたいとも言わない。朱音のネガティブな言動にいい加減飽き飽きしていた純佳は、自分の学校生活が少しでもマシになったことに喜んだ。

「高野さん、数学って得意？」

そう言って細江さんが話しかけてくれたのは、今から数週間前のことだった。二時間目と三時間目の、僅かな休み時間。席が前後だからか、細江さんは堂々とした振る舞いで純佳の机に肘を置いた。

細江愛と桐ケ谷美月。二人は最初からこのクラスで浮いていた。元運動部であったことも理由の一つかもしれないが、大きな要因は多分、二人があまりにも華美な容姿をしていたからだ。真面目な生徒が多い学校で校則を無視した制服の着こなしはいやでも目立っていた。

クラスの地味な女子たちは二人を蛇蝎のごとく嫌っていた。特に、細江さんの嫌われっぷりは凄かった。多分、男子と仲が良かったせいだ。クラスの多くの女子たちは、女の子が異性と話すことを媚びていると表現した。細江さんに纏わる陰口は何度も耳にしていたし、真面目な女子生徒たちの目には実際にそう見えているようだった。だが、純佳は二人に憧れた。中学生時代も高校に入ってからも、純佳は朱音に配慮するあまり、彼氏というものを作ったことがなかった。もしも二人のように美人になれれば。二人と仲良くなれれば。密かに抱いていた願望が、向こうから手を差し伸べてきた。

「さっきの授業の問題解けた？　私分かんなくてさー」

「もし良ければ、教えようか？」

「本当？　いやー、嬉しい。私さ、そろそろ勉強についていけるか怪しくなってきてて、困ってたんだよ」

さっきの授業なんだけどね、と細江さんはノートを差し出してきた。彼女のノートは意外にも綺麗にまとめられていて、実は几帳面な性格なのだろうかと純佳はこっそりと考えた。問題の解説自体はそう時間は掛からなかった。元々、純佳自身も引っ掛かっていた箇所だ。こうしたらいいんだよ、と解説すると、細江さんは素直に感謝の言葉を口にした。

「高野さんマジ助かったー。これはなんかお礼しないと」

「お礼なんていいよ」

「遠慮しなくていいって。その代わり、また教えてよ。高野さん教え方上手いから」

ニッ、と細江さんが歯を見せて笑う。形の良い眉が少しだけ持ち上がり、アイラインの引かれた目が人懐っこく細められた。大胆に開いたシャツからはフリルのついた赤のインナーが覗いている。くっきりと浮き上がる鎖骨の窪みには、小さく影が溜まっていた。

「二人で勉強会？　いいなー」

会話に口を挟んできたのは、さっきまで本を読んでいた桐ケ谷さんだった。細江さんの肩の上に肘を置き、彼女はフフと唇で弧を描いた。

「お礼すんだったらあそこは？　駅前のカフェ。あそこのケーキおごってあげるってのはどう？」

「でしょ」

「いいじゃん。さすが美月、冴えてるぅー」

「ってことで高野さん、今日の放課後空いてる？　一緒に食べに行こうよ」

周囲の女子からの視線が、純佳に突き刺さっているのを感じた。高野さん、まさかあの子らと一緒に行動すんの？　幻聴だと分かっている。それでも、純佳は頷くのを躊躇った。細江さんと桐ケ谷さんが、察した風に目を合わせる。せっかく誘ってもらえたのに。行くって答えるだけなのに。思考はぐるぐると回っていたが、肝心な声が出なかった。どうして。なんで。凍り付いた純佳の唇を溶かしたのは、唐突に響いた声だった。

「はいはーい！　私も行きたい！」

元気よく挙手した莉苑が、三人の輪の中に飛び込んできたのだ。莉苑の行動がツボに入ったのか、細江さんと桐ケ谷さんは揃ってケタケタと笑い声を上げた。

「夏川さんがそういうこと言うの珍しいね、前のカラオケは断ったくせに」

「カラオケは音痴だからヤだっただけ。ケーキなら大歓迎！」

「言っとくけど、奢るのは高野さんだけだからね。夏川さんはちゃんと自分でお金を払ってよ」

「はーい」

気安さを感じさせる会話に、純佳は強張っていた全身の筋肉がほろほろと弛緩していくのを感じた。常々クラスみんなと仲がいいと豪語していた莉苑だが、あながちその言葉は間違っていないのかもしれない。

莉苑が溌剌とした表情で、純佳の顔を覗き込む。

「ね、純佳も行くよね？　今日、部活休みだし」

うん、と今度はハッキリと声が出た。細江さんと桐ケ谷さんは互いに顔を見合わせ、それからまたどっと笑った。


細江さんたちと約束を取り付けたことに浮かれていた純佳だが、放課後までにやらなければならない仕事が残ってた。昼食を食べ終わった後の休み時間、いつものようにこちらの席の近くに陣取る朱音に、純佳は恐る恐る声を掛けた。

「今日ね、一緒に帰れなくなったの。だから先に帰ってて」

「なんで？　部活？」

　スマホを操作していた朱音は、視線を画面から動かさなかった。意味もなく人差し指と薬指をクロスさせ、純佳はできるだけ彼女を刺激しない言葉を選んだ。

「あー、ちょっと……友達と一緒にケーキ食べに行くことになって」

「友達って？」

　そこでようやく、朱音はスマホを操作する手を止めた。顔を上げた彼女の眼差しは、剣呑としていた。

「友達って、誰？」

　冷ややかな声で答えを促され、純佳は咄嗟に目を逸らす。

「細江さんたち」

「ふうん。細江さん、ね。前から仲良かったっけ？」

「そういうわけじゃないんだけど」

　浮気の弁明をする恋人のような気持ちになるのは、一体どうしてなんだろう。他の友達と遊びに行くなんて、ごく普通のことのはずなのに。

　頬杖をついたまま、朱音は眉間に皺を寄せた。なんにも気にしていないという素振りで、彼女は再び画面に視線を戻す。

「明日は？」

「えっ」

「明日は一緒に帰れんの？」

「う、うん。いつも通り部活終わるまで待っててくれるなら、だけど」

「ならいい」

そう言って、朱音は意外にもあっさりと引き下がった。口論になるのではないかと危惧していた純佳は、内心でほっとした。よくよく考えれば、いくら朱音でも高校生にもなって他の友達と遊んだことを怒るなんて幼稚な振る舞いをするはずがない。朱音の許しをもらい、純佳はその日とても清々しい気持ちで放課後に出かけることができた。細江さんも桐ケ谷さんも、話してみれば全然怖い人ではなかった。もっと二人と仲良くなりたい。新しい友人関係を築きたい。そうした素直な欲求が、純佳の胸の中に芽生えていた。

朱音がおかしくなり始めたのは、その翌日からだった。

どこかで見たことがある。彼女が新調したペンケースに対して、純佳は最初にそんな印象を抱いた。次の日も、その次の日も。彼女は少しずつ自分の持ち物を変え始めた。新鋭のクリエイターがデザインしたスマホケース。雑誌に載っているような、猫形のヘアアクセサリー。手首につけられた水色のシュシュに、ブランドのロゴの入った靴下。単体で見れば極々ありふれたものだ。だけど、純佳にはそれら全てに見覚えがあった。

「なんか、朱音って愛ちゃんに似てきたよね」

あまりに平然と、莉苑は純佳の抱き続けていた違和感を本人に指摘した。最初はただの偶然だと思った。だけど、今の朱音は明らかに細江さんの持ち物を模倣していた。いや、持ち物だけではない。前までは律儀に第一ボタンまで留めていた彼女のシャツは、今では鎖骨が覗く部分まで開いている。スカートは短くなり、髪の色もうっすらと茶色に変化していた。まるで細江さんみたいだ。そういった印象を受けたのは、純佳だけではなかったらしい。ここにこと無邪気に笑い続ける莉苑の目には、すっかり垢抜けた朱音の姿が映っている。ここまでしてもなお清楚な雰囲気が失われていないのは、ある種朱音の持っている才能なのかもしれなかった。

「そう？　偶々じゃない？」

莉苑の問いに、朱音は素っ気なく返答した。そんな偶然あるわけもないのに、莉苑は「そうなんだ」とあっさりと引き下がった。

「高二になって、私も色々と変わろうと思ってさ」

そう言って、彼女は紙パックに入った紅茶をストローで吸った。細江さんが昨日飲んでいた、期間限定のウルトラマリンティー。それと全く同じ商品を机の端に置き、朱音はうっとりと微笑む。

「これ、結構まずいよ。一口飲む？」

いらないよ、と純佳は首を横に振った。朱音は不満そうに唇を尖らせたが、横から莉苑が紙パックを奪い取ったところで話はうやむやになった。


朱音は細江さんの真似をしている。その事実はすでに疑いようもなく、細江さんも桐ケ谷さんも朱音に対して不快な感情を隠さなかった。

グラウンドの隅に設置された、サッカー部の部室。そこでマネージャーとしての仕事を行いながら、純佳はスマホを取り出した。日誌を書く作業は楽しいが、延々と同じ作業をしていると飽きてくる。そういえば、今日朱音が飲んでいたウルトラマリンティーを、莉苑は絶賛していた。どうやら好き嫌いが分かれる味らしい。他の人たちはどんな風に感じたのだろう。強い興味があったわけでもないが、暇つぶしのつもりで純佳はSNSの投稿検索ページにキーワードを打ち込んだ。

『ウルトラマリンティーなんだけど、はずれ引いた。なんじゃこの味』『期間限定のウルトラマリンティーをお昼休み用にゲット、まあまあの味。グワバ味のグミも買っちゃった』

『今日買ったウルトラマリンティーが甘すぎてテンションだだ下がり。甘党以外無理だろこれ』

大量に並んだコメントの中で、一つの画像付きの投稿が純佳の目を引いた。

『お昼にウルトラマリンティー買った〜。私はマズイって言ったのに、友達がごくごく飲んでて笑った』

コメントの下には、一枚の画像が添付されている。紙パックを持った手を撮った写真で、その手首には明るい水色のシュシュがついていた。まさかね。脳を掠める予感に自分でも苦笑しながら、純佳は投稿者のアカウントを開いた。『あかね』と表記されたアカウント名の下には、シンプルなプロフィール文が載せられている。

女子高生。まいにちたのしい。

画面をスクロールしていくと、毎日のように投稿がされていた。それらは全て画像付きで、モチーフのあちこちに見慣れた校舎や制服が映りこんでいる。その左手首が全ての写真できっちりと隠されているのを見て、純佳は確信した。これは、朱音だ。

『髪の毛をちょっと染めてみた。あの子みたいになれるかな？』

『お気に入りのシュシュ！　お揃い！』

『新しい筆箱を買っちゃった！　売り場で見つかんなくてうろうろした笑』

『今日は親友とお出かけ。毎日が幸せすぎてこわい』

『友達とカフェにケーキを食べに来た。チョコタルトがうまーい』

『今日は誕生日を友達がお祝いしてくれた。みんなありがと！　最高の友達』

『学校で校外学習。うちのクラスはみんな仲良しすぎて逆にこわい笑』

なんだこれは。文章に目を通していく内に、純佳の眉間の皺はますます深くなる。投稿された内容は、確かに現実の朱音の行動とリンクしている。髪の毛を染めた。シュシュを買った。筆箱を新しくした。だけど、その他の内容が現実と乖離しすぎている。

まず、親友と出掛けたと書かれた日。その日、純佳は莉苑と二人で映画館にいた。朱音が好きそうな内容ではなかったため、莉苑を誘ったのだ。次に、カフェに行ったと投稿された日、実際にカフェに行ったのは純佳だ。細江さん、桐ケ谷さん、莉苑の四人で出かけた。チョコレートタルトを注文したのは細江さんだ。誕生日に盛大に友達から祝われていたのは、文化系グループに所属する石原さん。校外学習では確かにクラス単位でグループに分かれて飯盒炊爨（はんごうすいさん）を行ったが、全員が仲良しというわけでもなかったので、一部の人間だけが盛り上がって終わった。

朱音の投稿は、全てが美化されていた。他人の学校生活の一部をいいとこどりして、ちぐはぐに組み合わされている。ネット上で交流のある人間もいるらしく、時折投稿した内容に返信がついていた。

『いいなー、私は今の学校嫌いだよ』『あかねちゃんって友達多いんだね』『チョコタルト美味しそー』『そのシュシュすっごい可愛い！』

羨ましい。素敵。自身の投稿を称賛するコメントに、朱音がまんざらでもない様子で返信をしている。現実ではない自身の学校生活を他人に示し、それを誉められて悦に入っている。そこまでしないと、自尊心を保てないのだ。純佳の視線に、無意識のうちに哀れみの感情が交じる。その時、タイミングよく新しい投稿が行われた。

『彼氏ができました〜！　告白すんのドキドキしたけど、今はすっごく嬉しい』

朱音が中澤博と付き合い始めたという噂は、瞬く間に広がった。朱音の機嫌が良くなるにつれて、細江さんの機嫌は急降下していった。

『髪の毛をちょっと染めてみた。あの子みたいになれるかな？』

ＳＮＳの投稿文にもう一度目を通し、純佳は確信する。朱音は、細江さんに異常なほど憧れている。本人は気付かないふりをしているけれど、ここまでの執着を見せていて否定するほうがおかしい。朱音は細江さんになりたいのだ。

もしこのまま朱音といれば、自分も細江さんや桐ケ谷さんに嫌われてしまうのだろうか。あんな子と一緒にいるなんて、と蔑まれてしまうのか。

純佳だって、本当は朱音と一緒にいたいわけじゃない。純佳はこんなにもあの子に尽くしているのに、あの子は自分の幸せのために身勝手に行動する。純佳だって、彼氏が欲しかった。これまで告白を断ってきたのは、朱音の面倒を見なければいけなかったからだ。朱音が、純佳がいないと死ぬと言ってたから。だから、全部を我慢してきた。純佳はいい子だ。弱い子を助ける。でも、いい子が弱ったところで、誰も助けてはくれないじゃないか。なら、自分は何のために朱音と一緒にいるのだろう。いい加減、自由にさせてくれ！

これまで心の奥底に抑え込んでいた感情が、勢いよく噴き出した。タガはどこかへと吹き飛び、理性で厳重に覆い隠されていた本音が暴かれる。

――自分は、朱音が大嫌いだ。

そう認めた瞬間、心がスッと軽くなるのを感じた。

「朱音のこと、よろしくね」

数学の授業前。中澤にそう告げたのは、純佳の本心だった。お前がアイツの面倒をみろよ。本当はそう言いたかった。

「純佳、死にたい」

夜の孤独に、彼女の台詞はよく映えた。もう何度目かすら分からない、朱音からのＳＯＳ。

機械越しの声は、確かに泣いているようだった。自室のベッドに腰掛け、純佳は大きく溜息を吐いた。

今日の放課後、朱音からの誘いを純佳は断った。一緒に帰ろう、今日は寄りたいところがあるの。何食わぬ顔で告げられた台詞に、純佳は内心で唖然とした。中澤と付き合い始めてからというもの、朱音は彼と一緒に帰るようになった。だから、そういう担当はもう中澤に代わったのだと思っていた。恋人を作ってもなお、朱音は純佳を逃すまいとしているのか。

「なんで私に電話するわけ。彼氏に相談すればいいでしょ」

応じる声は、自然と刺々しいものになった。朱音が息を呑む気配がする。ひどい。震えた空気が、辛うじて声の形を成す。弱者ぶろうとするその態度に、純佳の堪忍袋の緒が切れた。

「朱音さあ、マジでなんなの。死にたい死にたいってこれみよがしに手首切ってさ、本当は死ぬつもりなんてないくせに。朱音は私を利用してるだけだよね、そういえば私が都合よく動くから」

「違うよ、そんな、」

「何が違うの？　今までずっと、楽だったでしょう？　自分の思い通りに働く奴がいてさ。毎回毎回、私は朱音のためを思っていろいろとやったよ。高校だって変えた。クラスでだって一緒にいた。で、朱音は何をしてくれたわけ？　夜中に無理やり呼びつけて、つらいつらいって、私が世界で一番不幸ですって顔してさあ。それで？　私は永遠に朱音の言う通りにしなきゃなんないの？」

「そんなつもりじゃ、」

朱音のしゃくり上げる声が聞こえる。昔から、彼女はすぐに泣いた。純佳はそれを朱音が弱いからだと考えていた。だけど、違った。朱音がすぐに泣くのは、そうすれば純佳が助けてくれると知っているから。弱いフリをすれば、正義の味方を気取った女が自分に都合よく動くから。

朱音にとって、涙は武器だ。

「死にたいならさっさと死ねばいいじゃん！」

衝動のままに叫び、純佳はそのまま通話を切った。朱音が死ぬ、前日の出来事だ。


その翌日、朱音は学校を欠席した。純佳の脳裏には前日の会話がちらついたが、こちらから謝る気はさらさらなかった。だって、純佳から折れてしまえば、また元の木阿弥だ。

『純佳が死ねっていうから、今日北校舎の屋上から飛び降ります。今まで迷惑かけてごめんね。私、純佳のことが好きだったけど、でも、純佳が死ねって言うなら死ぬよ。さよなら』

七時間目の体育が終わり、教室に帰った途端に自分の机からこの手紙を発見した。幼いころから見慣れた文字。差出人は、朱音だった。二枚目の便箋には、青いリンドウの花が色鉛筆で描かれていた。

正直に言うと、腹が立った。わざわざ登校してまで伝えたかったメッセージが、この当てつけのような文なのか？　結局のところ、朱音は純佳を脅しているのだ。中学生の時と同じ。お前が折れろと、自分の命を人質に純佳の屈服を望んでいる。そんなの、許せるわけがない。純佳はもう、朱音のために生きるのを止めたのだ。

熱心に鏡を見つめる細江さんに、純佳は背後から声を掛ける。

「細江さん。今日、一緒に帰ろう？」

これは、朱音への嫌がらせだ。彼女が異常なほどに執着している細江さんに、自分はこんなにも気さくに話しかけることができる。一緒にいられる。歪な形で他者をコントロールしようとする朱音には絶対に真似できない、健全な友達の作り方。右手の中で、くしゃりと手紙が潰れる。その感触は純佳の胸に途方もない快感をもたらした。

「珍しいよね、高野さんから誘ってくれるなんてさ」

通学路を辿る細江さんの歩幅は、純佳のものに比べて少し狭かった。彼女の一歩は小さいが、その分、足を動かすペースが速い。

「美月ってば課題忘れたせいで先生に呼び出しくらって、一緒に帰れなくなってさ。本当は一人で帰ろうと思ってたんだ。だからちょうどいいタイミングだったよ。夏川さんは誘わなくていいの？」

「莉苑も用事があるみたいでね、今日は先帰ってって言われたの」

「ふーん、そうなんだ」

学校から出た先は、なだらかな坂道となっている。その突き当たりに設置された横断歩道の前で、二人は立ち止まった。信号が赤だった。目の前を走る車は、一般道だというのにやたらと飛ばしていた。沈黙が流れる。行き交う車の群れの中に、鮮やかな青色が見える。リンドウの花と同じ色だ。そう認識した瞬間、純佳の頭に鈍器で殴られたような衝撃が走った。なぜ、こんな大切なことを考慮しなかったのだろう。朱音から届いた、あの短い手紙。ありえないとは思う。だが、もし本当に朱音が死んだら？　その時、この手紙の扱いはどうなる？　純佳が手紙を無視したと知られたら、周囲の人間は、先生は――母親は、純佳をどう思う？

「ごめん！　私、やっぱ学校に戻る！　細江さんは先に帰ってて」

くしゃくしゃに丸まった手紙を握り締め、純佳はその場から駆け出した。背後で細江さんが困惑の声を上げたのが聞こえたが、純佳を追って来たりはしなかった。

肺が上下に掻き回される。空気が喉の隙間に詰まり、脳みそから酸素を奪う。頬の表面に熱が集まり、恐怖にも似た感覚がじわりじわりと足の裏を蝕んでいく。手のひらに食い込んだ爪の跡。そこに残るジクジクとした感覚を反芻しながら、純佳はただひたすらに屋上へと向かう。人気のない廊下に、上靴の底が擦れる音が響く。階段を上ると案の定、普段は閉鎖されているはずの扉が開いていた。外の空間へと広がる扉が、ぱっくりと口を開けてこちらを見ている。折れそうになる心を奮い立たせて、純佳はなんとかその先へと進んだ。

空が赤い。

夕焼けに照らされた空間に、純佳は僅かに目を細める。橙色の太陽は今にも空から溶け出してしまいそうだった。頬を撫でる生暖かい風が、純佳の背筋をぞくりと震わせる。唾を呑み込み、純佳はゆっくりと屋上へ足を踏み入れた。手のひらの中でくしゃくしゃに丸まった紙切れが、純佳の鼓動を加速させた。

「朱音、」

呼びかけた声に、返事はなかった。しかし探し求めていた人物はそこにいた。転落防止用の柵の先に、朱音が立っている。茶色味を帯びた彼女の髪が一瞬だけ風に流れた。黒い睫毛に縁取られたその瞳が、縋るようにこちらを見た。ゾッとした。何かが起きる、そんな気がした。無意識のうちに、純佳は叫ぶ。

「朱音っ」

その瞬間、彼女の身体は宙へと投げ出された。咄嗟に駆け出した足が、乾いたコンクリートの地面を蹴った。手を伸ばす。しかし、間に合わない。紺色のハイソックスが柵にぶつかる。わなわなと足が震えだして、純佳は思わずその場に蹲った。下からは現場に居合わせた生徒の声が聞こえていた。何が起こったか。そんなこと、見ずとも理解できていた。

紙を握り締めたまま、純佳は嗚咽を漏らした。

「……ごめん、朱音」

※※※

瞼を上げると、そこに莉苑の顔があった。

「うわっ」

驚きのあまりベッドの上で起き上がると、莉苑はその場から飛びのいた。瞬きを繰り返し、純佳は寝ぼけている脳を無理やりに働かせる。橙色の空気が充満した空間は、間違いなく自分の部屋だった。学習机の上には昨日使用したノートが開いたままにされている。そのページをよくよく見てみると、解き終わった問題が勝手に丸付けされていた。

「あ、それ。暇だったからやっておいたよ！」

莉苑が元気よく挙手している。溌剌とした彼女の声は、寝起きに聞くには少々やかましかった。

「ちょっと待って。なんか、思考が追い付いていかないんだけど」

掛け布団を持ち上げ、純佳は自分の身なりを確認する。昨晩の記憶通り、柔らかなパイル素材のパジャマを着ている。そのまま視線を莉苑に移せば、彼女はしっかりと制服を着こんでいた。何故だ。自室と莉苑という奇妙な取り合わせに、純佳は首を捻った。まだ夢を見ているのだろうか。

「……おはよう」

とりあえず挨拶すれば、莉苑はくひっと特徴的な笑い声をあげた。

「おはようって、もう夕方だよ？」

「うそ」

「本当本当。今日はもう木曜日でーす」

棚に置かれたデジタル時計を確認すれば、確かに十八時と表示されている。どうやらずっと寝っぱなしだったらしい。上半身を軽く伸ばせば、それだけで全身がぽきぽきと鳴った。

指を曲げ、乱れているであろう髪を梳く。絡まっていた髪がほどける度に、細くなった毛が抜け落ちた。

「……で、莉苑がどうしてここにいるの？」

「純佳が心配だからお見舞いに来たの。そしたらね、純佳のお母さんが上がってってって。友達と話した方がいいだろうからって」

「せめて一言連絡くれたら良かったのに」

「したよ。でも、何回連絡しても返事なかったから」

莉苑の言葉通り、スマホには何通かメールが届いていた。ね、と彼女はどこか誇らしげに胸を張る。相変わらず大きな瞳が、不意に純佳の顔の上で留まった。じっと凝視されることにいたたまれなさを覚えていると、唐突に彼女の手が純佳の頰に伸ばされた。そのシャツは肘まで捲られており、白く滑らかな皮膚には傷一つなかった。

「泣いてたの？」

「え？」

「涙が出てる」

その指摘に、純佳は慌てて目元を擦る。涙袋に掛かる下まつ毛は確かに少し湿っていた。

「欠伸したのかも。変な涙じゃないよ、本当に」

「でも、魘されてたよ。変な夢見てたんじゃない？」

「変な夢って？　そんなんで怖がるほど子供じゃ——」

「例えば、朱音の夢とか」

莉苑の視線は外れない。朱音。その名前を彼女が口にした瞬間、純佳の背中をゾクゾクと寒気が走った。反射的に強張った純佳の表情を、莉苑はつぶさに観察している。黒目勝ちな瞳は微動だにせず、どこか作り物めいていた。

「純佳はさ、朱音が自分のせいで死んだんだって思ってるんでしょう？　だから、学校に来られない。自分のせいで朱音が死んだってバレたら、被害者の立場を守れないから」

ギクリと露骨に肩が跳ねた。舌足らずな莉苑の声は、的確に純佳の心の柔らかい部分を突き刺してくる。

「今のままだったら、可哀想な純佳でいられるもんね。大好きな親友を亡くした可哀想な純佳ちゃんって、みんなからちやほやしてもらえる」

「なんでそんなこと言うの。なんで、そんなひどいこと……」

俯いた純佳の顔を、莉苑が無理やりに持ち上げる。顎を掴まれ、純佳は否応なしに彼女の顔を真正面から見つめなければならなかった。莉苑は無表情だった。

「映像、撮られてるんだよ」

ひゅっ、と喉が鳴った。与えられた情報が、余りにも予想外だったから。

「純佳はずっと寝込んでたから知らないだろうけど、ネットにはもう出回ってる。画質が悪いからあんまり細かいところは見えないんだけど。でも、これを証拠として嗅ぎまわってる子がいるの。ソイツが、純佳を疑ってる」

思考がついていけない。目の奥がチカチカと点滅した。気持ち悪い、今にも吐きそうだ。

「大丈夫、落ち着いて。私はね、純佳を助けに来たの」

顔を歪めた純佳の両頰を、莉苑の手のひらが包み込む。

「……助けに？」

「そう。純佳の心の準備がちゃんとできるように、前もって伝えておこうと思って」

ニカッ、と莉苑が破顔する。いつもの莉苑だ。ピンと張り詰めていた空気が、見る間に緩んでいくのを感じた。莉苑は身軽な動きでベッドから飛び降りると、スクールバッグの中からくちゃくちゃになったレジ袋を取り出した。

「あ、これはお土産ね。プリンとシュークリームと、アーモンドチョコレート！」

「えっ、うん。ありがとう」

「シュークリームは私が食べようと思って買ったから、それだけちょうだい。今食べていい？」

「いや、それは勿論いいけど」

「やったー」

先ほどの迫力はどこに消えたのか、莉苑は嬉々としてシュークリームの包装を破き始めた。その緊張感のなさに呆れつつ、純佳もベッドから離れる。剝き出しになった素足は、いやに汗を掻いていた。

カーペットの上に正座し、純佳は渡されたプリンを開ける。食事を食べ損ねたせいで空腹だった。

「あのさ、一ノ瀬祐介っているでしょう？　サッカー部の」

「あぁ、うん。一ノ瀬君なら昨日お見舞いに来てくれたけど」

「動画を撮ったのね、多分あの子だよ」

そう言って、莉苑はシュークリームに勢いよく嚙みついた。薄いシューの隙間からカスタードが今にも零れ落ちそうだ。もったりと質量のあるクリームは、綺麗な黄色をしていた。

「今日ね、一ノ瀬君が私のところに来たの。朱音のことが知りたいって。それで色々と話してたんだけどさ、動揺するたびにやたらとポケットを触ってたのね。生地がぼこっと四角の形をしてたから、多分あれはスマホを触ってたんだと思う」

あとね、と莉苑が口を動かしながら続ける。

「一ノ瀬君、あの動画の撮影ポイントを多分知ってた。私が手を洗ってるときに、やたらと壁を見てたし。だから、撮影者は一ノ瀬君だと思う。あと、純佳の名前を出した時も目がきょろきょろしてた。絶対に純佳のこと疑ってるよ」

「そんな……証拠もなしに相手を疑えないよ」

「本当に証拠はなかった？　昨日、純佳の家に一ノ瀬君たち来たんでしょう？　その時、おかしなところはなかった？」

「確かに、疑われてる感じはした。吉田君と田島君は心配してくれてるって感じだったけど、一ノ瀬君はちょっと怖かった」

「印象って大事だよ。やっぱり、一ノ瀬君は純佳のことを疑ってる。間違いないって」

そうハッキリと断言されてしまえば、それが正しいような気もしてきた。プリンの蓋を取り、そこに張り付いている薄い膜をスプーンで剝がす。

「多分ね、一ノ瀬君は正義の味方気取りなんだと思う。悪い人なわけじゃなくて、ただ真実を追求することが正しいと思い込んで行動してる。悪気がないんだよ。だからね、もし純佳が嫌だなって思ったら、ちゃんと一ノ瀬君のやってることを思い知らせればいいと思う。自殺現場の動画を撮って、しかも現場から逃走するなんてひどすぎるよ。自分がいかに最低なことをしてるかって気付いたら、普通の人だったらちゃんと我に返ると思う。もし向こうが突っかかってきたら、純佳は堂々と自分は悪くないって言ったほうがいいよ」

「でも、実際問題、私が朱音を殺したようなもんだよ」

喉からコロリと転がった本音は、完全に無意識の内に発せられたものだった。シュークリームの欠片を呑みこみ、莉苑が不思議そうに首を傾げた。

「どうして？」

「だって、」

もしここで本当のことを言えば、莉苑は離れていってしまうだろうか。いい子でない純佳になど、存在価値はないのだから。俯いた純佳に、莉苑は何も言わなかった。

プリンの中央に突き刺さったプラスチックスプーンは、硬い黄色の表面にひび割れのような線を作っている。カップの底に沈んだカラメルは粘り気が強くどろどろとしているが、スプーンが底に到達しない限りはプリンと混ざることはない。黄色と茶色の境界線は、端から見ても明確だった。

「純佳が食べないなら一口ちょうだい」

伸びてきた手が、いとも容易く純佳からプリンを奪う。深々と突き刺さるスプーンが、濃いカラメルを掬い上げた。

「ここのメーカーのプリン美味しいよね。純佳が好きなのわかるよ」

「私、好きって言ったことあったっけ？」

「ないけど、いっつもお昼休みに食べてるじゃん。誰が見たって好きだって気付くよ」

机の上に散乱した莉苑の手土産は、そのどれもがコンビニで売っているありふれたものだ。プリンもチョコレートも、大手メーカーのもの。買おうと思えばいつだって買える、純佳の大好物。でも、朱音は純佳の好物を覚えていた例しはなかった。朱音がお菓子を買ってくるとき、袋の中には朱音の好物以外の物は存在していなかった。

「私ね、朱音とはずっと幼馴染なの。小さい頃から朱音の面倒を見るのは私みたいなところがあって、朱音と一緒にいると皆が誉めてくれたの。純佳ちゃんは偉いねって」

一度語り始めたら、言葉は堰を切ったように溢れ出した。純佳の人生の大半は、朱音によって占められている。どの場面を思い返しても、純佳の隣には必ず朱音の姿があった。

「でも、それがどんどん苦痛になった。莉苑は覚えてるかな？　前、どうして私が朱音と一緒の高校に来たかって話をした時のこと」

「覚えてるよ。純佳が朱音を好きだからって、そういう話になったんだよね」

「あれね、本当は違うの。朱音がね、純佳と一緒の高校じゃないなんて嫌って言って自殺未遂したの。それで、私たちは一緒の高校に入ることになった。ずっとね、重荷に感じてた。嫌だった。朱音のことばっかりの毎日が。それでね、私、朱音にあの日の前日、言っちゃったの。……さっさと死ねばって」

ここ数日間、純佳が必死に隠していた真実は、言葉にするとこんなにも呆気ないものだった。死ねと言ったら相手が死んだ。ただそれだけ。純佳の告白に、莉苑はどんな反応を示すのだろう。純佳のせいじゃないよと慰めるか、あるいは純佳のせいだよと詰るのか。そのどちらでも、受け入れる心の準備はできていた。

「なるほどねえ」

莉苑が菓子箱の包装を剝がす。金色のテープを引くと、透明な包装フィルムはいとも簡単に抜け落ちた。楕円形のアーモンドチョコレートを一つ摘まみ、莉苑はそれを純佳の口に突っ込んだ。奥歯で嚙み潰すと、アーモンドが砕ける感触がした。

「純佳の言葉でさ、全部分かったよ。朱音がどうして遺書を残さなかったのか」

彼女の小さな手が、チョコレートを一つ捕まえる。それがパクンと彼女の口の中に吸い込まれていくのを、純佳は馬鹿みたいに呆けた顔で眺めていた。

「ずっと不思議だったんだ。どうして朱音は遺書を残さなかったんだろうって。でも、純佳の言葉でやっと分かった。純佳さ、あの日なんで屋上に行ったの？」

「それは……手紙で呼び出しがあったから」

「そこにさ、絵が描いてなかった？　花の絵」

封筒に入っていた二枚の便箋。その二枚目には確かに、美しい花が描かれていた。

「描いてあったよ。青い、リンドウの花」

「じゃあさ、純佳はリンドウの花言葉って知ってる？」

「知らないよ。小学生の頃は花言葉とか星占いとかに結構ハマってたけど、もう覚えてない」

小さい頃、母親が買っていたファッション雑誌の最後には、花言葉を紹介するページがあった。花の種類に興味を持った純佳は母親にねだって花言葉事典を買ってもらったのだが、結局一週間もしないうちに飽きてしまった。あの花言葉事典は、今はどこにあるのだろう。捨ててしまったのか、それとも誰かにあげたのか。記憶にないということは、幼い純佳にとっては事典はその程度の価値でしかなかったのだろう。

チョコレートをさらに口に放り込み、莉苑がもぐもぐと咀嚼する。何でもないことのように、彼女は言った。

「リンドウの花言葉はね、『誠実』。多分、朱音は最後まで純佳に誠実でありたいと思ったんだろうね。だから、リンドウの花を描いて送った」

「ちょっと待ってよ。誠実ってなに？　朱音のあの死に方が誠実って？」

「うん。私にはそう見えた」

チョコで汚れた指先をティッシュで拭い、莉苑はその場で居住まいを正した。急に真面目な顔をされても、純佳はどうしていいか分からない。

「朱音の自殺には、多分理由なんてないんだよ。生きていたくなくなった。ただ、それだけ。そういう気持ち、純佳には分からない？　漠然とすべてが嫌になるというか、現実から逃げたくなる気持ち」

「それは分かるような気もするけど、」

衝動的に湧いてくる自分自身に対する忌避の欲求は、思春期の心にふらりと入り込み、死という選択肢を優しく与えてくれる。朱音も、そうだったのだろうか。死にたいと彼女が叫んでいたのは単なる周囲へのアピールではなく、どうしようもなく死に惹きつけられる自分自身の心に、必死に抗っていたのだろうか。

「だから、朱音は遺書を残さなかった。誰かのせいにしなかったのは、そもそも誰も悪くないから。自分は身勝手に死ぬけど、その後に他の誰も責めないで欲しい。多分、そういうメッセージなんだよ。遺書がないという事実そのものが、朱音からの遺言なんだ」

朱音はさ、と莉苑が続ける。

「一人で死ぬのが寂しくて、それで純佳を呼んだんだと思う。多分ね、朱音にとって純佳は最後まで特別だったんだよ。呼び出しの手紙になんて書いてあったかは分かんないけど、そのリンドウの花こそが純佳の本心なんだと思う」

川崎さんは高野さんのせいで死んだんじゃないよ。この台詞を、ここ数日で多くの人間に掛けられた。だけど、そこにはなんの根拠もなかった。軽薄な慰めは、自責の念で雁字搦めになった純佳の心をより深く傷付けた。

「朱音は、純佳のせいで死んだんじゃないよ」

真っ直ぐに純佳の目を見つめ、莉苑が言う。無責任な大人たちが吐いてきた台詞と、そっくりそのまま同じ台詞。なのに、暗闇に差し込む一筋の光のように、莉苑の言葉は純佳の心を柔らかに照らした。重みが違う。莉苑は全てを知っている。朱音が死んだ瞬間も、純佳が犯した罪のことも。それでも、彼女は純佳を悪くないと言った。まるで全てを知り尽くした神様みたいに、彼女は純佳を裁いてくれた。

「……っ」

指が震える。伸ばした手を、莉苑はしっかりと握ってくれた。鼻の奥がツンと痛い。熱を持つ目頭を覆い隠すように、純佳は莉苑の胸に顔を埋めた。彼女はそれを拒むことなく、純佳の背に腕を回した。頭を撫でる手つきの優しさに、純佳はますます自身の喉の奥が熱くなるのを感じた。

ずっと怖かった。あの日から、自分が殺人者になったような気がして。朱音のことが嫌いだった。だけど、情が湧いていないわけがなかった。自分たちは物心ついた頃から一緒にいたのだ。嫌いだなんて簡単な言葉で、割り切れるはずがない。

「朱音はね、多分生きるのに向いてなかったんだよ。陸地に上がった魚みたいに、息の仕方を知らなかった。だからね、今はきっと、ようやく楽になれたんだと思う。だから、純佳はあの子の死を背負わなくていいんだよ。悲しい思い出はすぐに忘れて、純佳は自分が幸せになる方法を探すべきだよ」

嗚咽を漏らす純佳に、莉苑は優しく語りかけた。

「絶対に、朱音もそれを望んでるだろうから」

第六章
死んだ
あの子に
口はなし（完）

7. 差出人：川崎朱音

二年二組のみんなへ

　みんながこの文章を読んでいる頃には、きっと私は既に死んでいるでしょう。

　明日、私は死にます。そう決めました。でも、死ぬ前に私がなぜ死んだのかをみんなに知って欲しくて、だからこの遺書を書きました。北校舎の屋上に呼び出した手紙、みんなもう読んでくれたかな。きっとみんな、驚いたよね。呼び出されて屋上に行ったら、私が自殺してるんだもん。泣いてる子もいるかもしれないね。ごめんね。

　二組になって楽しいこともいっぱいあったよ。みんな優しくしてくれて、嬉しかった。でもね、やっぱり我慢できなかったんだ。私ね、細江さんと桐ケ谷さんにいじめられてた。みんな知ってるよね？　この二人がどんなにひどいことしてきたか。私、本当は我慢しようと思ってたの。私さえ我慢してたら、きっと問題ないって。でも、やっぱり耐えられない。こんな目に遭うくらいなら、死のうって思ったの。だから、私は死にます。桐ケ谷さんと細江さんのせいで。私は命を懸けるから、だからこの二人が私をいじめてたってことを、ちゃんとみんなで告発して欲しい。そして、私の自殺に協力してくれた莉苑には心の底から感謝の気持ちを伝えたいです。私が悩みを打ち明けた時、死にたいって本当に思うなら、そうする選択肢もあるよって言ってくれてありがとう。莉苑のおかげで、私は死ねるよ。死ぬの、本当はすっごく怖かった。でも、莉苑が私のために屋上の鍵を学校から盗んでくれて、それで決意できたの。死のうって。莉苑は一度も私が死ぬことを止めなかったよね。ありがとう、莉苑。私を殺してくれて。

こうして改まって手紙を書くのって、何だか恥ずかしいね。でもね、私信じてるから。手紙を受け取ったみんなが、ちゃんと屋上に来てくれるって。だって、私たち友達だもんね。

それと、最後に純佳へ。幼馴染の純佳には、これまで迷惑掛けちゃったね。私、本当は純佳のことずっと好きだったの。だからね、私が死んでも私のことを忘れないで欲しい。私にとって、純佳は最高の友達だった。今までありがとう。死んでからじゃないとこんな風に言えないなんて、私も馬鹿だよね。純佳のこれからの人生が幸せになることを願ってるよ。だからね、純佳は私のこと、ずっとずっと覚えていてね。

川崎朱音より

「自分がいなくても世界は回ってるって、なんか怖いよね」

額に掛かる前髪が、莉苑の顔に影を落とす。伏せられた瞼の縁に密集する、柔らかな睫毛。彼女の握るシャーペンがくるくるとノートの上を滑ると、あっという間に美しい図形が出来上がる。発展クラスの数学課題は、朱音に出されたものよりずっと難解そうに見えた。

「なに、いきなり」

「たまに考えない？　自分が死んだあと、世界はどうなるんだろうって」

「どうもこうも、なんも変わらないでしょ」

「分からないよ？　朱音が目覚めた瞬間に世界が出来上がって、朱音が死ぬのと同時に世界が滅亡するのかも」

「なにそれ。意味分かんない」

莉苑と二人きりで会話すると、いつもよく分からない話になる。多分、莉苑はこういう哲学的な話をするのが好きなのだ。純佳の部活動が終わるのを待っている間、莉苑が独り言のように考察を話し続けることは度々あった。彼女の話になど露ほども興味が湧かないため、朱音はいつもその間にノートの端に落書きすることで時間を潰している。

「もしも朱音が死んだら世界はどうなるのかな。朱音の言う通り、なんにも変わらないのかな？　みんなが朱音のことなんて忘れて平気な顔して生きていくの？　そんなの、なんか悲しくない？」

「勝手に殺さないでよ」

「例えばの話だよ。……あ、朱音って絵が上手いね」

莉苑がずいとノートの中を覗き込んでくる。余白に描き込んだのは、ドクゼリの花だった。

別に、特に思い入れがあったわけではない。ただ、以前にニュースで見たことがあっただけ。

『セリとの間違いに注意！　この野草には毒があります』デカデカとテレビ画面に映っていたテロップは、毒々しい色をしていた。

「ドクゼリだね。こういう花にもちゃんと花言葉ってあるのかな？」

疑問形ということは、返答を待っているのだろうか。期待に満ちた目で見つめられ、朱音は渋々答える。

「『死をも惜しまず』、『あなたは私の命取り』」

答えが返ってきたことに、莉苑は驚いたように目を瞠った。

「へえ、そんな花言葉があるんだ。詳しいんだね」

「まあ、小さい頃にハマった時期があって、それで覚えてるの。純佳がいきなり花言葉にハマりだしてね。あの時はとにかく花言葉を片っ端から調べてた」

「他に面白い花言葉はある？」

「莉苑にとってどれが面白いかは分かんないけど。まあ、花言葉って国によっても違うし、同じ花でもいろいろな意味があるんだよね。……あ、これとかはまあ面白いかも？」

ドクゼリの横に、朱音は手早くスイセンの花を書き添えた。上手いねえ、という莉苑の称賛に、朱音は満更でもない気分になった。

「ナルキッソスの神話があるでしょう？　美少年のナルキッソスは、水面に映った自分に恋をしたってやつ。死んじゃったナルキッソスは、スイセンになった。その神話から、スイセンの花言葉は『自惚れ』とか『自己愛』になったの」

「おおー。もっと他にはないの？」

「他にってねえ、なんか思いつく花はない？」

「花かー」

莉苑は腕を組み、考え込むように首を傾げた。

「リンドウは？」

「リンドウは結構あるね。『誠実』とか。あとは『悲しんでいるあなたが好き』とか、そういう感じ」

「勿忘草は？　朱音、勿忘草が好きって前に話してたよね？」

「よくそんなの覚えてたね」

「なんか、印象に残ってたから」

勿忘草は薄青色の花弁が密集する小さな花だ。元はヨーロッパに生息していたようだが、今では野生化して日本の各地に群生している。

「勿忘草は名前のイメージ通り、『私を忘れないで』って花言葉がある。悲恋の伝説が由来らしいけど」

「なんかロマンチックだね」

「他にも、『真実の愛』とか……あとは、『真実の友情』って意味もある」

「ほーう、『真実の愛』かあ。だから朱音は勿忘草が好きなの？」

だから、とは何に掛かった接続語なのだろう。じっと莉苑の目を見つめ返しても、彼女の真意は見つからない。朱音は首を竦めると、曖昧に言葉を濁すことにした。

「さあね？　見た目が好きなだけかもよ」

ふうん、と莉苑は唇を尖らせた。ペンだこの目立つその中指が、朱音の描いたドクゼリを何度も優しく撫でていた。

美しい思い出を、人は誰しも抱えている。瓶の中に隠してある極上の蜜みたいに、それは光にかざすとキラキラと輝いている。瓶から中身をちょっとだけ取り出して、小指の先につけてみる。それを舐めるだけで、甘い幸せの空気が脳いっぱいに広がって、しばしの間、幸福の余韻に浸ることができる。そういう、あまりにも尊い思い出を、褪せていく記憶の下に朱音はひっそりと隠し持っている。

「ねえ、次はどこに行こうか」

目を閉じれば、幼い頃の純佳が笑っている。ふっくらと膨れた頬は、焼き立てのパンみたいに柔らかい。今では落ち着いた雰囲気を纏っている彼女も、小さい頃はわんぱくだった。親に怒られることが嫌いな彼女は、近所の公園に遊びに行くと嘘をついて、朱音と色々な場所に行った。駅前の商店街、学校近くの博物館。無料の展覧会に、町はずれの河川敷。それから、お化けがでるという噂の林。小学生の自分たちの足は小さくて、行ける場所なんて限られていた。それでも、高校生になった今よりもずっと、幼い朱音の目にはたくさんの風景が広がっていた。

あの頃、世界は美しかった。二人はたくさんの場所を冒険した。純佳が手を握っていてくれたから。

「この花はなんていうお花？」

そう言って、純佳が朱音の方を見る。彼女の人差し指が向いた先には、桃色の花が花壇に群れるように咲いていた。駅前の児童公園には噴水を取り囲むようにして様々な種類の花が植えられており、二人が見たことのない花を探すのにも事欠かなかった。「ちょっと待ってね」と言いながら、朱音は必死になって抱えていた花言葉事典を捲った。同じ花の写真が載っているページを突き止め、朱音は得意になって答える。

「これはね、ユリだよ。花言葉はね、色によっても違うみたい。ユリ自体は『純粋』とか『無垢』とかそういう意味なんだって」

「ムク？　へえ、面白いねえ」

熟語の意味が分かっているかは怪しいが、純佳は満足したように手を打ち鳴らした。この頃の朱音と純佳のブームといえば、こうして身近に咲いている花の花言葉を片っ端から調べることだった。ちなみに、事典は純佳が家から持ってきた。母親に買ってもらったらしい。

「あ、あれは？　あの紫の！　お風呂でよく見るやつ」

次に純佳が指差したのは、奇妙な形をした花だった。紫色の粒が緑色の茎の周りを取り囲んでいる。花火みたいだ。純佳の言葉通り、確かに朱音もこの形を薬局の入浴剤コーナーで見かけたことがある。

「これはね、ラベンダー。花言葉はいっぱいあるんだけど、『疑い』『不信』『あなたを待ってます』だって」

「なんか、あんまりよくない意味なんだね」

「こんなにいい匂いなのに不思議だね」

風に乗って二人の元に届く香りは、甘ったるいのにどこか爽やかだ。肺いっぱいに酸素を吸い込むと、うっすらと紫に色づいた空気が体の中にたぷたぷと溜まっていくような気がした。

「ね、もっと他にもお花を探しに行こうよ。こういうのじゃなくて、珍しいやつ！」

純佳の提案に、朱音は「うーん」と首を捻った。珍しい花なんて、そう簡単に見つかるだろうか。二人はしばし考え込んでいたが、急に純佳が思いついたようにポンと手を打ち鳴らした。

「お化け林に行こうよ。あそこなら絶対いいお花が見つかるよ」

「確かに。いっぱい色んな植物があるもんね」

「暗くなる前に行かないと。ほら、早く」

善は急げと言わんばかりに、純佳は朱音の手を取って駆け出した。林は逃げないよ、と朱音は思ったけれど、それを口に出したりはしなかった。わくわくして、すぐにでも駆け出したかったのは朱音も同じだったから。

お化け林にはすぐに到着した。公園から程近い場所にあるこの林は、人の手で管理された私有地だった。木と木の間隔は一定に保たれ、頭上からは日の光が降り注ぐ。本当は関係者以外立ち入り禁止とされていたらしいのだが、近所に住む子供たちの絶好の遊び場となっていた。ちなみにお化け林という名前は、学校の誰かがここでお化けが立っているのを目撃したという噂に由来していた。

「うわあ、珍しい花がいっぱいだね」

「これ、なんて名前なんだろう」

林に生える草花は、自由気ままな形をしている。先ほど公園で見かけた花たちはどれもが加工されたかのようによく似た形をしていたが、地面に生える植物たちはツルが長かったり葉が腐っていたりと個性的な恰好をしていた。一つ一つの花を調べていくうちに、二人は奥へ奥へと進んでいく。木の間を抜けて道らしきものを辿っていくと、やがては開けた場所に出た。日光を遮っていた葉がなくなり、視界を眩い光が支配した。強い日差しに、朱音は咄嗟に目を覆った。

「うわっ、すごい！」

隣で、純佳が歓声を上げた。その声に後押しされるように、朱音は恐る恐る自身の両目から手を離した。

「……わあ」

思わず声が漏れたのは、幻想的な世界が目の前に広がっていたからだ。スカイブルーの花が、ふかふかの絨毯(じゅうたん)みたいに辺り一面に咲き乱れている。こぶりの花びらの隙間からは深緑の葉が覗いており、そのコントラストは朱音に宇宙を連想させた。濃い緑の中に散らばる、星屑のような小さな花たち。風に揺れる花びらは、天の川に紛れる星々のように密やかに瞬いていた。

「すごい。地面が空色だ」

どこを歩いても花を踏んでしまいそうで、二人はその場に立ち竦んだ。それから、どれほどの時間が経っただろうか。未だに目の前の景色に圧倒されている純佳に、朱音は遠慮がちに声を掛けた。

「あの花、勿忘草って言うんだね」

事典を捲れば、花の名前はすぐに出てきた。『真実の友情』。その花言葉は二人の関係を言い表すのにピッタリだった。

「ねえ、ここを二人だけの秘密の場所にしない？」

朱音の提案に、純佳は驚いたように両目を丸くした。その黒い瞳に、勿忘草の青が映り込んでいる。

「それ、サイコーだね！」

そう言って、彼女ははしゃいだように大きな笑い声を上げた。純佳が喜んでいることが嬉しくて、朱音もつい笑みをこぼす。こんな素敵な場所は、きっと先生だってお母さんだって知らないはずだ。ここは、二人だけの秘密の場所。この宝石のような風景を知っているのは、世界中で二人だけ。

「あ！　じゃあさ、タイムカプセルもここに埋めようよ」

名案を閃いたと言わんばかりに、純佳がポンと両手を打つ。この頃、朱音たちのクラスでは学級文庫の本の影響を受け、友達同士でタイムカプセルを埋めるのが流行っていた。もちろん、タイムカプセルといっても本格的なものではない。ネットで検索した知識で作る、お手軽なものだ。

「ちゃんとうまくいくかな。目印がないと困るかも」

「あ、じゃあさ、ここに地図を書いとこうよ。この事典に」

ほら、と純佳が鞄から鉛筆を取り出す。こうしたときに絵を描くのは、いつも朱音の仕事だった。

「いいの？　これ、純佳の本なのに」

「いいよいいよ。あ、そうだ。タイムカプセルを掘り起こすまで、この本は朱音が預かっててよ。私が持ってても無くしちゃいそうだし」

「えっ、でも、」

「朱音なら約束も忘れないし、安心でしょ？　埋める日はいつにしよう。あ、掘り出す日も決めないとね。いつがいいかなあ」

　困惑する朱音をよそに、純佳はどんどんと話を進めた。とりあえず、朱音はこの場所の簡単な地図を一番初めのページに描き込むことにした。林から獣道に従って真っ直ぐ進み、それから大きな杉の木の裏を抜ける。勿忘草が集まるこのエリアはなだらかな傾斜となっていて、最終的には川へと面している。目印となりそうなものは、二人がいる場所のすぐ近くにある巨大な岩ぐらいだろうか。大まかに描いた長方形の中に、朱音は地図を作り上げていく。

「あの本の主人公たちはさ、十六歳でタイムカプセルを掘り返してたよね」

　未だに掘り出す日について考えているのだろう。純佳は独り言なのか判断がつきにくい声量で、ぶつぶつと何やら話している。ちなみに、あの本というのは件の学級文庫のことだ。

「私たちもそうしようよ。十六歳になったら、今日と同じ日に二人でこの場所に来よう？　忘れずにちゃんと書かなきゃ」

　朱音の描いた地図の横に、純佳はわざわざ油性マジックで今日の日付と八年後の西暦を書き込んだ。太いマジックの線と比べると、鉛筆で書かれた朱音の線はなんだかとても貧弱に見えた。

「十六歳になっても、私、純佳と一緒にいられるかなあ」

ぽつりと漏らした朱音の呟きに、純佳はむっと唇を尖らせた。

「なんでそんなこと言うの。私たち、一生友達でしょ」

純佳の手が、朱音の手を強く握る。いつも朱音を引っ張ってくれる、頼もしい手だ。ありがとう、こんな私と友達でいてくれて。自分の気持ちが伝わるように、朱音は純佳の手を握り返した。ふふ、と純佳が笑う。その頬は、夕焼けみたいに赤かった。


あの日から勿忘草は朱音にとって特別なものになった。二人で埋めたタイムカプセルは、未だに地中で眠ったままだ。濡れないようにとビニール袋に入れた手紙をクッキー缶の中にしまい、その上からガムテープでぐるぐる巻きにして封をした。小学生の時に作ったものだから手違いもあったかもしれないが、あれだけ密封していれば多分中身は無事だろう。

純佳からもらった花言葉事典は、今でも朱音の本棚の端に置かれていた。自室に飾られたカレンダーには、あの日決めた日付の周りを赤い丸が囲んでいる。純佳はあの日交わした約束を、ちゃんと覚えているだろうか。そわそわと浮かれる心を押し殺すように、朱音は頭から布団を被った。期待するのはやめよう。今の純佳は、昔の純佳とは違うのだから。視界に入る自身の右手首が、いやでも状況の変化を訴えてくる。昔と違うのは自分も同じか。過去の記憶を断ち切るように、朱音は枕に顔を押し付ける。純佳の手を取る記憶の中の自分の腕には、醜い傷なんて一つもなかった。

中学三年生の冬、得意げに純佳が見せびらかしたパンフレットには有名な私立高校の名前が印刷されていた。テカテカと輝くそれは明らかに素材のいい紙を使用していて、学校の羽振りの良さを受験生に誇示しているかのようだった。

「だからね、ここの高校もありかなって思ってるんだ」

そう言って、純佳は笑った。多分、純佳にとっては単なる気まぐれだったのだろう。延々と続く受験勉強に嫌気がさして、確実に合格できる高校に心が惹かれた。ただそれだけなのだろうと、朱音にだって分かっていた。でも、もし純佳が本気だったら？　一緒の高校に行こうと何度も約束したのに、彼女は簡単に朱音を捨てて別の世界に進もうとしている。それは、許されることなのか。

その晩、朱音は自身の手首をカッターナイフで切りつけた。

次に目を覚ました時、朱音はベッドの上だった。いつの間にか救急車で搬送されていたらしく、気づけば左手首は包帯で念入りに巻かれていた。「どうして言ってくれなかったの」

「何でも言うことを聞いてあげるから、こんな馬鹿な真似はもうやめて」。顔をくしゃくしゃにして、母親は泣いていた。その後に病室にやって来た純佳も、朱音の願い通りに志望校を変えないことを約束してくれた。この瞬間、朱音は自分の命が武器になり得ることを知った。手首を切れば母親が優しくしてくれる。死にたいと言えば純佳はいつでも朱音の元に来てくれる。自分という代償を払えば、全てが朱音の思うがまま。世界は、朱音を中心に回っていた。

手首を切って母親に無視されるようになったのは、高校一年生の夏。いい加減にしなさいよ！　と母親に頬を引っ叩(ぱた)かれた。その頃にはもはや傷は手首だけには収まらず、肘辺りまでびっしりと埋まっていた。朱音は自分を担保に、母親からの譲歩を引き出していた。なのに、今更になって母親は交渉のテーブルをひっくり返した。

「お母さん、もう疲れたわよ」

血を流す朱音を放置し、母親は寝室へと引き籠った。手首からは未だに血が流れ続けているのに、母親は病院に朱音を連れていく素振りすら見せなかった。なんで。自分を傷つけたら、お母さんは言うことを聞いてくれるんでしょう？　それが、この世界のルールでしょう？　これまで築き上げたものを一方的に放棄するなんて、そんなのはルール違反じゃないか。朱音は変わっていないのに、世界だけが勝手に変わる。

「……純佳、死にたい」

電話越しに、純佳に涙ながらに訴える。そうすれば、どんな時間でも必ず純佳は朱音の元にやって来てくれた。世界を将棋盤に喩えるなら、純佳は王だ。

彼女さえいれば、朱音は負けない。

「ねえ、知ってる？　細江愛って、桐ケ谷美月のために部活辞めたんだって」

「へー、優しいとこもあんだね」

「あの二人ってなんか独特の空気感あるよねー」

廊下を歩く朱音の耳に、そんな噂話が聞こえてきた。話していたのは他クラスの女子だった。着用しているTシャツのロゴを見るに、テニス部の子たちだろう。入学してようやく数か月が経ち、朱音もこの学校の生活に少しずつ慣れてきた。夏が到来し、連日の気温は相当に高くなっていたが、朱音は傷を隠すためにも半袖のシャツが着られなかった。幸いなことに、クーラーの効いた校舎内では夏でも長袖のシャツを着る生徒がちらほらと存在していた。

「あ、高野さんだ」

テニス部の二人組が、不意に窓から外を指差した。その先に目を向けると、学校指定のジャージを着た純佳が部員にボトルを手渡しているのが見えた。男子に囲まれていると、彼女の細さはより一層際立った。

テニス部の二人組の会話は続く。

「なに、アンタ高野さんの知り合いなの？」

「学級委員会議でたまに会うの」

「あぁ、高野さんは二組だっけ？」

「うん。マネージャーに学級委員に、色々と大変そうだよね。よくやるわ」

「まあでも、働くのが好きなタイプなんでしょ。よくいるじゃん、そういう子」

「私みたいな？」

「ワア、面白イ冗談ダネ」

「なんで棒読みなのよ」

きゃはは、と騒がしい笑い声を上げながら、二人は曲がり角へと消えていく。朱音は窓枠に手を掛けると、ぼんやりとグラウンドを眺めた。サッカー部員の輪に溶け込む純佳は、生き生きしているように見えた。朱音といるときより、ずっと。

高校に入学してすぐ、純佳はサッカー部にマネージャーとして入部した。もちろん朱音もすぐにサッカー部に入ろうとしたけれど、それを止めたのは他でもない純佳だった。

「朱音はさ、誰かを支えるよりも先に、自分の手首の怪我を治さなきゃ。私、朱音は部活に入らないほうがいいと思うな」

「じゃあ、部活は我慢する。でも、一緒には帰れるよね？　部活が終わるまで教室で待ってるから、帰れるようになったら教室まで迎えに来てよ」

「それって毎日？」

毎日に決まっている。純佳は朱音と一緒にいなければならないのだから。露骨に不満が顔に出ていたのか、純佳は少し困ったように目を細めた。

「ごめんごめん。毎日帰ろう」

「当たり前じゃん」

唇を尖らす朱音に、純佳はぎこちない笑顔を浮かべた。どうしてそんな顔をするのだろう。純佳だって、朱音と一緒にいられて嬉しいはずなのに。

「今日ね、一緒に帰れなくなったの。だから先に帰ってて」

純佳は言った。穏やかな日常の中で唐突に落とされた、言葉の形をした時限爆弾。落ち着きなく腕を摩っているのは、後ろめたさを感じているからだろうか。高校生になった純佳は、子供の頃に比べてずっと綺麗になった。

「明日は？」

「えっ」

「明日は一緒に帰れんの？」

「う、うん。いつも通り部活終わるまで待っててくれるならだけど」

「ならいい」

本当は腹が立っていた。朱音ではなく細江愛を優先させるなんて、そんなことが許されるはずがない。それでも純佳を責めなかったのは、彼女に自分自身の力で気付いて欲しかったからだ。純佳に相応しい相手は、朱音しかいないのだと。

放課後の教室に残っているのは朱音一人だけだった。いつもは一緒にいる莉苑も、純佳にくっついてカフェに行ってしまったから。

「一緒に帰れなくなったの」

同じフレーズが、何度も耳元で繰り返される。蒼褪めた顔で、純佳は確かにそう言った。莉苑は誘ったのに、朱音のことは最初から誘いもしなかった。

莉苑が初めて朱音に声を掛けてきたのは、修学旅行の直後だった。その時に告げられた台詞を、朱音は今でも覚えている。

「朱音ちゃんから純佳をとるつもりはないから、だから仲良くしてもいい？」

純佳、と莉苑はさも親しげに純佳のことを名前で呼んだ。これまで純佳のことを呼び捨てする人間は、朱音一人だけだったのに。本当は嫌だと言いたかった。だが、彼女はわざわざ朱音に対し純佳と仲良くしていいかとお伺いを立ててくれている。つまり、朱音の方が莉苑よりも立ち位置が上であると暗に示してくれているのだ。莉苑は自分が純佳の一番の友達ではないと、ちゃんと立場を弁えている。朱音のことをきちんと尊重してくれる。だから、朱音は彼女が純佳の友達でいることを許してあげた。

「私のことも、朱音でいいよ」

そう声を掛けたのは、莉苑を友達として認めたからでは決してない。もし彼女が三人でいるときに純佳だけを呼び捨てで呼べば、きっと周囲は莉苑と純佳がとびぬけて親しいのだと誤解する。だから、朱音は自分の名を呼ぶことを莉苑に許可した。お前だけが純佳の特別ではない。そういう、牽制の意味を込めて。

頬杖をつきながら、朱音は空いた方の手でスマートホンを操作する。細江愛は、朱音が最も苦手とするタイプだ。第一に、声がでかい。他人と話しているときにでも、彼女の会話の内容は筒抜けだ。騒々しい、品のない笑い方。男に媚びるような肌を露出した服装。他人を威圧する態度。どこをとっても、彼女のいいところなんて一つもない。美人と評される顔だって、結局は化粧で作りあげたものだ。あのいかにも人工的な睫毛のどこが良いのか、朱音はちっとも理解できない。

ＳＮＳのページを開けば、プリクラの画像がすぐに出てくる。細江愛。お気に入りに登録してある投稿ページには、アプリで加工された自撮り画像が大量に溢れていた。

『今日はクラスの友達とケーキ食べに来た。私はチョコタルト！』

投稿されたばかりのコメントには、レトロな色調に加工された写真が添えられていた。ばっちりとカメラ目線の細江愛と桐ケ谷美月。フォークを咥え、おどけた顔をしている莉苑。その傍らで、白い歯を見せて笑う純佳。写真から伝わるいかにも楽しげな雰囲気に、朱音は大きく舌打ちした。投稿された写真には、すぐさま愛の友達らしき人間からたくさんの返信がつく。

『美人ばっかじゃん！　顔面偏差値高すぎ笑』『そこのケーキ美味しい？　気になってたんだよ』『前髪切った？　かわいー』『愛だけすごい浮いてる笑　優等生の中に混じった不良みたいになってるよ！』

冗談めいたコメントは、他校の友人からなのだろう。コメントへの愛の返事も、随分と気安さを感じさせるものだった。個人的な会話をわざわざ他人が閲覧できるネット上で行う意味が朱音には理解できないが、彼女たちには彼女たちなりの考えがあるのだろう。投稿された写真をもう一度見る。莉苑の横で無邪気な笑みを見せる、純佳の顔。こんなにも楽しそうな彼女の表情を、朱音はここ最近見たことがない。

『またこのメンバーで遊ぶことになった！　どこいこっかな』

再びコメントと共に、画像がアップされる。先ほどの画像と違い、今度はツーショットだ。肩が触れるほどに近づいた純佳と愛が、カメラに向かって笑顔を向けている。平然としている愛に比べ、純佳はどこか恥ずかしそうだった。

「なんでそんな顔してるの」

漏れた呟きは、悲鳴に近かった。純佳はどうして朱音の横で笑ってくれなくなったのだろう。どうして今、純佳は朱音の傍にいないのだろう。ずっと友達って約束したのに。なんで、純佳はあの子の隣で笑顔を浮かべているのだろう。

目を瞑り、深く呼吸をする。新鮮な酸素を取り込んだ血液が鈍っていた脳を活発にした。急加速する思考回路が、現実に対する新たな解釈を構築する。

「純佳が、変わったから？」

そう考えればしっくりと来た。そうだ。よくよく思い返してみれば、物心がついた頃から彼女はずっと優等生であり続けた。そんな中でいきなり細江愛のような不良が目の前に現れたら、魅力的に感じるに決まっている。人間は、新しいものが好きだ。そして朱音は、純佳にとって新鮮みに欠ける。では、朱音が以前と同じように純佳の一番になるには、一体どうすればいい？　その答えは簡単だ。

――自分が、細江愛を上回る人間だと証明すればいい。

その瞬間、視界が開けた。燻（くすぶ）っていた感情が嘘のように吹き飛び、自分のやるべきことが次から次へと浮かんでくる。朱音はアプリを起動させると、自分のＳＮＳアカウントのページを開いた。『あかね』と並んだ三文字は、自分とは似て非なる架空の女子高生の名前を示している。彼女の投稿はどれも、いかにもありふれた学校生活の一コマを切り取ったものだ。楽しかった学校行事。大好きな友達。自分を愛してくれる家族。幸福を絵に描いたような、平凡ながらも素敵な生活。投稿を見た人みんなが、彼女の生活を羨ましがる。だけど本当は、楽しい日々を満喫している『あかね』なんて、ネット上にしか存在しない。

『友達とカフェにケーキを食べに来た。チョコタルトがうまーい』

教室の隅で一人、無表情のまま文字を打ち込む。先ほど細江愛がアップした画像を保存し、それを自分の都合の良い形にトリミングする。誰かの顔が映っていないかを念入りに確認し、朱音はその画像をコメントと一緒に投稿した。

『いいですね、美味しそう！』

短く、誰かからのコメントがついた。顔も知らない、ネット上だけで繋がっている友達だ。架空の世界に住む『あかね』は、みんなから羨ましがられる。

『あかねさんのネイル、可愛いですね！　自分でやってるんですか？』

ついたコメントに、朱音は自分のアップした画像をもう一度見返した。よく見れば、確かに細江愛の爪は可愛らしく飾られている。薄いピンクのグラデーションに、ほんの少し添えられたラインストーン。手首には明るい水色のシュシュ。細江愛という人間を構築するのは、センスが良いと評されるアイテムの数々だ。

『そうなんです。下手くそなりに頑張りました！』

返信しながら、朱音はトリミング前の画像を観察する。短いスカート、開けたシャツ。ほんの少し明るくした茶色の髪に、緩やかに巻かれた髪。確かに、それらを装備した細江愛は周囲の生徒よりも垢ぬけて見える。だが、朱音にはこれらのアイテムを彼女よりもうまく使いこなす自信があった。同じ物を持っても、同じ身なりをしても、人間の優劣というのは浮かび上がってしまうものなのだ。

まず朱音が最初に買ったのは、細江愛が持っていたものと同じペンケースだった。さりげなく、だけども確実に、朱音は自身の持ち物を他人の色に染めていく。新鋭のクリエイターがデザインしたスマホケース、雑誌で特集を組まれていた猫形のヘアアクセサリー。白い糸でロゴが刺繍された靴下に、明るい水色のシュシュ。細江愛の所持品を調べるのは容易かった。SNSを見ていれば、彼女が勝手に自分の情報をばら撒いてくれるから。

自室の学習机に座り、朱音はポーチから自身のコスメ道具を並べていく。新しいリップの色は、血色が良く見えるコーラルピンク。ファンデーションは母親がデパートで買った高級ブランド。ヌードカラーのマニキュアを選ぶ回数が増えたのは、生徒指導の先生にバレにくいから。

机の上にずらりと並んだ品は、どれもが細江愛の写真にあったものだ。頭のてっぺんから足先まで。一つ一つに滲む個性を、朱音は少しずつ削り落としていく。本当は朱音だってこんな真似をしたくない。でも、これは仕方がないことなのだ。こうしなければ、純佳は朱音を見てくれない。もっとやらなきゃ。じゃないと、純佳に嫌われる。

「髪の毛染めたの？」

美容院に行った次の日、朱音の変化に真っ先に反応を示したのは莉苑だった。朱音が自分の席に着くや否や、莉苑は興奮したように隣の席に座った。

「おおー、ほんのり明るいって感じなんだね。結構落ち着いた色だし」

「派手だと先生がうるさいしね」

手元に置いたコンパクトミラーは、細江愛の好きなブランドのノベルティだ。斜めに分けた前髪、鎖骨まで開けたシャツ。ネイルにも気を使い、睫毛はマスカラを使って伸ばしている。アイラインは細江よりも少し抑えめ、チークはしない。鏡の中の自分と目を合わせ、ぱちぱちと瞬きしてみる。うん、絶対自分の方が可愛い。同じ物で作られているとしても、全ての項目で自分の方があの子を上回っている。

「なんか、朱音って愛ちゃんに似てきたよね」

莉苑が笑いながら言う。そのぱっちりとした眼で見つめられると、何故だか居たたまれない気持ちになった。多分、彼女の雰囲気があまりに子供染みているからだ。莉苑相手に嘘を吐くと、朱音の心は少しだけざらついた。他の相手には平気なのに。

「そう？　偶々じゃない？」

朱音は視線を窓の外へと逸らす。空は快晴で、雲一つない。夏を思わせる太陽の日差しが、無人のグラウンドを眩く照らし出している。風が吹くと、乾いた空気に混じって砂の焼ける匂いがした。唇が乾いているような気がして、朱音はそっと唇を舐める。リップが口に入ったのだろうか、口内に人工的なオレンジの香りが広がった。

「最近、純佳がイライラしているのも偶々？」

「偶々だよ」

意地でも顔を見ない朱音に痺れを切らしてか、莉苑はわざわざ視界に入るように朱音の前に立ちはだかった。

「本当に？」

そう尋ねる彼女の表情は、逆光のせいでよく見えない。

「うん、本当」

首を縦に振り、朱音は自身の手首を見下ろした。長袖のシャツを押さえつけるように嵌められた、細江が持っているものと同じシュシュ。

「ならいいんだけど」

机に手を掛け、莉苑はその場で膝を折った。机から目だけをひょこりと覗かせ、「全然どうでもいいことなんだけどね、」と彼女は冗談めかした口調で言う。

「個人的には、前の朱音の方が好きだったな」

やめてくれ。咄嗟に出掛かった言葉を、朱音はすんでのところで呑みこんだ。朱音が朱音のままでいたら？　それでどうなる。今まで通りの自分でいても、純佳は戻ってきてくれないじゃないか。

ヒリヒリと喉が痛かった。口の中にじわりと湧いた唾を呑みこみ、朱音はそのまま俯いた。

莉苑の視線の真っ直ぐさは、今の朱音には凶器だった。

「ごめん、気にしないで。単なる冗談だから」

そう言って、莉苑は立ち上がる。それが彼女の気遣いであることは明らかだった。朱音が何も言えないままでいると、朝のホームルームを告げるチャイムが鳴る。あ、と莉苑はわざとらしい動きで唇に手を当てた。

「チャイムが鳴っちゃった。席に戻るね」

去っていく莉苑の背中を、朱音は黙って見届ける。そのまますするすると視線を移動させれば、談笑する細江と純佳の姿がある。先日行われた席替えから、二人は前後の席となった。きゃはは、と下品な笑い声を上げる細江が、アイロンで巻いた自分の髪を指先に巻き付けている。馬鹿みたい。そう口内で独り言ち、朱音は自身の毛先を人差し指に巻き付けた。今更、止まれるはずがない。

「私、ずっと中澤くんのことが好きでした」

突然の呼び出しにも応じてくれた中澤博は、朱音の告白をあっさりと受け入れた。正直、もっと苦労すると思っていたから意外だった。彼が女子からの告白を受けないのは、有名な話だったから。

『好きな人が自分を好きでいてくれるなんて、奇跡だよね』

博の影を踏む、自分のローファー。少しお洒落に撮った写真を、『あかね』がSNSに投稿する。『カッコ良さそうな彼氏さんですね。顔も見てみたいな』シルエットしか写っていない写真に、見知らぬ誰かが賛辞をくれる。『顔は秘密です笑』と、朱音はすぐさま返事を打つ。現実の朱音を一切知らない人からすれば、『あかね』はまさに幸福の絶頂期にいるように見えるのだろうか。

「……奇跡、ね」

自分の描いた文章に目を通し、朱音は深く溜息を吐いた。付き合ってみて分かったが、中澤博はひどい男だった。朱音を下に見ていると感じる時があるし、会話を盛り上げようとする素振りもない。一体細江愛はどうしてこんな男を選んだのだろう。疑問は多く浮かんだが、それでも朱音は交際をやめるつもりはなかった。――だって、彼はゲームを有利に進めるのに必要不可欠な駒だから。

将棋で勝つためには相手から最も重要な駒を奪う必要があるのと同じように、現実世界で相手に勝つことを願うならば、その人物にとって最も大切なものを奪わなければならない。そして、細江愛にとって将棋の『王』に当たる人物が、中澤博だった。細江愛が切望し、その上で手に入らなかった男。彼女があんなにも恋焦がれた博は、今では自分に夢中なのだ。

「やっぱり、私の方が細江なんかより優れてる」
きっとこのまま頑張れば、純佳だって気付いてくれるに違いない。二人のどちらが、純佳には相応しいのかを。爪に塗ったマニキュアを乾かすように、朱音は指先に息を吹きかける。桜貝みたいな自身の爪は、今朝見掛けた細江愛のものと、全く同じ色をしていた。

中澤博と交際を始めてからというもの、細江の朱音に対する風当たりはますます強くなっていた。しかしその反面、クラスの大人しいタイプの女子たちには朱音の行動は好評だった。入学時から細江愛の存在を疎ましく感じていた彼女たちからすれば、細江の元カレを別の女子が奪うという展開は小気味いいものだったのだろう。

「朱音はさ……」

声を掛けられ振り返ると、気まずそうな顔をした純佳がすぐそばに立っていた。毎週水曜日に行われるグローバルイングリッシュの授業は、終了予定時間のきっかり五分前に終わる。おめかしに余念のない若い男性教師は、今日も捲ったシャツの袖口から凝ったデザインの腕時計を覗かせていた。彼が足早に教室を出ていったのを確認し、生徒たちは一斉に帰り支度を始める。今日も純佳は部活だ。いつものように自習をしようと鞄の中身をまさぐっていた朱音に、純佳が不意に声を掛けてきたのだ。

「朱音は、彼氏と一緒に帰らないの？　私たちと帰るの、変じゃない？」

「なんで？」

この時の朱音の『なんで』には、複数の意味が込められていた。

なんで純佳がそれを聞くの？　なんで純佳と一緒に帰るのはおかしいの？　なんで純佳の『私たち』の中に、朱音は含まれていないの？

「なんでって……」

質問で返されるとは思っていなかったのか、純佳は困惑したように眉間に皺を寄せた。

「普通は彼氏と一緒にいたいと思うもんなんじゃないの？　付き合い始めたばっかで、しかも朱音から告白したんでしょう？」

「まあ、そうかもしれないけど」

「朱音はさ、本当に中澤君のことが好きなの？」

純佳の手が、朱音の手首を握りしめる。その力は弱かったが、傷の残る皮膚が痛むには十分な衝撃だった。反射的に顔をしかめた朱音に、純佳はさらに一歩近づく。

「私、朱音のこと信じていいんだよね？　中澤君のこと、ちゃんと好きなんだよね？」

信じるってなんだ。その言い方だと、まるで朱音が純佳を裏切っているみたいじゃないか。

こんなにも、純佳のために努力し続けているというのに。

「質問の意味が分かんないよ。付き合ってんだから好きに決まってるじゃん。私が中澤くんと一緒に帰ったら、純佳は満足してくれるわけ？」

口調は自然と刺々しいものになった。手首を摑んでいた力が緩み、二人の腕はダランとそのまま下へと落ちる。純佳は考え込むように唇を嚙み、それからハッキリと言い切った。

「そうだよ。満足する」

「なんで？」

「だって、」

そこでふと、純佳の黒目がきょろりと動いた。教室を出ていこうとする細江愛と桐ケ谷美月が、訝しげな視線を寄越している。こちらに向かって何かを言おうとした細江の背を、桐ケ谷が強引に前に押し出す。細江はあからさまに不満そうな顔で振り返ったが、それでも何も言わず教室を後にした。

純佳は言う。

「だって、朱音には私以外に頼れる人間ができたんだって、毎日確認できるでしょう？」

「純佳はそれで喜ぶの？」

「うん」

「私と中澤くんが一緒に帰ったら満足なの？」

「……うん」

「なら、そうするよ。今日から」

朱音の答えに、純佳は安堵したように破顔した。朱音と一緒に帰れなくなったというのに、彼女は心底嬉しそうだった。

「じゃあ、部活に行くから」

用は済んだと言わんばかりに、純佳はすぐさま朱音の元から立ち去った。その背中を見送りながら、朱音は心の中で呟いた。――嘘吐き。


純佳を待つ必要のない放課後は、薄めすぎたスープみたいに味気ない。スクールバッグに荷物を詰め、朱音は席から立ちあがる。中澤は勉強熱心な男だったが、そのせいで毎日は一緒に帰れなかった。予備校、自主学習、特別授業。彼を取り巻く環境は忙しなく変化し、朱音はそれを遠巻きに眺めていた。二人の都合が合うときには一緒にいて、その時にだけ朱音は中澤の理想の彼女を演じる。朱音は中澤に恋していない。でも、細江愛の元カレというステータスを持つ男のことは、可愛いブランドバッグと同じくらいには好きだった。

莉苑は今でも純佳と一緒に帰っているようだが、放課後に彼女が教室にいる姿を見る機会はめっきり減った。今は恐らく図書室にいて、桐ケ谷美月と本の話で盛り上がっているのだろう。莉苑にはそういうところがある。朱音との仲を持続させながら、細江愛や桐ケ谷美月とも良好な関係を築いている。つまりは、八方美人なのだ。

「なにあれ」

「馬鹿なことしてるね」

教室に残っていた女子たちが、窓の外を指さして笑っている。その内の一人とは朱音も一緒に行動したことがある、美術部の石原恵だ。彼女と一緒にいるのは、放送部の生徒だった。あの二人は同じ気質の女子生徒を集めた八人グループに所属している。一番人数が多いわりに、大した影響力のない地味なグループ。修学旅行では石原恵と仕方なく行動したけれど、正直あのランクの子と一緒にいるのは苦痛だ。向こうがこちらを重んじてくれるのはいいけれど、一緒にいるのを見られると恥ずかしい。やっぱり、傍にいるなら純佳や莉苑レベルのルックスの子がいい。認めるのは癪だけれど、細江愛や桐ケ谷美月の容姿も朱音が設定した美人の水準を満たしている。

「なんで男子ってああいうことやるんだろうね」

「子供だからじゃない？」

「あー、また鬼ごっこ始めちゃった」

「サッカー部って毎回ああだよね」

クスクスクス。少女たちの唇から漏れる笑い声には、呆れと好意が滲んでいる。興味のないような顔を装って、朱音は窓の外を見遣る。グラウンドでは、サッカー部員たちが何やら騒ぎながら追いかけっこを繰り広げている。練習しないから強くならないんだぞ、と顧問が苦言を呈することもあるが、朱音は別に強くなる必要なんてないと思う。部活なんて、結局は暇つぶしにすぎないのだから。

「あ、田島君がこけた」

「そういや田島君って細江さんと仲いいよね。たまに一緒に喋ってるし」

「ま、中学時代からの知り合いみたいだから、無下に扱えないんじゃない？」

「田島君っていい人すぎるから、毎回貧乏くじ引いてるよね」

「カワイソー」

グラウンドの中央で、田島俊平がおどけた仕草を見せている。部員の誰かがどっと笑い、そのまま彼らはわちゃわちゃと戯れ始めた。仲の良さを周囲に見せつけるような彼らの行動は、一体どこまでが本音なのだろう。田島俊平が輪から駆け出し、それを誰かが追いかける。どうやら鬼ごっこはまだ継続しているようだ。見続ける程の興味も持てず、朱音は視線を手元に戻した。席を立ち、帰り支度を始める。その間も、少女たちは別の話題で盛り上がっていた。

教室の外に出ると、人の気配は疎らだった。鞄を肩に掛け直し、朱音は一刻も早くこの場所から去ろうと足早に廊下を突き進む。と、その時、朱音の視界に非日常の気配が映り込んだ。中庭を挟んだ反対側。特殊教室の集まる北校舎の廊下を、一人の少女が全速力で駆けている姿が見えたのだ。あれは、近藤理央だ。先ほど教室にいた石原恵と親しい、地味で大人しい女子生徒。運動とは対極にあるような見た目の彼女が、息を切らして走っている。どうやら神様は、時間を持て余す朱音に最高の暇つぶしを与えてくれたようだ。

連絡通路を通り、北校舎へと渡る。窓から近藤が見えなくなった位置は、ちょうどこの辺りだ。朱音の目の前には階段があり、屋上に繋がる箇所には先に進むのを阻むように赤色の三角コーンが二つ置かれている。こんなもの、あってもなんの役にも立たないのだけれど。並んだコーンの隙間を抜け、朱音は足音を殺して屋上へと向かう。先生からは屋上へと繋がる扉は封鎖してあると説明を受けたが、踊り場から見上げるに、屋上の入り口は僅かに隙間が見えている。もしかして、近藤理央が開けたのだろうか。朱音は一気に階段を駆け上がると、扉へと近づいた。掛けられた南京錠はこじ開けられたわけではなく、鍵を使って開けられたようだ。扉の隙間から屋上の様子を覗き見ると、近藤はコンクリートに直接座り込んでいた。小さく縮こまる後ろ姿は、惨めったらしくて仕方ない。

近藤に気付かれないように、朱音は扉の取っ手から手を離す。そのまま後退しようとした時、上靴の踵部分に何かが触れた。咄嗟に身をよじると、どうやら消火用バケツに接触したようだった。ステンレス製のバケツは二つ重なっており、その錆び具合からいっても相当に年季が入っている。その表面はうっすらとした埃のベールに覆われていた。触るだけで自身の手が汚れてしまいそうだ。

ふと朱音の目に留まったのは、バケツの持ち手だった。硬い針金のちょうど真ん中辺りにつけられた白のプラスチック製の持ち手は、何故だかやけにピカピカしている。バケツの本体はここまで薄汚いというのに、持ち手だけが埃一つ付着していないなんてことがあり得るだろうか。朱音はポケットからハンカチを取り出すと、上のバケツの持ち手を掴み、無理やりに引き抜いた。すぽ、と空気が抜けるような音と共に、案外簡単にバケツは持ち上がった。

「……なるほどね」

中を覗き込むと、その底部分には小さな鍵がぽつんと置かれている。サイズから見ても間違いない、屋上の扉を封鎖していた南京錠の鍵だ。どういう経緯で近藤がこの鍵を見つけたかは知らないが、どうやら彼女はこの鍵を利用して屋上を独り占めしているらしい。朱音はその鍵を拾い上げようとし、しかし途中で動きを止めた。この鍵を手に入れて、それでどうなる？　朱音には屋上に行く理由など毛頭ないし、鍵があったとしても持て余すだけだ。結局、朱音はバケツを元の形に戻しておいた。

階段を降り、朱音は昇降口へと向かう。グラウンドでは未だにサッカー部の男子たちが楽しそうに駆け回っている。その中央で田島俊平が馬鹿みたいに腹を抱えて笑っていた。彼がモテるという噂は生徒の間では有名な話だ。顔そのものが整っているわけではないが、清潔感のある造形をしている。天真爛漫で物怖じしない性格は、彼がこれまで愛されて育ってきたことの証だ。馬鹿な振る舞いをしても許されるのは、彼が世界に受け入れられるからに他ならない。存在する権利を持たない子供たちは、それを手に入れるために多くの努力を払わなければならない。力のない子供は、馬鹿のままではいられない。環境に適応し、姿を変え、そしてやっとそこにいる権利を手に入れられる。

ふと先ほどの近藤の姿を思い出す。哀愁を帯びる小さな背中。近藤は可哀想な子だ。縮こまって、他人の顔色を見て。そこまでしてようやく、彼女はあの地味なグループの中で発言する権利を受け取ることができる。もし朱音が彼女と同じ立場なら、絶対に耐えられない。大して見栄えもよくない、地味で低ランクの人間にへこへことするなんて。桐ケ谷美月に文句を言われるのは許せる。細江愛だって、まあ、我慢できる。何故なら、彼女たちはカーストの上に位置する人間だから。だから、近藤理央は可哀想。カーストの下にいる人間からも、あんな風に扱われて。

※※※

手首を切る。薄い皮膚は簡単に傷ついて、そこから赤が溢れる。玉のようにぽつんと浮き出た滴を、朱音はスポイトで吸い上げた。透明なガラスの吸い込み口には、赤黒い液体が付着する。自分の身体の中にこんな液体が流れているなんて、どうにも不思議で仕方がない。ガラス製のスポイトを左右に振ると、管の中の血液が僅かに震えた。溜まっている部分は黒く見えるのに、ガラスに張り付く血だけは深みのある赤をしている。ブラッドオレンジの果肉に近い。朱音はスポイトを動かすと、机に広げたカレンダーに中の液体をぶちまけた。赤い油性マジックで書かれたシンプルな丸は、血の海に溺れて消えていく。その中央にある数字は、今日の日付を示していた。スポイトを床へと放り投げ、朱音はそのままベッドに寝転がる。傷口は既に瘡蓋(かさぶた)でふさがり、朱音の腕にはまた一つ醜いコレクションが増えてしまった。そのまま両手で目を覆い、朱音は獣のように咆哮(ほうこう)した。身体に覆い被さる不安は、今日という一日への期待の裏返しだ。

「……ついに来た」

幼い自分が描いた、落書きのような宝の地図。約束を交わしたあの日から、八年もの歳月が経過した。あの時の約束を、純佳は覚えてくれているのだろうか。

「覚えてるに決まってる」

掛け布団を強く抱きしめ、朱音は祈るように額を布へと擦りつけた。


『今日部活休みだし、祐介とゲーセンでも行こうかな〜。他に暇な奴いる？』

田島俊平のＳＮＳへの投稿に、続々と友人らしき人物のコメントがついている。彼はサッカー部員だ。ということは、同じサッカー部員である純佳も今日の部活が休みであることは間違いない。

待ちに待った授業を終えるチャイムの音。朱音は鞄を引っ摑むと、すぐさま純佳の元に駆け寄った。

「純佳、今日なんだけど一緒に帰れる？」

教科書を鞄に押し込めていた純佳は、その眉尻を吊り上げた。彼女の視線の先では、莉苑が楽しそうに細江たちと話していた。

「前に約束したでしょ、一緒に帰らないようにしようって」

「そ、そうだけど。でも、今日は行きたいところがあるの」

「行きたいところ？　そんなの、彼氏と行けばいいじゃん」

淡々と切り返してくる純佳の反応に、朱音は大きく戸惑った。まさか、彼女は忘れているのだろうか。こんなにも大事な約束を。

「中澤君じゃダメなんだよ。純佳じゃないと」

「知らないよ。大体、先約が入ってるし」

「先約？」

そんなこと、あり得るはずがない。その場を離れようとする純佳の腕を、朱音は咄嗟に摑む。不愉快そうに、純佳の口角がヒクリと引き攣る。

「ちょっと、本当にやめてよ。今から細江さんたちと出掛けるんだから」

「また細江さん？　なんで？」

「いいでしょ別に。友達なんだから」

そう言って、純佳は朱音の手を振り払う。なんで？　どうして純佳は朱音をこんなにも邪険に扱うの？　自分はこんなにも純佳のために一生懸命やっているのに。一体何が足りないの？　これ以上、どうすればいい？

「純佳、」

細江たちの元に駆け寄るその背中に、朱音は咄嗟に声を掛ける。きっと、純佳が悪いわけではないのだ。ただ、彼女は覚えていないだけ。もしアレを見せれば、純佳だって思い出してくれるはず。そうすれば、純佳は今度こそ朱音の元に帰って来てくれるはずだ。そう、昔みたいに！

純佳は振り返らない。それでも、朱音は彼女に一方的な約束を投げつけた。

「今日の十九時、駅前に来て。見せたいものがあるの」

右腕にある傷が疼く。桐ケ谷がちらりとこちらを振り返り、憐れむような視線を寄越した。

花言葉事典を抱え、朱音はお化け林に足を踏み入れる。あの日から長い時間が経ったせいか、木々の様子も随分と様変わりしている。幼い頃の朱音には巨大で不気味に見えた倒木も、今の朱音にはただの植物の死骸にしか見えない。表面は緑色の苔で覆われ、その近くには人魂(ひとだま)の形に似た白いキノコが生えている。拙(つたな)い地図と記憶だけを頼りに、朱音は足を進めていく。日が暮れ始め、街灯のない空間は薄暗い。今はまだ明かりがなくとも歩けるが、作業が長引けば足元が見えなくて危険かもしれない。ガサガサと不穏な音が聞こえる度に、朱音はその場で足を止めた。耳を澄まして聞こえてくるのは木々の隙間を抜ける風の音ばかりで、なんだか肌寒い気分になった。シャツの袖を肘まで捲り上げ、額に浮かぶ汗を拭う。入学時に純佳とお揃いで買ったローファーは、泥のせいで汚れていた。

しばらく歩いていると、急に視界が開けた。林を抜け、広場へとたどり着いたのだ。ドクドクと激しく暴れる心臓を手で押さえ、朱音はその場にしゃがみこんだ。近場に転がる巨大な岩には、見覚えがある。間違いない。ここが約束の場所だ。何度も深呼吸を繰り返し、朱音は伏せていた顔を上げた。

風に乗り、生い茂る緑が揺れる。針金のように尖った葉。短い茎は細く、持ち上がった根は互いに絡まりあっている。キラキラと光を反射しながら群集した鋭い葉が一斉に揺れ動く光景は、地獄の針山によく似ていた。ありふれた草だ。花に詳しい朱音ですら、名前も知らない。凡庸にしか見えない雑草が、美しかった広場を覆い尽くしている。あれほど咲き乱れていた勿忘草は、もうそこには存在していなかった。

朱音は無言のまま、地図に従って地面を掘り起こす。前日が雨だったせいか、地面は随分と柔らかかった。泥を掻きだすと、意外にも簡単にタイムカプセルは見つかった。ガムテープでぐるぐる巻きにされたその見た目はかなり不格好だった。カッターナイフを取り出し、硬くなったテープに強引に切り目を入れる。それをべりべりと引き剝がすこと十数分。格闘の末、ようやくクッキー缶の蓋は開いた。

中に押し込まれていたビニール袋には、二通の手紙が入っている。しっかりと封をしていたからか、手紙が濡れている形跡はない。変色して紙質が劣化しているが、それでも中身を見る分には支障なさそうだ。汚れた手をハンカチで拭い、朱音は袋から封筒を取り出す。『十六さいのわたしへ』宛名部分に書かれた文字に、朱音はごくりと唾を呑んだ。まずは、幼い自分の手紙から。

『タイムカプセルはうまくいきましたか？　ネットで調べましたが、自分で作るとしっぱいすることがおおいみたいで心配です。明日はすみかといっしょにこの手紙をうめにいきます。二人だけのひみつの場所です。あそこにたくさん生えているお花は、ワスレナグサといいます。お母さんに知らないお花をたくさん発見したと話すと、どくのある草もあるから気をつけなさいとゆわれました。でも、ワスレナグサにはどくはないので大丈夫です。十六さいのわたしは、もう大人になりましたか。いまでもすみかとは仲良しですか。勉強はできていますか。どんな仕事をしようと思っていますか。好きな人はできましたか。聞きたいことはたくさんありますが、答えられても困るのでこのぐらいにしておきます。十六さいのわたしも、いまのわたしと同じくらい幸せだとうれしいです。それでは。』

文の最後には、手紙を書いた日の日付と自分の名前が添えられている。相当悩みながら書いたのか、文章のあちこちに黒く塗りつぶした跡がある。こんなことを本当に自分が書いたのだろうか。全く記憶に残っていない。

ビニール袋に自分の手紙を戻し、今度は純佳の分の封筒を開ける。彼女の封筒には便箋が二枚入っていたが、そのほとんどが余白だった。

『この手紙を今私が読んでいるということは、私と朱音はちゃんと忘れずに今日という日を迎えることができたんだと思います。未来の私が朱音と仲良くしてくれていて、とってもうれしいです。朱音は大人しいしあんまり他の子とはしゃべれないけど、とてもいい子なので、ずっと友達でいてあげてほしいです。もし朱音が弱っているときは、ちゃんと助けてあげてください』

一枚目の便箋は、ここで文章が終わっている。二枚目を捲ると、便箋にはでかでかと勿忘草の絵が描かれていた。小学生にしてはかなり上手い部類だ。マジックで塗られた青い花の下に、力強い文字で一文が付け加えられている。

『朱音と純佳は永遠に友達！』

それを目にした瞬間、朱音はその場に崩れ落ちた。幼い頃の純佳は、こんな時にでも朱音の求める言葉をくれる。乾いた手紙の表面を、朱音は指先で何度も撫でた。視界が揺らぐ。

太陽は既に沈み、世界は夜に支配されていた。灯りがないためか、月の輪郭線が明確に浮き上がっている。無限に降り注ぐ淡い月光が、空気を青く染め上げた。

「幸せになりたい」

——あの頃みたいに。そう願うことがそんなにいけないことなのか。勿忘草は姿を消し、幼い純佳はもういない。世界は朱音を中心に回っていないし、両親はいくら手首を切っても朱音のことを心配しない。全部知ってる。全部分かってる。それでも、朱音はこの世界に勝ちたい。どんな手段を使っても、幸福を取り戻したいのだ。

両目を乱暴に擦り、朱音は持ってきていたビニール袋に黙々とタイムカプセルを移した。スマホをつければ、四角形の液晶画面に現在の時刻が表示されている。もうすぐ十九時だ。朱音が純佳に一方的に取り付けた、約束の時間。純佳は来ないかもしれない。でも、もし来てくれたならば。そしたら、このタイムカプセルを見せよう。あの日のことを思い出してもらおう。そうすれば、純佳だってきっと理解できるに違いない。純佳には、朱音を愛し続ける義務があるのだと。

通学時にいつも利用する駅は、住宅街に近いからか乗降客が多い。改札をくぐる大人たちは、皆一様にくたびれた表情をしている。朱音はビニール袋を提げたまま、駅の中を見回した。待ち合わせをしているのか、改札前にはスマホをいじりながらその場から動かない人間も存在した。その中に、朱音は自分と同じ制服を見つけた。スマホをいじる彼女のスカート丈は長い。長い黒髪のせいで顔はよく見えないが、そのシルエットからしても純佳としか思えなかった。恐る恐る足を動かし、朱音は彼女に声を掛ける。

「純佳？」

声に反応し、少女はゆっくりと顔を上げた。来てくれたの。続けようとした台詞は、目が合った瞬間に吹き飛んだ。

「……桐ケ谷美月」

なんでここに。なんで純佳じゃなくアンタが。聞きたいことはたくさんあった。なのに声が出ないのは、その時受けた失望があまりに大きかったからだ。

呆然とする朱音に、桐ケ谷は呆れたように溜息を吐いた。腕を組んだまま、彼女は朱音が持っていたビニール袋を指さす。

「なにその汚いの。ゴミ？」

侮蔑を含んだ声に、朱音はキッと眦を吊り上げた。

「ゴミじゃない」

「ふうん。ゴミにしか見えなかったけど。まさか、高野さんに見せたかったのってそれじゃないでしょうね」

「なんでそれを桐ケ谷さんに言わなきゃならないの。大体、なんで桐ケ谷さんがここにいるわけ。純佳は？　まさか、桐ケ谷さんが純佳をどっかにやったの？」

「そんなわけないでしょ。アンタが放課後に高野さんに突っかかってたから、心配になって様子を見に来たの。ま、高野さんは来てないみたいだし、取り越し苦労になっちゃったけど」

声を荒らげる朱音に対し、桐ケ谷は冷静だった。美しい黒髪を耳にかけ、彼女は冷ややかな眼差しでこちらを見つめる。

「本当、今のアンタって惨めだよね」

「なにその言い方、」

思わず摑みかかろうとした朱音の右腕を、桐ケ谷は涼しい顔で摑み上げた。そのままギリギリと腕を握られ、あまりの痛みに朱音は呻いた。桐ケ谷の指の下には、ちょうど昨日作ったばかりの傷痕がある。瘡蓋で塞がったとはいえ、力を込められれば痛みが走る。

「離してよ」

暴れる朱音を意に介した様子もなく、桐ケ谷はその白い喉をクツクツと震わせた。

「そんな恰好して、愛にはなれた？」

「うるさい」

「好きでもない男と付き合って、馬鹿みたいに他人の真似して、大事な友達とはどんどん疎遠になって。良かったじゃん、全部アンタの努力の成果だよ」

「うるさい！」

あからさまな挑発に、朱音は桐ケ谷を睨みつけた。口論しあう女子高生が珍しいのか、通り過ぎる乗降客たちが好奇の視線をこちらに向ける。

拘束する腕から逃れようと、朱音が暴れる。しかし、桐ケ谷の力が弱まる気配はない。

「桐ケ谷さんだって、金魚のフンみたいに細江さんにくっついてるだけじゃん」

「は？」

「大体、私が細江さんを真似する理由なんてないし。最初から細江さんに負けてるなんて、思ったことないもん。中澤君だって、今は私と付き合ってる。私が嫉妬する理由なんてないでしょ。細江さんが私に嫉妬することはあってもさ」

朱音の反論に、桐ケ谷さんは「あははっ」と笑い声を上げた。何が可笑しかったのか、彼女は腹を抱えて笑い続ける。手が離れた隙に、朱音は慌てて桐ケ谷から距離を取る。

「あーあ、」

吐息交じりに声を漏らしながら、桐ケ谷は目元に溢れる涙を拭う。その異様さに、朱音は手に提げていたタイムカプセルを抱きかかえた。力を込めると、ビニール袋がガサガサと大きな音を立てる。

「何笑ってるの」

朱音の問いに、彼女はついと口端を吊り上げた。

「だって、アンタがあまりにも馬鹿みたいなこと言うから」

「どういうこと」

「中澤と付き合ってるからって、愛がアンタみたいな女のことを羨ましがるわけないでしょ。大体、愛は中澤のことなんて、今はなんとも思ってないし」

「なんで桐ケ谷さんにそんなこと分かるの」

「そりゃあ分かるよ」

にんまりと、彼女の瞳が弧に歪められる。猫が獲物をいたぶるような、そんな顔だった。白魚のような彼女の指が、緩やかに自身の顔の輪郭をなぞる。やがて中指は唇に辿り着き、つんと戯れのようにその表面を軽く撫でた。

「だって、愛の今の恋人は私だから」

驚愕で目を見開く朱音に、桐ケ谷は勝ち誇った顔をした。桐ケ谷と細江が付き合っている？　それでは、朱音の今までの努力はどうなる。何のために中澤と付き合った？

「じゃあ、私と付き合ってよ」

気付けば、口から言葉が衝いて出た。だって、細江愛に勝たなければ、純佳は自分を見てくれない。もしも桐ケ谷の言葉が真実だとするならば、朱音は彼女を手に入れなければならないのだ。そうでなければ、朱音が細江愛より優れていると、純佳に証明することができない。

「はぁ？　付き合うわけないでしょ」

朱音の提案を桐ケ谷は鼻で笑って一蹴した。

「アンタみたいな何の価値もない女と、なんで一緒にいなきゃなんないの」

侮蔑と憐憫の入り混じった声で、彼女はそう吐き捨てた。価値がない。その言葉は、想像以上に朱音の心を深くえぐった。

「……もういい」

もう、こんなのはたくさんだ。抱き締めていたタイムカプセルを、朱音は地面に叩きつける。そのまま逃げるように、朱音は駅から駆け出した。全てが嫌だった。自分を取り囲む、何もかもが。助けてくれ。誰か、自分をこの地獄から救ってくれ。縋るように手を伸ばした時、朱音の脳裏に思い浮かぶ人間はただ一人だけだった。

家に帰り、そのまま自室へと駆け込む。机を引き倒し、椅子を壁へと投げつける。憤りのままの叫び声をあげ、朱音は自身の手首に爪を立てる。瘡蓋が剝がれ、血の塊がカーペットへと転がり落ちた。ここまで暴れても、母親が部屋に様子を見に来ることはない。彼女はもう、娘のことを諦めているから。

引き出しからカッターナイフを取り出し、そのまま刃先を皮膚へ滑らせる。痛い。だけど、これじゃ死ねない。そんなことは分かっている。それでも、朱音は痛みを求めた。こんなにひどい目に遭う自分はなんて可哀想なんだろう。みんなが朱音に冷たくする。だけど、一人だけ。あの子だけは、絶対に朱音の味方だ。

ねえ、今でもそう信じていいんでしょう?

手首からは血が流れている。履歴から掛けた電話は、すぐに彼女の元へと繋がった。何度も掛けた番号だ。幼い頃から、何度も何度も。

「純佳、死にたい」

だから、助けに来て。純佳さえいれば、それでいいから。言外のメッセージが相手に伝わると、朱音はその瞬間まで無邪気に信じ込んでいた。

「なんで私に電話するわけ。彼氏に相談すればいいでしょ」

溜息交じりに吐かれた台詞は、明確な拒絶だった。これまでどんな時も、純佳が朱音の夜の電話を邪険に扱ったことはない。彼女はいつだって、呼べば朱音のところに来てくれた。なのに。

予想外の返事に、勝手に目頭が熱くなった。脳みそを直接叩かれたみたいだ。衝撃に息ができず、朱音は唇をわななかせた。

はあ、と純佳が再びため息を吐く。

「朱音さあ、マジでなんなの。死にたい死にたいってこれみよがしに手首切ってさ、本当は死ぬつもりなんてないくせに。朱音は私を利用してるだけだよね、そういえば私が都合よく動くから」

激しく詰られ、続けられた台詞はほとんど耳に入らなかった。動悸が激しい。堪えようとしているのに、さっきから嗚咽が止まらない。

純佳が叫ぶ。

「死にたいならさっさと死ねばいいじゃん！」

そのまま、通話は一方的に切られた。切断されたスマホ画面を、朱音はただ茫然と眺めることしかできない。

純佳はもう、朱音を必要としていない。永遠に友達だと約束したのに、彼女はそれを裏切った。桐ケ谷に言われた言葉通りだ。純佳に必要とされない自分なんて、生きている価値がない。

「死のう」

そう決意した途端、朱音の脳裏を過ぎる存在があった。近藤がバケツに隠していた北校舎屋上の鍵だ。あれさえあれば、朱音は屋上に入れる。そして、そこから飛び降りられる！

学校での飛び降り自殺。純佳の心を傷付けるのに、最高のシチュエーションだ。

机の二番目の引き出しを開けると、大量のレターセットが出てきた。これらはすべて、入院時に母親がくれたものだった。「病室だと退屈だろうから、これでクラスメイトに手紙でも書いたらどう？」と母親は言ったが、結局朱音はこれらに手をつけることはなかった。

便箋を取り出し、朱音はそれを蛍光灯の光にかざした。いくら急に死ぬことになったとしても、プランニングは大切だ。朱音は、屈辱を受けたまま死ぬつもりは毛頭ない。どうすれば自分の死を使って朱音を軽んじた人間たちに最大のダメージを与えられるだろうか。悩みに悩んだ末、朱音の脳裏にはある一つの計画が閃いた。

明日の七時間目は合同体育だ。授業は体育館で行われるため、その時間には教室に誰もいない。その間に教室に忍び込み、クラス中の女子の机に呼び出しの手紙を仕込んでおく。きっと、何人かの女子はこの呼び出しを無視するだろう。二組には利己的な性格の子が多い。表面的には優しい顔をしていても、内心では厄介ごとを疎んでいる。そういう奴らに、『クラスメイトを見殺しにした』という汚名を着せてやるのだ。朱音の呼び出しを無視した子は、手紙に応じなかったことを周囲から批難されるに違いない。クラスの女子生徒一人一人の顔を思い浮かべ、朱音は短い呼び出し文を作成していく。石原恵や近藤理央といった大して親しくなかったグループ。細江愛や桐ケ谷美月のように、直接的に憎たらしい相手。文章は次から次へと浮かんできて、作業は順調に進んだ。純佳への文を考えるのは一番簡単だった。彼女の良心を刺激する内容にすればいいだけだから。

「……莉苑か」

朱音が手を止めたのは、莉苑宛ての手紙に取り掛かったところだった。莉苑本人に関して言えば、朱音にあまり悪い印象はない。彼女は細江や桐ケ谷と違い、純佳と仲良くなる際にきちんと朱音にお伺いを立ててくれたから。だがもしも自分が明日死ねば、きっと純佳の隣には当然の顔をして莉苑が並ぶのだろう。「朱音が死んで可哀想、私が慰めてあげる」なんてしれっと言って、二人の仲を縮めるのに朱音を利用するかもしれない。倫理的に、そんなことが許されてもいいのだろうか、いや、許されるはずがない。

莉苑の手紙だけは、屋上から遠ざけるような内容にしておく。明日、バケツから屋上の鍵を回収し、莉苑宛ての手紙に入れよう。そうすれば、誰もが莉苑が扉の鍵を盗んだと考えるに違いない。純佳だって莉苑に疑いの目を向けるはずだ。屋上の鍵を持っていたのは莉苑、そして、朱音の自殺を促したのも莉苑。そう皆を思い込ますことができれば、きっと根が真面目な純佳は莉苑のことを拒絶する。我ながら、惚れ惚れするほど完璧な復讐計画だ。

全員分の呼び出し文を完成させ、朱音は次に遺書へと取り掛かる。自殺するのだから、遺書を書くのは当然だ。この手紙を読む人間には、朱音が死ぬほど苦しんでいたと分かってもらわなければならない。細江愛と桐ケ谷美月は最悪の敵だ。彼女たちを痛い目に遭わさなければ、朱音の気が収まらない。屋上の鍵は莉苑から受け取ったことにしよう。そうすれば、莉苑が朱音に自殺を勧めたという手紙に説得力が増すはずだ。莉苑に、細江愛に、桐ケ谷美月。純佳に近付く人間を、たった一枚の手紙で全て排除できる。

本当は、ネット上にこれらの内容を拡散してもよかった。だが、朱音はネット上に存在する『あかね』を汚したくなかった。

顔を上げると、ボロボロになった花言葉事典が目に入る。その瞬間、朱音はとんでもなく素晴らしいアイデアが閃いた。幼い純佳からの手紙を見習って、それぞれの友人たちに花の絵を添えるというのはどうだろう。三番目の引き出しから、朱音は色鉛筆を取り出す。まずは、純佳からだ。彼女に相応しい花。そう考えたとき、真っ先に朱音が思いついたのは、青色をした勿忘草だった。だが、純佳にその花言葉を受け取る資格は既にない。彼女はあの日の約束を忘れていたのだから。

「リンドウか」

事典に載っていたその花は、深い夜の色をしていた。濃い青紫の花は底が黄色く、コップのような形をしていた。一枚目の手紙を重ね、それを半分に折りたたむ。リンドウの花言葉。それは、朱音から純佳への、最後の愛の囁きだった。

真っ白な封筒を糊付けしながら、朱音は自分が死ぬところを何度も思い浮かべる。できれば純佳の目の前で死にたい。あの子が眠りにつくたびに、何度も自分を思い出せばいい。そして朱音のことを一生忘れなければいい。朱音の存在を引きずって、一生暮らしていけばいい。純佳は死ねと言った自分自身を悔やむだろう。そして朱音に同情してくれるだろう。自身の素晴らしいアイデアに、朱音は心を躍らせる。

川崎朱音にとって、川崎朱音は世界に勝利するための単なる駒に過ぎなかった。

第七章
悲しんでいる
あなたが
好き（完）

エピローグ

屋上に、人は来なかった。

コンクリート製のタイルに落ちる影は、たった一人分だけ。熱を孕んだその表面に指を滑らせると、皮膚越しにじくりと痛みを覚えた。拳を握りしめ、勢いに任せて地面をぶつ。ごん、と鈍く骨が震え、それでも世界は変わらなかった。半端に開いた扉から、細長い影が伸びている。赤い光の中に浮かび上がる、その鮮烈な黒が醜かった。息を吐く。眦から零れた滴が、乾いたコンクリートに吸い込まれた。

「……ふざけてる」

どうして、私ばかりがこんな目に遭うのだろう。他の子たちは皆幸せそうな顔をしているのに、どうして自分だけがこんな風に誰からも馬鹿にされながら生きていかなければならないのか。私はただ、認められたいだけなのに。どうして、分かってくれないんだ。

柵に手を掛け、朱音はのろのろと立ち上がった。そうして視界に入った光景に、朱音は息を呑んだ。近藤理央と夏川莉苑。校舎裏の狭い空間に、二人は身を寄せ合うようにして座っていた。近藤理央は屋上の存在を意識すらしていないようだった。私の呼び出しを無視して！　なんにも気にしていないような顔をして！

なぜ、近藤理央みたいな下等な女にまでこんな仕打ちを受けなければならないのか。私はそんなランクの女じゃない。私は違う。私は、もっと望まれる存在であるべきなのだ。

柵に手を掛けようとして、そこで朱音は動きを止めた。階段を上る、けたたましい足音が聞こえてきたからだ。純佳だ！　純佳に違いない！　そう思った瞬間、朱音の心臓は歓喜で震える。純佳は来てくれた！　私は純佳の目に映ったまま死んでいける。

やっぱり純佳は、まだ私のことが好きなんだ！

「朱音、」

呼びかけられた声に、返事はしなかった。しかし待ちわびていた人物の姿は確かにそこにあった。風が吹く。私の背を押すように。純佳の瞳が私を映す。この瞬間、確かに彼女は私を見ていた。私だけを見ていた。細胞が歓喜に震える。これから起こるすべてが、私のために存在していた。この瞬間、世界は私を中心に回っていた。右足がコンクリートを蹴る。

血の色をした空の中を、私は飛んだ。

地面のない浮遊感。風が皮膚を裂き、耳元でごうごうと騒いでいた。何故だかひどく穏やかな気分だ。地面にぶつかるまでがこんなにも長いとは知らなかった。私は視線を下の世界へ向ける。まるでスローモーションになったかのように、全てのものがゆっくりに見えた。狭い空間で、一人の少女がこちらを見上げているのが分かる。莉苑だ。屋上に来てくれなかった、私の上っ面の友人。目が合い、彼女は唾を呑んだ。その喉が震える様すら、今の自分にははっきりと見えていた。

本当は、莉苑なら屋上に来てくれるかもしれないと思っていた。たとえ手紙にそう書いていなくても、周囲のクラスメイトから手紙を見せてもらえば、賢い彼女なら全てを理解できたはずだ。なのに、結局、莉苑は近藤を選んだ。私の手紙に従って先に帰るわけでも、屋上に来るわけでもなかった。あいつは最初から、私の話なんて微塵も信じちゃいなかったのだ。信じていたのに、裏切られた。許せない。お前の目の前で死んでやる。お前は今日、近藤みたいな女を選んだことを、一生悔やんで生きていくんだ。ざまあみろ。そうせせら笑おうとしたとき、私は見た。少女の手の中の、真っ白な封筒。まるで見せつけるように、彼女はそれを上空へと掲げていた。

――遺書だ。

そう認識した瞬間、興奮で舞い上がっていた意識が急速に我に返った。何故、アイツがあの遺書を持っている。あれをみんなに見せなければ、私が死ぬ意味なんてないのに！

　少女の手が封筒を破る。流れて来る他の紙きれに混じり、紙片となった遺書が宙を舞う。私を嘲笑うかのように。死にたくないと、その時初めて思った。呼吸が止まる。現実が私の脳を食い破る。痛いのは嫌だ。逃げたい。止めて。ねえ、誰か助けて。生を求めてもがく中、不意に私の脳裏にドクゼリの花言葉が過ぎった。——あなたは私の命取り。

　コンクリートに衝突する直前、川崎朱音は確かに見た。こちらを見る少女の口元が、恍惚に歪んだことを。唇が動く。少女が声を発する。それを見届けるよりも先に、ひどい衝撃が朱音を襲う。

「くひっ！」

　沈んでいく意識の中、少女の無邪気な笑い声が喧騒の中に紛れて消えた。

contents:

その日、朱音は空を飛んだ

だから何？

解説

綿矢りさ

あのころ私たちは多くの気持ちを抱えながらも、クラスのみんなが使ってる、流行ってる言葉でしか言い表せなくて、とてももどかしかった。

本書を読むうちに、思春期の学生時代の気持ちがよみがえってきた。

『その日、朱音は空を飛んだ』は、学校の屋上から飛び降りた朱音の同級生たちの、朱音の自殺に関するアンケートの手書き文と、その同級生たちが次々入れ替わり、彼らの視点から自殺がどのように見えていたかを順に見せて、物語を展開する。

「アンケート、どれぐらい書いた？　私、ああいうのってなんて書いていいか分かんないんだよね」

「確かに難しいよね、なに答えていいかも分かんない」

「そんなに朱音ちゃんと仲良かったわけでもないしね」

「たまたま一緒のクラスだっただけだし」

これは本文中のクラスメイト同士の会話で、乗り気でないのが伝わってくる。こんな気持ちを反映しているからか、彼らのアンケートでの回答は、緊張してぎこちなかったり、優等生ぽかったり、ぶっきらぼうだったり、素っ気なかったりする。まず先生に読まれるという警戒と自意識、最終的には事件のなんらかの資料の一部にされておしまいだ、という期待してなさが、短い手書き文字からも伝わってくる。

同級生たちは表面上だけの礼儀や、非日常に対する妙な昂揚感に違和感を持つ。気持ちのこもっていない合掌や、身近な人が亡くなったのに、テレビドラマを見ているような反応を嫌悪する。

〝だから何？〟と書かれた言葉からも、苛立ちがよく伝わってくる。私が学生の頃は〝で？、っていう〟という言葉が流行った。思春期の頃、なんらかの出来事に対してリアクションを求められることが多すぎて、無関心と反抗を示すために斜に構えて、陰でよくこんな言葉を吐いていた。何を学んでも、何を見ても教育の一環として感想を求められることに、疲れていたのかもしれない。

同級生の自殺に影響をまったく受けてない生徒は一人もいない。みんなそれぞれの立場で、自殺した彼女と自分の境遇を重ね合わせながら、たくさんの複雑な苦しみを胸の内に持つ。自殺の他に彼らの動揺を誘うのは、飛び降りたときの朱音を撮った動画。何度も再生し興奮して自慰のおかずにする生徒や、いまどき自殺動画なんてめずらしくないと思いながらも、〝さすがに引く〟と言っている生徒もいる。人が死ぬ瞬間は身近な人間に強烈な刺激を与えながら、一方で罪悪感も引き起こす。

自殺は、他殺なのだろうか？

学生が自ら死を選ぶとき、必ずといっていいほど取りざたされるのは、学校内でのいじめなどの悩みや家庭問題だ。まだ若い、本来なら楽しい青春時代に死を選ぶなんて、よっぽどの悩みが本人にあったのではないかと、周りが考えるからだろう。事実本人が遺した遺書に、いじめが辛かったと書かれていることも多い。誰かを死に追いやるほどのいじめは、一体何があったかを詳しく調査される。

そうなると自分はただの同級生で、事件とはまったく無関係だと思っている生徒たちも、〝もしかして自分も何か、無関心、思いやりの無さ、悪ふざけというやり方で、朱音を追いつめていたのではないか〟と考え始める。朱音は暴力や暴言などの、目立ついじめを受けてはいない。しかし彼女のいたクラスに閉塞感が漂っていたのは事実だ。

痛ましく、かつリアルだなと思ったのは、もっとも当事者に優しくしていた人間が、寄りかかられ過ぎて疲れてしまい、逃げ出してしまったことに罪悪感を持っているところだ。優しいがゆえに、深いところまで関わってしまった、気づいたら何もせずに遠巻きに見ていた人より、数倍苦しんで、数倍自分を責めている。こうなりたくないから、何か問題が起こっても、初めから関わらずに避ける人の方が多いのだろう。毎日通って否が応でも人間関係が濃密になっていく教室内で、どんなポジションで生き抜くか、本書ではその難しさも考えさせられる。教室内での同調圧力は、自然発生する。同じ年齢の同じ地域に住む人間が、毎日同じ場所に通い、成績などで優劣を競うのだから、自然な成り行きともいえる。それを失くすには、毎日掃除をして埃を払うように、自分の個性を改めて見つめ直して発揮する、泥臭い奮闘が必要だ。

朱音は死ぬ前にクラスメイトたちに、屋上に来てほしい旨を書いた手紙を渡している。といっても直接ではなく、自宅のポストに入れられたり机のなかに入れられたり、もらった方からすれば気づいたら入っていたというものだ。文面は渡す相手によって少し違うが、内容はほぼ一緒。それぞれの手紙に違う花のイラストが描かれている。でもどの生徒も、自分の予定があるしとか、誰か行くでしょと理由をつけて、行かない。この場面を読んでいると、招待したのに誰も来ないお誕生日会を想像してしまい、胸が痛かった。

招待する側もされる側も、現実では経験したことが無いけど、お誕生日会が盛んだった、小学生の頃の悪夢の象徴だ。通常お誕生日会はみんな集まってケーキなど美味しいものも食べられて、誰も行かなかったなんて話は聞いたことがないけど、ただクラスの人気者と誕生日が近く、同じ日に二つの会が開催されたとき、招待客がかぶっているので、みんなどっちに行くんだろうとハラハラした思い出はある。

みんなが人気者の方に行ったら、もう一人の方には誰も行かないのか、そしたら本人だけでなく、その子のお母さんも悲しむだろうなとか、色々考えてしまったが、結局は掛け持ちする子が多く、一日にケーキを二種類も食べられたと自慢する子たちがいて、ほっとした。楽しいことを他の人と共有できる機会が与えられたとき、とりあえず行ってみようかなと思う人は、集団のなかに存在している。

朱音の出した手紙は、かなり重い。白い封筒と手紙は、もらった人を緊張させる。短い文面と、屋上への呼び出しも。女子から一人の男子へ送られたものなら、もしかしたらラブレターかなとも思うが、朱音は複数の人間に差し出し、恋愛とはまた違うシリアスな雰囲気を出している。そして意味ありげに添えられた、それぞれ違う花のイラスト。この花には本当に意味があって、この手紙に興味があって調べれば、すぐ分かる類のことだが、クラスメイトたちは朱音が亡くなるまで、このイラストに特に関心を持っていない。

突然屋上に呼び出されて行くほどの関係性を、自分と朱音は持ってない。手紙をもらった大半の生徒たちはそう判断したと思うが、無意識のうちにその手紙に潜む重さを、警戒していたのかもしれない。その重さを乗り越えてでも来てほしいという朱音が手紙に込めた無言のSOSを、生徒たちは見抜けなかったのではなく、無意識に見抜いていたからこそ、行かなかったのかもしれない。

〝いじめ〟を単に被害者と加害者に分けて捉えていないのが本書のシビアな点で、外から見える弱者・強者の単純な構図だけでなく、内部の深い病理もさらけ出して描いている。取り返しのつかないほど極端に傾いた心の攻撃性は、向かう先が他者でも自分でも、パワーと鋭さは変わらない。憤りに支配され〝とにかく気に食わないから破壊してやろう〟という衝動を実現したとき、その人は一体何を見るのだろうか。

自分が自分を認めない限り、誰かに褒められてもうれしいのはほんの一瞬で、承認欲求は満たされないまま。その飢餓感を余すところなく伝えているのが、本書の凄みだと思う。

——作家

この作品は二〇一八年十一月小社より刊行されたものです。

幻冬舎文庫

●好評既刊
石黒くんに春は来ない
武田綾乃

学校の女王に失恋した石黒くんが意識不明の重体で発見された。自殺未遂？　でも学校は知らん顔。しかし半年後、グループライン「石黒くんを待つ会」に本人が現れ大混乱に。リアル青春ミステリ。

●最新刊
はじめましてを、もう一度。
喜多喜久

「私と付き合わないと、ずばり、死んじゃう」。彼女は、天使のような笑顔で言った。出会った瞬間に永遠の別れが決まっていたとしたら――？　〝予知夢〟で繋がった二人の、泣けるラブ・ミステリー。

●最新刊
向こうの果て
竹田　新

同棲相手を殺害した容疑で逮捕された池松律子。若手検事が取調べに当たるが、動機は語らない。調べを進めると彼女を知る男達の証言によりいくつもの顔が浮かび上がる。真実の顔はどれなのか。

●最新刊
いのちの停車場
南　杏子

六十二歳の医師・咲和子は、故郷の金沢に戻って訪問診療医になり、現場での様々な涙や喜びを通して在宅医療を学んでいく。一方、自宅で死を待つ父親からは積極的安楽死を強く望まれ……。

●最新刊
われら滅亡地球学クラブ
向井湘吾

地球が滅ぶまで、110日。クラブの目的は、今しかできない何かを探すこと。部員はたった3人で、新入生を勧誘するが。大人になれない。将来の夢も叶わない。それでも、僕らは明日を諦めない！

その日、朱音は空を飛んだ

武田綾乃

令和3年4月10日　初版発行

発行人――石原正康
編集人――高部真人
発行所――株式会社幻冬舎
〒151-0051東京都渋谷区千駄ヶ谷4-9-7
電話　03(5411)6222(営業)
　　　03(5411)6211(編集)
振替00120-8-767643
印刷・製本―中央精版印刷株式会社
装丁者――高橋雅之

幻冬舎文庫

ISBN978-4-344-43074-7　C0193　た-67-2

幻冬舎ホームページアドレス　https://www.gentosha.co.jp/
この本に関するご意見・ご感想をメールでお寄せいただく場合は、
comment@gentosha.co.jpまで。